2019
김승옥문학상
수상작품집

2019
김승옥문학상
수상작품집

문학동네

| 차례 |

대상

윤성희

어느 밤

작가노트

킥보드를 타는 할머니가 넘어지기까지

리뷰 **신수정**

'찰나'의 마술, 그 순간의 기억

ⓒ Jung Meenyoung

윤성희

1999년 동아일보 신춘문예에 단편소설 「레고로 만든 집」이 당선되어 등단. 현대문학상, 이수문학상, 황순원문학상, 이효석문학상, 한국일보문학상 등 수상. 소설집 『레고로 만든 집』 『거기, 당신?』 『감기』 『웃는 동안』 『베개를 베다』, 장편소설 『구경꾼들』 『상냥한 사람』, 중편소설 『첫 문장』이 있다.

어느 밤

1

일주일 전, 나는 아파트 놀이터에서 킥보드를 훔쳤다. 손잡이에 거북이 모양의 스티커가 붙어 있는 분홍색 킥보드였다. 발판에는 파란색으로 장민지라는 이름이 쓰여 있었다. 그날 낮에 남편의 작은아버지를 뵈러 상주에 갔었다. 작은아버지는 잔치국수를 먹으러 마을회관에 가다가 떨어진 감을 밟아 넘어졌다. 어디 부러진 곳은 없는데 응급실에서 하룻밤을 보내고 돌아온 뒤부터 정신이 오락가락한다고, 완전히 끊어지기 전에 한번 다녀가시라고, 작은아버지의 딸이 전화를 걸어왔다. 전화를 끊고 참 이상한 말이라는 생각을 했다. 끊어지다니. 사람이 끈도 아니고. 작은아버지는 남편과는 다섯 살밖에 차이가 나지 않았다. 할아버지가 쉰 살이 넘어 재혼을 한 뒤 낳은 아들이었는데 그게 창피해서 사람들에게 사촌형이라고 거짓말을 하곤 했다고 남편은 말했다. 둘은 같은 국민학교에 다녔다. 결혼식장에서 작은아버지는 내게 이렇게 말했다. 내가 이 집안 남자들을 좀 알지. 그러니 조카며느리에게 미리 사과할게. 그 말 때문인지, 배다른 동생이란 이유로 형들이 한푼의 유산도 나눠주지 않았다는 이야기를 들었기 때문인지, 암튼 나는 남편의 집안사람들 중에서 유일하게 작은아버지만은 미워하지 않았다. 작은아버지는 조카며느리를 알아보았지만 정작 자신의 조카를 알아보지 못했다. 작은아버지의 사위가 닭백숙을 끓였다. 감 껍질로 만든 사료를 먹여 키운 닭이라고 했다. 식사를 마친 다음 매실차를 마시는데 작은아버지가 내게 물었다. 그런데 왜 혼자 왔어? 우리 조카, 죽었어? 남편이 작은아버지의 손을 잡고 말했다. 삼촌, 나 여기 있어. 내가 민용이잖아. 작은아버지가 남편의 얼굴을 빤히 쳐다보다가 고개를 저었다. 아니, 아니야. 그렇게 말하며 울었다. 그러고는 내게 남편이 어렸을 적에 새총으로 옆집 아이의 눈을 맞힌 적이 있다는 이야기를 들려주었다. 민용이가 그전에도 여물을 먹는 소를 향해 새총을 쏘아서 지 아버지한테 엄청 혼난 적이 있었지. 걔가 어릴 적에 좀 못됐어. 한번 더 걸리면 큰형 성격에 가만두지 않을 것 같아서, 그래서 내가 가서 말했어. 사실은 내가 그런 거라고. 4대 독자가 병신이 될 뻔했다며 옆집 아저씨가 내 뺨을 때렸지. 나는 작은아버지에게 왜 그랬냐고 물었다. 왜 대신 혼났냐고? 나를 작은아버지라고 안 부르고 형이라고 불러줘서. 그런 조카가 죽었다니. 작은아버지는 이야기를 마치고 또 울었다. 그 모습이 보기 싫었는지 작은아버지의 딸이 곶감 말리는 걸 구경시켜주겠다고 해서 따라나섰다. 곶감이 주렁주렁 달려 있었다. 우와, 주황 주홍 천지다. 내 말에 작은아버지의 딸이 웃으며 대답했다. 언니, 여긴 온통 주홍 주황 다홍이에요. 곶감 구경을 하고 돌아와보니 작은아버지가 낮잠을 주무시고 계셨다. 베개 밑에 십만원을 넣은 봉투를 밀어넣었다. 돌아오는 길에 접촉사고가 났다. 버스가 차선을 바꾸던 트럭의 뒤를 받았다. 다행히 다친 사람은 없었지만 두 기사가 언성을 높이며 싸웠고 그래서 수습하는 데 오래 걸렸다. 집에 돌아오니 저녁 아홉시가 넘었다. 저녁밥 하기 귀찮다고 누룽지나 끓여먹자고 하자 남편이 우리도 편의점 도시락이라는 걸 먹어보자고 말했다. 내가 사는 102동에서 아파트 상가에 있는 편의점을 가려면 중앙놀이터를 지나야 했다. 도시락을 사가지고 돌아오는 길에 킥보드를 보았다. 그네 옆에 킥보드가 있었다. 마치 방금 전까지 거기 사람이 앉아 있던 것처럼 그네가 흔들렸다. 나는 그네 위에 도시락을 내려놓고 킥보드를 타보았다. 왼발을 발판에 올려놓고 조심스럽게 오른발로 밀었다. 반짝, 반짝. 바퀴에 불이 들어왔다. 킥보드를 타고 놀이터를 한 바퀴 돌았다. 그리고 도시락을 들고 집으로 와서 남편과 늦은 저녁을 먹었다. 남편은 이내 잠이 들었고 나는 새벽까지 잠들지 못했다. 소파에 앉아서 텔레비전을 멍하니 보았다. 끊어졌어. 늙어셨어. 작은아버지의 딸이 한 말이 자꾸 떠올랐다. 생각해보니 맞는 말 같았다. 밖에 나가보니 보름달이 환했다. 달빛이 좋아서 아파트 단지 안을 걸었다. 차들이 겹겹이 주차되어 있었다. 작고 오래된 아파트라 주차 공간이 터무니없이 부족했다. 작년엔 주차 시비 끝에 칼부림이 나서 사람이 죽기도 했다. 그때 뉴스 인터뷰를 했던 경비는 술에 취해 경비실에 오줌을 누던 주민에게 욕을 한바탕하고 그만두었다. 놀이터에 가보니 킥보드가 그대로 있었다. 민지야, 너는 몇 살이니. 나는 킥보드를 보며 중얼거렸다. 움직이지도 않았는데 바퀴의 불이 켜졌다 이내 꺼졌다. 그게 무슨 신호처럼 느껴졌다. 나를 가져가세요, 라고 말하는 것 같았다. 그래서 킥보드를 훔쳤다.

킥보드를 125동 옆에 있는 자전거 보관대에 숨겨두었다. 거기가 놀이터에서 가장 멀리 떨어져 있는 동이었다. 킥보드를 자전거 보관대에 두니 훔쳤다기보다는 잠시 맡아두었다는 느낌이 들었고, 그래서 민지라는 아이에게 미안한 마음이 들지 않았다. 다음날, 동사무소 문화센터에 가는 길에 일부러 125동 앞을 지나가보았다. 누군가가 킥보드 옆에 세발자전거를 세워두었다. 세 달 전부터 동사무소에서 마술을 배웠다. 화요일과 목요일. 노인들을 위한 마술 교실이라 동전 옮기기나 카드 맞히기같이 간단한 것들을 가르쳤다. 선생님은 수업시간 전에 유명한 마술 영상을 하나씩 보여주었는데, 그날은 금붕어를 삼켰다가 다시 뱉는 마술을 보았다. 강의가 끝나고 나이가 비슷한 수강생들하고 동사무소 옆에 있는 오천원짜리 한식 뷔페에서 점심을 먹었다. 밥을 먹으면서 다들 삼시 세끼를 챙겨 먹는 게 지겹다는 이야기를 했다. 저녁에 남편이 삼겹살을 먹자고 해서 고기를 구웠다. 남편은 평소에는 아홉시면 잠을 자는데, 그날은 늦게까지 프로야구를 보았다. 9회 말에 동점이 되어 경기는 연장으로 넘어갔다. 남편에게 어느 팀을 응원하느냐고 물었다. 남편은 아무 팀도 응원하지 않는다고 했다. 10회 초 만루 기회를 놓치고 말았다. 바보들. 남편이 말했다. 갑자기 속이 답답했다. 삼겹살을 먹은 게 체한 듯했다. 11회 말에 끝내기 안타가 나와 경기가 끝났다. 열시 오십분이었다. 남편은 잠을 자러 안방으로 들어갔고, 나는 혼자 소파에 앉아서 이런저런 프로그램을 보았다. 그러다 재미가 없으면 텔레비전을 끄고 화면에 비친 내 모습을 보았다. 열두시가 지나자 밖으로 나왔다. 그리고 킥보드를 끌고 아파트 외벽을 따라 만들어진 자전거도로로 갔다. 처음 이 아파트로 이사를 왔을 때 아침마다 자전거도로를 서너 바퀴씩 걷곤 했다. 남편에게는 무릎이 아파서 운동을 한다고 핑계를 댔지만 실은 남편과 같이 아침밥을 먹기 싫었기 때문이었다. 나는 킥보드를 타고 자전거도로를 두 바퀴 돌았다. 처음에는 익숙하지 않아서 천천히 돌았고, 두번째는 조금 빨리 돌았다. 트림이 시원하게 났고 체기가 사라졌다. 그다음날은 남편과 산악회 총무의 장례식장에 갔다. 연락이 안 되어서 집에 갔더니 화장실에 쓰러져 있었다고 총무의 아들이 말했다. 남편은 소주를 마셨고 육개장을 먹다 옷에 흘렸다. 택시를 타고 돌아오는 길에 남편이 말했다. 아까워. 참 좋은 사람이었는데. 나는 대답하지 않았다. 총무가 산악회 돈 백만원을 몰래 썼다가 들켜서 회원들과 멱살을 잡고 싸웠던 일을 남편은 잊은 듯했다. 그날 밤, 킥보드를 타고 자전거도로를 세 바퀴 돌았다. 두번째 돌 때는 노래를 불렀다. 조개껍질 묶어 그녀의 목에 걸고…… 노래를 부르다보니 지금이 가을이 아니라 여름이면 좋겠다는 생각이 들었다. 가을밤은 깊어만 가고 잠은 오지 않네, 하고 가사를 바꾸어 불렀다. 노래를 부르고 나니 피식 웃음이 났다. 누가 보면 미친년이라 하겠네. 목요일에는 감기 기운이 있어서 마술 수업을 걸렀다. 김치죽을 끓여먹고 종일 낮잠을 잤다. 그래도 킥보드 타는 일은 멈추지 않았다. 목도리를 두르고 생강차를 끓여 보온병에 담았다. 자전거도로를 한 바퀴 돈 다음 정문 앞에 있는 버스 정류장에 앉아서 생강차를 마셨다. 금요일에는 비가 왔다. 저녁밥을 먹으면서 텔레비전을 보는데 남편이 미친놈들이라고 말했다. 개그맨들이 얼굴에 우스꽝스러운 분장을 하고 게임을 하고 있었다. 나는 욕을 하는 남편을 보고 이런 생각을 했다. 저이가 왜 저렇게 되었을까? 비는 멈추지 않았고, 새벽에 냉장고 정리를 했다. 그러면서 남편의 좋았던 모습을 떠올려 보려 애를 썼다. 군고구마를 품에 안고 오던 어느 겨울밤. 그런 날들이 없었던 것은 아니었는데도 자꾸만 미친놈 미친년 하고 욕을 하는 모습만 떠올랐다. 삼 년 전에 담근 마늘장아찌를 버렸다. 내가 감기에 안 걸리는 건 매일 마늘을 다섯 쪽씩 먹기 때문이야. 남편은 마늘장아찌를 먹을 때마다 같은 말을 하고 또 했다. 토요일에는 킥보드를 한 시간이나 탔다. 타다 힘들면 버스 정류장에 앉아 쉬었다. 이번에는 따르릉따르릉으로 시작되는 동요를 불렀다. 우물쭈물하다가 큰일납니다. 마지막 가사가 마음에 들어 같은 구절을 부르고 또 불렀다. 그러자 남편을 미워하는 감정이 조금 사라지는 것 같았다. 언제부터인가 남편이 죽었으면 하는 생각이 들곤 했다. 불쑥불쑥. 그런 생각을 하면 가슴이 아파왔지만 그렇다고 생각이 멈춰지진 않았다. 오늘 저녁에 남편과 말다툼을 했다. 변기 물을 내리지 않아서 구시렁거렸더니 남편이 잔소리 좀 그만하라며 소리를 질렸다. 나는 정갈하게 늙고 싶었다. 가끔 옛집이 그리웠다. 거긴 화장실이 두 개였으니까. 변기에 락스를 반 통이나 부었다. 킥보드 타는 게 익숙해져서인지 먼 곳까지 가보고 싶은 생각이 들었다. 며칠 전부터 입주를 시작한 아파트 단지에 가보았다. 새 아파트 단지라 그런지 단지 내에 산책길이 많았다. 킥보드를 타기에도 좋았다. 그래서 속도를 냈다. 내리막길에서도 멈추지 않았다. 넘어지면서 나는 킥보드 손잡이에 왜 거북이 모양의 스티커가 붙어 있는지를 알아차렸다. 거북이처럼 느릿느릿. 그래, 그건 경고문이었다.

2

눈을 감았다 떴다. 똑딱. 빛이 지구를 일곱 바퀴 돌았을 것이다. 또 눈을 감았다 떴다. 똑딱. 그건 딸이 어렸을 때 내게 알려준 거였다. 엄마, 눈 한 번 깜빡일 시간에 빛이 지구를 일곱 바퀴나 돈대. 딸은 일이 뜻대로 되지 않으면 눈을 감았다 뜨곤 했다. 눈 깜빡할 시간. 그 시간에 빛이 지구를 몇 바퀴나 돈다고 생각하면 자신의 고민은 하찮게 느껴진다고 했다. 나는 고개를 돌려 아파트를 올려다보았다. 불이 켜진 집이 하나 보였다. 불이 켜진 저 집에 누가 살까 상상해보았다. 처음으로 내 집을 마련한 사람들이었으면 좋겠다는 생각을 했다. 오늘 이사를 왔을 거야. 너무 좋아 차마 불을 끄지 못하는 거겠지. 처음으로 내 집을 마련했을 때 나는 딸과 함께 거실에서 이불을 깔고 잠을 잤다. 엄마, 너무 넓어 잠이 안 와. 딸이 말했다. 나중에 어른이 되거든 더 크고 더 넓은 곳에 가서 살렴. 내 말대로 딸은 미국으로 유학을 갔다가 그곳에 정착을 했다. 등이 시려왔다. 집에 돌아가 뜨거운 물에 몸을 담가야지. 몸살에 걸리기 전에. 나는 일 년에 한두 번씩 몸살을 앓곤 했는데, 그때마다 똑같은 꿈을 반복해서 꾸었다. 꿈속에서 어린 나는 하염없이 달린다. 입을 벌리고 아아아 소리를 내며. 그러다 개울을 가로지르는 다리를 만나면 달리기를 멈추고 까치발로 다리를 건넌다. 살금살금. 마치 곧 무너질 다리를 건너는 것처럼. 다리를 지나 또 달린다. 그렇게 한참을 달리다 나는 뭔가 이상하다는 걸 눈치챈다. 맨발. 신발이 벗어진 줄도 모르고 달린 것이다. 왔던 길을 되돌아가보지만 신발은 찾지 못한다. 그래서 어린 나는 운다. 새 신발을 잃어버려서. 발바닥이 아파서. 어머니가 옷소매로 내 얼굴을 닦아주며 말한다. 괜찮아. 괜찮아. 그리고 입에 얼음을 넣어준다. 고드름이 아닌 진짜 얼음이다. 여름에 얼음을 먹어보다니. 그런 생각을 하다 꿈에서 깨면 식은 땀으로 옷이 축축해져 있었다. 그러면 영락없이 몸살에 걸렸다. 어린 시절만 생각하면 어머니가 등목을 해주던 장면이 가장 먼저 떠올랐다. 세 들어 살던 집의 뒤뜰에는 우물이 있었고 한여름이면 나는 거기서 등목을 하곤 했다. 주인집 여자가 오일장에 갔다가 머리핀을 사다준 적이 있었는데, 주인집 아들이 그걸 빼앗아 우물에 버렸다. 그 일이 있은 후부터 등목을 하지 않았다. 만복이 나쁜 놈. 머리핀이 생각날 때마다 나는 우물에다 얼굴을 박고 소리를 질렀다. 만 개의 복. 그 이름을 짓고 남편의 사업이 잘되기 시작했다고, 그러니 뜻이 중요한 이름을 지어야 한다고, 주인집 여자는 임신한 어머니에게 말했다. 우리 큰딸도 그래요. 돈 주고 지은 이름이라고요.

그렇게 말을 했지만 사실 어머니는 아버지가 작명소에서 지어온 이름이 마음에 들지 않았다. 그래서 둘째 딸의 이름은 예쁘게 지어야겠다고 결심했다. 어머니는 영화배우의 이름을 따서 동생의 이름을 지미라고 지었다. 출생신고를 하러 가던 길에 아버지는 두어 군데의 술집에 들렀고 늘 그랬듯이 혀가 꼬인 상태로 동사무소에 도착을 했다. 그러고는 지민이라고 말을 했다. 아버지는 문맹이었지만 그 사실은 아무도 몰랐다. 늘 술에 취해 있었기 때문이었다. 한자는 어떻게 됩니까? 직원이 물었고 아버지는 아무렇게나 적어달라고 말했다. 지혜로울 지에 민첩할 민. 지혜로울 지는 동사무소 직원의 누나의 이름에서, 민첩할 민은 옆자리에 앉은 동료 직원의 이름에서 따왔다. 이름대로 잘 살고 있겠지. 누군가 이름을 물어볼 때 나는 지민이라고 거짓말을 한 적이 있었다. 기차에서 만난 대학생이었다. 그때 나는 열여덟 살이었고, 집을 나와 라디오 조립 공장에 다녔다. 손이 하얗고 길었다. 그렇게 손이 예쁜 남자는 처음이었다. 그래서 지민이라고 거짓말을 했다. 한번 거짓말을 하니 계속 거짓말이 나왔다. 내년에 대학에 들어가면 서울에서 하숙을 할 예정이라고. 여대는 지루할 것 같은데 여대가 아니면 학비를 주지 않겠다는 부모님 때문에 어쩔 수가 없다고. 그후로 나는 남자들이 이름을 물어보면 지민이라고 대답을 했다. 그랬는데 왜 남편에게는 본명을 말하고 싶었을까? 아마도 구부러진 엄지손가락 때문이었을 것이다. 남편의 왼쪽 엄지손가락은 기역자로 구부러져 있었다. 손톱도 찌그러져 있었는데, 공장 기계에 다쳐서 그렇게 된 거라고 생각했다. 내일 뭐해요? 남편이 묻자 나도 모르게 대답했다. 내일은 바빠요. 대신 모레요. 그리고 내 이름은 덕선이에요. 그놈의 손가락. 나중에 알고 보니 어렸을 때 어른들 몰래 경운기를 몰다가 다친 거였다.

몸이 떨렸다. 오른발을 들어보려 했지만 잘 되지 않았다. 왼발도 마찬가지였다. 팔꿈치로 땅을 디디고 상체를 일으키려는 순간 나도 모르게 신음소리가 나왔다. 척추부터 엉덩이까지 날카로운 통증이 지나갔다. 나는 천천히 심호흡을 했다. 다행히 손은 움직일 수 있었다. 그래봤자 휴대폰도 안 가지고 나왔으니 아무 소용이 없었다. 나무 사이에 반달이 걸쳐 있었다. 나는 보름달보다 반달이 좋았다. 딸도 반달을 좋아했다. 한 달에 두 번이나 볼 수 있어서 좋다고 딸은 말했다. 달을 보니 달맞이꽃이 생각났다. 시아버지의 병문안을 갔다가 막차가 끊겨서 딸을 업고 집으로 돌아오던 날, 달맞이꽃이 참 환했다. 곧 시아버지가 돌아가실 거라는 사실도 잊을 정도로. 소꿉놀이를 좋아하던 딸은 달맞이꽃을 따다가 꽃밥을 짓곤 했다. 딸과 함께 달맞이꽃을 튀긴 적도 있었다. 여름방학 숙제였다. 엄마랑 요리하기. 아카시아꽃도 튀겼다. 중학생 때 딸은 아픈 엄마에게 꽃을 튀겨 생일상을 차려주는 아이의 이야기를 써서 글짓기 상을 받았다. 그때부터 똑똑했다. 사람들은 우리 부부를 비웃었지만 집을 팔아서 유학을 보낼 만한 가치가 있는 아이였다. 남편은 딸이 초등학교에 들어가자 다니던 공장을 그만두고 지물포를 차렸다. 도배 기술을 배워 나도 자연스럽게 일을 도왔다. 바쁘던 시절이었다. 도배지를 바닥에 깔고 앉아 고추장을 밥에 슥슥 비벼 먹던 시절. 그땐 참 입도 달았다. 가게를 차린 지 오 년 만에 처음으로 내 집을 샀다.

그리고 그 집을 일 년 만에 시동생이 날려버렸다. 다시 집을 장만하는 데 사 년이 걸렸다. 그사이 딸은 고등학생이 되었고, 공부방을 예쁘게 꾸며주자 전교 일등을 했다. 그리고 나는 도배를 하다 두 번이나 사다리에서 떨어졌다. 한 번은 팔이 부러졌고, 한 번은 무릎인대를 다쳤다. 나는 외투 주머니에 손을 넣어보았다. 손수건이 있을 줄 알았는데 손수건은 없었다. 대신, 껌이 하나 들어 있었다. 껌을 씹으려다 말았다. 누워서 껌을 씹다가 껌이 기도로 들어가 죽은 사람이 지구에 한 명쯤은 있을 것 같았다. 나는 그렇게 황당하게 죽은 사람들의 이야기를 많이 알았다. 이십대 초반에 양장점에서 잠깐 일을 한 적이 있었는데, 그때 주인아저씨는 개밥을 주다가 개집 지붕에 튀어나온 못에 찔려 죽었다. 벌집을 향해 돌을 던졌다가 죽은 사람도 있었고 변비에 걸려 죽은 사람도 있었다. 세상에나! 중학생 때 딸은 그런 노트를 가지고 있었다. 거기에는 세상에 일어나는 황당한 이야기들이 적혀 있었다. 장례식 도중 죽은 줄 알았던 어머니가 관뚜껑을 열고 벌떡 일어나자 딸이 너무 놀라 심장마비로 죽었다는 이야기도 거기에서 읽었다. 자신 때문에 딸이 죽었다는 사실을 알게 되면 다시 죽고 싶지 않을까? 그래도 살아난 것에 감사하게 될까? 그 이야기만 떠올리면 눈물이 나곤 했다. 살 수도 죽을 수도 없을 테니까. 낡은 도배지를 뜯어내 시멘트가 드러난 방에 서 있으면 꼭 관 속에 갇힌 기분이 들곤 했다. 방이 아무리 커도 그랬다. 인테리어 업체에 밀려 장사가 시원찮아지자 남편은 가게를 접고 경비 일을 시작했다. 나는 딸에게 그 사실을 말하지 않았다. 딸은 청소를 하기가 귀찮아서 작은 평수로 이사를 했다는 내 말을 믿었다. 재채기가 났다. 재채기를 하니 목에서부터 종아리까지 통증이 느껴졌다. 재채기를 하다 죽은 사람도 있겠지. 나는 재채기를 하다 죽은 사람은 보지 못했지만 재채기를 하다 갈비뼈에 금이 간 사람은 보았다. 남편이 그랬으니까. 그러고도 남편은 일을 쉬지 않았다. 신축공사 현장에서 야간 경비 일을 할 때였다. 갈비뼈가 금이 간 남편은 새벽 순찰을 걸렀다. 원래는 두 시간마다 한 번씩 순찰을 돌아야 했다. 가끔 가출한 십대들이 몰래 숨어들어와 술을 마시곤 했으니까. 그러던 어느 날, 공사 현장에서 여학생이 투신자살을 했다. 새벽에 그곳에서 또래 남학생들에게 끔찍한 일을 당했다. 조사 결과 남편이 순찰을 하지 않았으면서도 가짜로 업무 일지를 작성한 것이 밝혀졌다. 남편은 억울하다고 했다. 제대로 순찰을 돌았어도 발견할 수 없는 장소였다고. 순찰을 돌아도 옥상까지는 올라가지 않는다고. 경찰 조사를 받을 때 남편은 그 말을 하고 또 했다. 남편은 해고되었다. 그 일이 있은 후 남편은 어딘가 조금 변했다. 하루종일 뉴스를 보았고 그때마다 미친놈 미친년이라고 욕을 했다. 사기꾼들도 미친 연놈이었고 평생 모은 재산을 기부한 사람도 미친 연놈이었다. 나는 남편 몰래 여학생의 유골이 안치된 납골당에 찾아간 적이 있었다. 억울하다니. 남편의 말이 잘 이해 가지 않았다. 진짜 억울한 사람은 따로 있었다. 남편 대신 그 아이에게 사과를 했다. 나는 고개를 왼쪽으로 돌려 다시 한번 아파트를 올려다보았다. 아직 불이 켜져 있었다. 나는 구구단을 외웠다. 정신이 끊어지지 않도록. 8단을 외우는데 불이 꺼졌다.

남편이 없어졌으면 좋겠다는 생각이 드는 날이면 나는 신경써서 저녁 밥상을 차렸다. 남편은 돼지 등뼈를 넣고 끓인 비지찌개를 좋아했다. 동태찌개도 좋아했는데 이리와 애가 들어간 걸 좋아해서 재료를 사러 일부러 수산시장까지 갔다 오기도 했다. 그런 음식을 하는 날이면 남편은 식탁에 앉아서 오늘이 내 생일이네, 하고 말하곤 했다. 남편의 환갑 생일에는 딸이 들어왔다. 박사과정을 준비중이라고 했다. 학위를 마치면 셋이 미국 여행을 하자고 딸이 말했다. 내 환갑 때는 오지 않았다. 대신 선물이라며 핸드백을 보냈다. 남편의 칠순에는 돈을 부쳤다. 좋은 곳에 취직을 했다고, 그러니 걱정 말고 맛있는 거 사 드시라고. 내년 내 칠순에는 올까? 딸이 오면 제주도라도 가야겠다. 생각해보니 가족 여행이라는 걸 한 번도 가본 적이 없었다. 나는 손을 뻗어 주변을 더듬어보았다. 만져지는 거라고는 낙엽밖에 없었다. 낙엽들을 모아 배 위에 올려보았다. 그래봤자 아무 소용 없다는 걸 알면서도. 저기요. 불이 꺼진 아파트 단지를 향해 소리를 질렀다. 드라마 같은 걸 보면 사람 살려, 하고 소리도 잘 지르던데 아무리 해도 그 말은 나오지 않았다. 저기요, 누구 없어요. 나는 조금 더 큰 목소리로 불러보았다. 바람이 불었고 낙엽 하나가 내 얼굴 위로 떨어졌다. 설탕하고 프림이 듬뿍 들어간 커피가 먹고 싶어졌다. 커피를 안 마신 지 몇 년이 되었다. 오줌 마려운 걸 참지 못하게 되면서 커피를 끊었다. 사람들은 치매가 무섭다고 했지만 나는 요실금이라는 병이 제일 무서웠다. 내가 날 잊는 건 괜찮았다. 하지만 오줌 묻은 팬티를 빠는 건 다른 문제였다. 그 남자도 늙었겠지? 아내를 위해 로켓과 우주선이 그려진 벽지를 고르던 남자. 남자가 그런 벽지를 고르길래 나는 사내아이가 있는 집인 줄 알았다. 하지만 휠체어를 탄 아내를 보는 순간 그게 아니라는 것을 알았다. 그건 걷지 못하는 아내를 위한 선물이었다. 지구에서는 걷지 못하지만 우주에서는 그까짓 것 아무 상관이 없다고 남자는 아내에게 말했다. 남편분이 참 다정하시네요. 도배를 마치고 나는 여자에게 말했다. 너무 다정해서 병이에요, 하고 여자가 대답했다. 집에 돌아오는 길에 다정도 병인 양하여 잠 못 들어 하노라, 하고 시조를 중얼거려보았다. 자꾸 그 말을 중얼거려보니 마음이 따뜻해지는 것만 같았다. 그때 나는 심한 불면증에 걸렸다. 냉동창고 사업을 한다는 시동생에게 남편이 보증을 서주었고 그래서 처음으로 산 집을 날렸기 때문이었다. 다정도 병인 양하여 잠 못 들어 하노라. 자기 전에 그 말을 중얼거렸더니 거짓말처럼 불면증이 사라졌다. 나는 그 남자를 짝사랑했다. 근처에서 도배 주문이 들어오면 일부러 그들 부부가 사는 집에 가보았다. 일층이어서 거실 안이 들여다보였다. 남자가 아내에게 물을 가져다주는 걸 보았다. 아내가 텔레비전을 보다 웃으면 남자가 따라 웃었다. 어느 날에는 도배가 잘 되었는지 확인한다며 초인종을 누른 적도 있었다. 풀이 불량이었는지 최근에 한 도배가 죄다 들떠서 확인하러 왔다고 거짓말을 했다. 방에 가보니 침대맡에 결혼사진이 걸려 있었다. 나는 벽지를 만지는 척하면서 액자를 건드렸다. 액자가 삐뚤어졌다. 그 집에 가고 싶어질 때마다 나는 늙어서 오줌도 제대로 못 누는 남자의 모습을 상상하곤 했다. 그러면 마음이 진정되었다. 그들 부부는 그 집에서 삼 년을 살았다. 삼 년 후, 나는 그 집에 새 도배를 하러 갔다. 집을 산

중년 부부는 아내가 아이를 낳다 죽었고 그래서 남편이 집을 급매로 내놓았다는 이야기를 들려주었다. 나는 로켓과 우주선이 그려진 벽지를 뜯어내고 꽃무늬 벽지를 발랐다. 콧물이 났다. 나는 옷소매를 당겨서 코를 풀었다. 그리고 다시 한번 여기요, 하고 소리질렀다.

어머니는 나를 혼자 낳았다. 아버지는 건설 현장을 찾아 지방을 돌아다녔는데, 내가 태어날 때는 댐 공사 현장에서 인부로 일을 했다. 우체국 직원이 아버지에게 딸이 태어났다는 전보를 읽어주었고 같이 일을 하던 인부들이 박수를 쳤다. 댐 공사는 삼 년이 넘게 이어졌다. 아버지는 그 일만 끝내면 그동안 모은 돈으로 함바집을 차릴 생각을 했다. 아내가 음식 솜씨가 좋다는 자랑을 사람들에게 하곤 했다. 하지만 돌더미에 왼쪽 다리가 깔리는 바람에 불구가 되었다. 얼마나 좋은 사람이었는데. 술에 취한 아빠를 피해 주인집 광에 숨어 있으면 엄마는 나를 품에 안고 그렇게 말하곤 했다. 전쟁통에 고아가 되어 식모살이를 했던 엄마에게 아버지는 이런 약속을 했다. 나중에 식모를 부리게 해주겠다고. 아이 돌보는 식모, 밥하는 식모, 빨래하는 식모, 다 얻어주겠다고. 아버지는 노래를 잘 불렀다. 목소리가 애잔해서 즐거운 노래도 슬프게 들렸다. 그걸 동생이 닮았다. 어렸을 적에 동생은 마을 잔치에서 노래를 불러 커다란 고무 다라이를 타오기도 했다. 겨울이면 거기에 뜨거운 물을 받아 목욕을 했다. 동생이 먼저 씻고 그리고 내가 씻고 마지막에 엄마가 씻었다. 목욕을 마치고 나면 우리 셋은 늘 군고구마를 먹었다. 목욕하는 동안 알맞게 구워진 고구마를. 어디선가 개 짖는 소리가 들렸다. 그 소리가 반가웠다. 그래, 그래, 계속 짖어라. 몇시쯤 되었을까? 남편은 새벽에 화장실에 가는 버릇이 있는데 지금쯤 내가 없어졌다는 걸 눈치챘을까? 남편과 첫 데이트를 하던 날 우리는 다방에 가서 팥죽을 먹었다. 눈이 왔으면 더 맛있었을 것 같아요. 내가 말했더니 남편이 그러자고 했다. 눈이 오면 또 오자고. 그러면서 남편은 집 한 칸 마련할 돈도 없는 놈이 연애하자고 해서 미안하다고 말했다. 팥죽 때문에 몸이 따뜻해졌기 때문인지 나는 나도 모르게 남편에게 고아라고 고백을 했다. 엄마와 동생과 인연이 끊어진 지 오래되었으니 완전히 거짓은 아니었다. 엄마는 내게 말했다. 다시는 찾아오지 말라고. 만약 내가 그러지 않았다면 엄마가 그랬을 거 아니냐고. 그 말이 목구멍까지 치밀어올라왔지만 나는 말하지 않았다. 엄마가 술에 약을 타는 걸 봤다고 나는 말하지 않았다. 엄마는 약을 탄 술병을 들고 울었다. 엄마, 나 배고파. 나는 일부러 우는 엄마에게 말을 걸었다. 엄마, 나 배 아파. 나는 일부러 우는 엄마 옆에서 울었다. 그것 때문이었다. 아버지가 고등학교를 보내주지 않아서 앙심을 품은 게 아니었다. 엄마가 찬장 안쪽에 숨겨둔 약을 버리지 않아서, 지긋지긋하다는 말을 달고 살아서, 그래서 그랬다는 걸 엄마는 모른다. 내가 고아라고 했을 때 남편은 내 손을 잡고 말했다. 우리집은 가족이 아주 많아요. 내가 반 나눠줄게요. 그런 말에 감동을 받다니. 다시 그 시절로 돌아간다면 나는 내 손을 잡고 이렇게 말하는 남자와 연애를 할 것이다. 그동안 얼마나 외로웠어요? 이제 걱정 말아요. 아버지는 우물에 빠져 죽었다. 마을 사람들은 그렇게 알고 있을 것이다. 주인집 여자는 아버지가 술에 취하면 늘 우물물을 떠먹었다고, 몸을 제대로 못 가눠서 위험한 순간이 한두 번이 아니었다고, 경찰에 증언을 해주었다. 딸이 태어난 뒤 나는 아이를 업고 그 집을 찾아가보았다. 옛집은 사라졌다. 그 자리에 이층집이 새로 지어졌다. 대문 앞에서 한 남자가 담배를 피우고 있었는데, 만복이를 닮은 것 같았다. 복 많이 받아라. 나는 중얼거렸다. 엄마는 사이비 종교에 빠져 동생과 사라졌다. 신도들과 함께 어느 산속에서 공동체 생활을 한다는 소문을 듣고 찾아갔을 때 엄마는 말했다. 못된 년. 나는 그 말이 억울했다. 나는 눈물이 많은 소녀였다. 나는 책갈피에 단풍잎을 끼워두는 소녀였다. 시를 외우는 걸 좋아하는 소녀였다. 빗방울이 이마에 떨어졌다. 비를 맞자 웃음이 났다. 쌤통이다. 쌤통이야. 차라리 비가 멈추지 않았으면 좋겠다는 생각이 들었다.

3

나를 발견한 청년은 독서실에서 공부를 마치고 집으로 가던 길이었다고 했다. 원래는 밤을 새울 예정이었는데, 빗소리가 들렸고 그 소리를 가만히 듣다보니 헤어진 여자친구가 생각났다. 오 년을 사귀는 동안 한 번도 싸우지 않아서 친구들한테 비현실 커플이라고 놀림을 받곤 했다. 그런데 싸우지 않고도 헤어질 수 있더라고요. 청년은 내게 말했다. 그럼, 그럼. 사랑하지 않고도 평생 사는 사람도 많아. 나는 그렇게 말했다. 청년은 점퍼를 벗어 나를 덮어주었다. 그리고 얼굴에 비를 맞지 않도록 손을 모아 우산을 만들어주었다. 죄송해요. 우산이 없어요. 평소에 청년은 독서실에서 밤을 새우고 일곱시쯤 집으로 돌아갔다. 그러면 고등학교 삼학년인 남동생이 허겁지겁 아침을 먹고 있었다. 어머니는 이미 출근을 한 뒤였다. 동생이 학교에 가면 남은 반찬으로 밥을 먹었다. 그리고 설거지를 하고 청소기를 돌리고 동생의 침대에 누워 잠을 잤다. 그런 생활을 한 지 삼 년이 넘었다. 빗소리를 듣다 충동적으로 가방을 싸서 독서실을 나온 청년은 점퍼에 달린 모자를 뒤집어썼다. 그리고 걸었다. 지금 집에 가면 동생이 잠을 깰 것만 같았다. 청년은 동생을 좋아했지만, 만약 동생이 없었다면 혼자 방을 썼을 텐데 하는 생각을 가끔 하곤 했다. 그래서 청년은 집에 가지 않고 이 아파트로 왔다. 단지에 조성된 산책로 끝에 지붕이 있는 정자가 있는 게 생각나서. 며칠 전, 청년은 독서실을 가던 중에 횡단보도 앞에서 이삿짐 트럭을 보았다. 한 대도 아니고 다섯 대가 나란히 서 있었다. 어떤 집이길래 트럭이 다섯 대나 필요한가 싶어서 따라가보니 아파트 단지가 나왔다. 아파트 정문에 입주를 축하드립니다, 라고 적힌 플래카드가 걸려 있었다. 플래카드를 보자 그제야 다섯 대의 트럭이 모두 다른 집의 이삿짐이라는 것을 알아차렸다. 청년은 트럭에서 이삿짐이 내려지는 것을 구경했다. 사다리를 타고 짐들이 새집으로 올라가는 것을 구경하다보니 이상하게도 눈물이 났다. 101동 1601호. 그 집에는 피아노가 있어요. 피아노를 보는데 어릴 적 피아노 학원에 다니던 여동생이 생각났어요. 교통사고가 나서 죽었거든요. 뺑소니였어요. 나는 오른손을 들어 청년의 손을 잡았다. 손이 차가웠다. 아팠겠네. 나는 말했다. 모르겠어요. 그냥 그후로 뭔가가 사라졌어요. 성공하고 싶은 마음, 뭐 그런 것들이요. 사람들한테는 고시 공부중이라고 거짓말을 했지만 사실 아무것도 안 해요. 청년이 말했다. 나는 그래도 된다고 말해주고 싶었다. 가만히 있는 것도 힘든 거라고. 딸이 초등학생일 때였다. 일을 마치고 집에 가보니 모서리에 쪼그리고 앉아서 울고 있었다. 무슨 일이냐고 물었더니 아무도 땡을 해주지 않았다는 거였다. 얼음땡 놀이를 하는데 아무도 땡을 해주지 않았다고. 그래서 혼자 얼음이 되었다고. 그후로 나는 딸과 얼음땡 놀이를 자주 했다. 아침에 딸을 깨울 때도 그랬다. 딸이 얼음이라고 외치면 내가 땡 하고 말하며 딸의 이마에 꿀밤을 먹였다. 내가 사다리에서 떨어져 팔이 부러진 적이 있었거든요. 나는 청년에게 말했다. 그때 딸이 내게 말했다. 엄마, 얼음 하고 외쳐. 그래서 나는 얼음 하고 말했다. 삼십 분이 지나도 한 시간이 지나도 딸은 땡을 외쳐주지 않았다. 딸이 땡을 해주길 기다리면서 나는 종일 소파에 앉아 있었다. 저녁이 되었고 그제서야 딸이 내 손을 잡으면서 땡 하고 말했다. 나는 화장실에 가서 시원하게 오줌을 누었다. 그러면서 생각했다. 아, 가끔 얼음이 되어야겠다고. 나는 청년에게 지금은 술래를 피해 얼음이 된 거라고 말했다. 너무 걱정하지 말라고. 곧 누군가 땡 하고 외쳐줄 거라고. 얼음땡 놀이란 그런 거라고. 누군가 땡 하고 말해줘야 집에 갈 수 있는 거라고. 그러자 청년이 웃었다. 흐흐흐, 그렇게 웃었다. 조금 있으면 구급대원이 도착할 거예요. 그러면 제가 땡이라고 말해줄게요. 청년은 말했다. 마술 수업 첫날, 선생님은 이렇게 말했다. 마술에서 기술보다 더 중요한 건 유머라고. 나는 그 말이 잘 이해되지 않았다. 그런데 이제는 조금은 알 것만 같았다. 비가 잦아들었다. 청년은 오늘 113동 303호의 이삿짐을 구경했다고 했다. 그날 이후로 청년은 독서실에 가기 전에 이곳에 들러 이사하는 풍경들을 보았다. 303호는 식탁 의자가 여섯 개였다. 냉장고도 세 대였다. 109동 1004호는 신발이 무지 많았다. 이삿짐을 나르던 사람들이 하는 이야기를 들었다. 이렇게 신발 많은 집은 처음 봤다고. 111동 2003호는 화분이 많았다. 커다란 화분들이었다. 베란다뿐만 아니라 거실도 가득 채울 수 있을 것 같았다. 맨 꼭대기 층이라 옥상을 쓸 수 있나? 청년은 그런 의문이 들기도 했다. 그런데요, 참 이상한 집도 보았어요. 애써 싣고 와서는 다 버리더라고요. 장롱도 버리고 소파도 버리고 식탁도 버리고. 처음에는 이사를 가는 줄 알았어요. 그 집만 짐이 내려와서요. 그러더니 인부들이 쓰레기장 앞에 짐들을 쌓아놓더라고요. 궁금해서 가서 물어봤어요. 이게 뭐냐고. 그랬더니 버리는 거래요. 새집에 안 어울린다며. 이삿짐 트럭이 떠난 뒤에 청년은 식탁 의자에 앉아보았다. 식탁 가운데 동그랗게 냄비에 눌린 자국이 보였다. 그걸 손바닥으로 만져보았다. 한참을 그러고 있다 청년은 짜장면 한 그릇을 배달시켰다. 제가 미친놈 같죠? 그런데, 거기서 짜장면을 먹어보고 싶었어요. 나는 눈을 감고 그 장면을 상상해보았다. 경비가 봤으면 그렇게 소리쳤을 것이다. 당신 미쳤어, 하고. 멀리 사이렌 소리가 들렸다. 개 짖는 소리도 다시 들렸다. 우리 엄마는 말이에요. 나는 청년에게 말했다. 정말로 미쳤어요. 종교에 빠져서 딸도 버렸거든요. 다시는 찾아오지 말라고 엄마가 내게 말했을 때 나는 엄마한테 말했다. 미친 것보다는 못된 게 더 낫다고. 그러니 나는 잘 살 거라고. 이제 사이렌 소리가 아주 가까이서 들렸다. 나는 청년에게 분홍색 킥보드를 가져다달라고 부탁했다. 청년이 킥보드를 가지고 왔다. 나는 바퀴를 돌려보았다. 반짝, 반짝. 다행히 고장이 나지는 않은 것 같았다. 장민지. 청년이 킥보드에 쓰여 있는 이름을 읽더니 내게 손녀냐고 물었다. 나는 그렇다고 했다. 나는 청년에게 부탁을 했다. 손녀가 놀라지 않도록 그 킥보드를 제자리에 갖다달라고. 중앙놀이터 그네 옆에 두면 된다고. 청년이 그러겠다고 약속을 했다. 나는 내가 사는 아파트를 알려주었다. 청년이 자기도 거기에 산다며 반가워했다. 나는 청년에게 단지에서 마주치면 맥주 한잔 사주겠다고 약속을 했다. 청년이 말했다. 이왕이면 치킨도 같이 사주세요. 나는 알았다고 고개를 끄덕였다. 구급대원들이 달려왔다. 그러자 청년이 내 손을 잡고 말했다. 이제 땡이에요. 그래서 나도 청년에게 말했다. 자네도 땡. 그러니 이제 집에 가요.

킥보드를 타는 할머니가 넘어지기까지

작년 가을이었다. 친구들과 술을 한잔하고 새벽에 귀가를 하다 분홍색 킥보드를 보았다. 길 한복판에 놓여 있었는데 그걸 보는 순간 나도 모르게 이렇게 중얼거려보았다. 얘야, 이렇게 아무렇게나 두었다간 잃어버린다. 술자리도 흥겨웠고, 바람도 시원하고, 공기도 맑고, 그래서인지 나는 기분이 좋았다. 킥보드를 몰래 타보고 싶은 생각이 들었다. 하지만 용기가 나지 않았다. 킥보드를 타고 나면 그걸 가지고 싶은 욕심이 날 것 같았다. 킥보드를 훔쳐 현관에 감춰두고 밤마다 몰래 타고 싶을 것 같았다. 나는 킥보드를 잃어버리고 우는 아이의 모습을 상상해보았다. 그래, 하루만 봐주자. 나는 다음날도 거기 그 자리에 있다면 훔치겠다고 마음먹으면서 집으로 돌아왔다. 침대에 누웠는데 자꾸만 킥보드가 생각났다. 그걸 타고 아파트 단지를 돌아다니는 나를 상상해보니 이상하게 위로가 되었다.

슬픈 일도 없었는데 위로를 받다니. 참 이상한 일이었다. 눈물이 나기도 했다. 어렸을 때 넘어져 앞니 끝이 부러진 적이 있었는데 그때가 생각나기도 했다. 우리 때는 스카이싱싱이라고 불렀다. 나는 그게 갖고 싶었지만 어째서인지 부모님에게 사달라고 조르지는 못했다. 동네에 사는 아이가 십 분을 탈 수 있게 해주겠다고 했다. 십 분이라니. 당시에는 스카이콩콩이라는 것도 유행했는데, 그걸 타고 싶어서 스카이콩콩을 가진 아이에게 백원을 주고 탄 적도 있었다. 그런데 그 아이는 공짜로 타게 해준다고 했다. 대신 십 분. 나는 열심히 탔다. 속도를 줄이지 않고. 그러다 넘어져 앞니 끝이 부러졌다. 나는 울지 않았다. 스카이싱싱의 주인인 아이가 다가와 괜찮냐고 물었고 아무렇지 않은 척했다. 다음날, 킥보드가 있던 자리에 가보았다. 킥보드는 없었다. 아쉬웠다. 돌아와 나는 이런 첫 문장을 썼다. 어젯밤 나는 킥보드를 훔쳤다.

며칠이 흘렀다. 첫 문장을 쓰고 더 쓰지 못했다. 그래서 그냥 두었다. 대신 놀이터 벤치에 앉아서 킥보드를 타는 아이들을 오래 구경했다. 바퀴가 반짝반짝. 불이 들어왔다. 그걸 보고 있으니 내가 아주 늙은 사람이 된 것 같았다. 그래, 그 아이들을 구경하다 나는 첫 문장에서 왜 더 나아가지 못했는지 알게 되었다. 할머니여야 했다. 할머니여야 킥보드를 훔칠 수 있을 것 같았다. 할머니여야 새벽마다 킥보드를 탈 수 있을 것 같았다. 돌아와 나는 첫 문장을 바꾸었다. 일주일 전, 나는 아파트 놀이터에서 킥보드를 훔쳤다. 그리고 단숨에 놀이터에서 킥보드를 훔치는 장면을 썼다.

그리고 또 며칠이 흘렀다. 첫 장면을 쓰고 더 쓰지 못했다. 뭐가 문제일까? 아파트 외벽을 따라 만들어진 자전거길을 걸으면서 나는 그렇게 물었다. 내가 쓰고 싶은 이야기는 이런 거였다. 남편을 죽인 할머니가 새벽에 킥보드를 타는 이야기. 차마 신고는 하지 못하고 죄책감에 시달리며 하염없이 킥보드만 타는 이야기. 놀이터에서 킥보드를 훔치는 장면을 쓸 때부터 나는 그 이야기를 염두에 두고 있었다. 낡고 오래된 아파트 거실에 죽어 있는 할아버지와 비를 맞으며 킥보드를 타는 할머니. 그런데 아무리 해도 남편을 죽일 수가 없었다. 남편을 밀쳐 넘어뜨리는 장면을 썼다 지웠다. 남편이 화장실에서 넘어졌는데 일부러 구해주지 않는 장면을 썼다 지웠다. 남편이 심장마비로 쓰러지는 장면도 썼다. 그래도 잘 되지 않았다. 그게 내 소설의 한계인 것 같아서 조금 괴롭기도 했다. 소설이 막히면 나는 써두었던 앞 장면을 다시 쓴다. 가만히 빈 화면을 바라보는 것보다는 그게 낫기 때문이다. 그래서 나는 첫 장면을 여러 버전으로 다시 써보았다. 첫 장면을 여러 버전으로 쓰다보면 남편을 죽일 실마리를 찾을 수 있을 거라고 생각했다. 그러던 어느 날, 나도 모르게 첫 문장 다음에 이런 문장을 덧붙였다. 손잡이에 거북이 모양의 스티커가 붙어 있는 분홍색 킥보드였다. 아무 생각 없이 쓴 문장이었다. 그런데 그 문장을 쓰고 보니 왠지 거기에 무슨 뜻이 숨겨져 있을 것 같았다. 거북이 모양의 스티커라니. 그건 그냥 분홍색 킥보드랑은 다른 것 같았다. 그 거북이 모양의 스티커가 무얼 말하는 것 같았다. 거북이처럼 느릿느릿. 그래, 그건 경고문이었다. 그래서 킥보드를 타는 할머니가 넘어졌다. 새벽에 킥보드를 타다 넘어진 할머니. 그 할머니는 그렇게 왔다. 그리고 나는 처음 생각한 것과 전혀 다른 이야기를 쓰게 되었다.

'찰나'의 마술, 그 순간의 기억

신수정(문학평론가·명지대 문창과 교수)

윤성희에게 시간은 느닷없다. 그것은 언제나 '어느 날' 갑자기 출현한다. 이때, 출현이라는 말에 주목할 필요가 있다. 시간이 출현한다는 것은 우리가 알고 있는 시간의 일직선적 흐름, 예컨대 과거에서 현재로, 현재에서 미래로의 이동을 설명하는 언어라고 하기 어렵다. 차라리 그것은 우리가 그러하다고 믿고 있는 시간의 방향성을 거꾸로 거슬러올라 미래에서 현재로, 현재에서 과거로 갑작스럽게 침범하는 시간을 가리킨다고 할 만하다. 수학여행을 가던 십대 소녀들을 죽음으로 몰아넣는 교통사고(「어쩌면」, 『웃는 동안』, 문학과지성사, 2011)나 길을 걷다 담벼락이 무너져 그 아래 깔리는 바람에 119 구급차를 타고 병원에 입원하게 되는 사고(「가볍게 하는 말」, 『베개를 베다』, 문학동네, 2016) 등 돌발적인 사고가 그녀의 소설을 추동하는 주요 모티프로 자주 활용되는 것은 이와 무관하지 않다. 윤성희의 소설에서 시간은 항상 우연한 사건의 도래와 더불어 비로소 우리에게 임재한다, 불쑥, 다시 한번 느닷없이.

「어느 밤」 역시 이 시간의 플롯에서 자유롭지 않다. 한밤중에 집을 나와 킥보드를 타던 '할머니'가 사고를 당해 쓰러지게 되는 '사건'은 이 소설을 구성하는 핵심축이다. 이 할머니는 어쩌다 '킥보드' 따위를 타게 되었는가. 일주일 전 그녀는 아파트 놀이터에서 파란색 발판에 '장민지'라고 적혀 있는 킥보드를 발견하고 그것을 훔쳐 놀이터에서 가장 멀리 떨어진 125동 자전거 보관대에 숨겨두었다. 그리고 밤마다 남편 몰래 나와 조심조심 킥보드를 탄다. 생각해보라, 할머니가 킥보드를 훔치는 장면을. 어쩌면 이 소설은 이 장면과 더불어 탄생한 것인지도 모른다. '할머니'와 '킥보드'라는, 그것도 '훔친' 킥보드라는 설정은 이 소설의 '사건'을 가볍게 들어올리는 지렛대 역할을 한다. 윤성희의 다른 많은 소설처럼, 이 소설의 '사건'이 그 느닷없는 참변에도 불구하고 도무지 어두운 구석을 찾아보기 어려운 것은 그 때문이다. 한밤중에 아무도 지나다니지 않는 어두운 거리에서 꼼짝도 하지 못한 채 다리를 다쳐 누워 있는 화자의 상황이 놀랍지 않아서가 아니다. 그것은 '위기'라고 부르기조차 어려운 안타까운 상황임에 틀림없다. 그럼에도 불구하고 이 소설은 그런 상황에서의 비극성을 알지 못한다. 그 대신 이 소설을 가득 채우고 있는 것은 어떤 동화적 명랑성이다. '킥보드를 타던 할머니'가 자신의 사고를 '얼음땡 놀이'로 비유하고 있는 대목을 보라. '얼음' 하고 외치는 순간 움직이지 않다가 '땡'이라고 하는 순간 비로소 자유를 얻게 되는 아이들 놀이는 윤성희의 소설에 와서 삶의 비극성을 대체하는 '마술'로 자리잡는다. 세 달 전부터 배우기 시작한 동네 동사무소 마술 교실의 선생님이 이야기해준 대로 "마술에서 기술보다 더 중요한 건 유머"이기 때문일까. 윤성희는 우연한 사고로 점철되는 삶의 비참으로부터 '유머'를 길어올리는 것을 잊지 않는다.

그것은 삶의 비참의 강도나 밀도가 약해서가 아니다. 상황은 오히려 그 반대일 가능성이 더 높다. 생은 도처에 '얼음'투성이다. '땡' 하고 외쳐줄 친구들은 모두 저녁밥을 먹으러 집으로 돌아가고 '나'만 홀로 남아 있는 절망적인 상황은 어쩌면 우리 삶의 상수일 수도 있다. 「어느 밤」의 그녀가 한밤중에 킥보드를 타러 나오게 된 것도 따지고 보면 이와 무관하지 않다. 그녀는 나이들어가면서 점점 더 잔소리와 욕이 느는 남편을 견디기 어렵다. 남편과 아침밥을 함께 먹는 게 힘들고 언제부터인가는 남편이 죽었으면 하는 생각이 들기도 한다. 남편이 "군고구마를 품에 안고 오던 어느 겨울밤. 그런 날들이 없었던 것은 아니었는데도" 그런 감정들을 추스르기 쉽지 않다. 그녀는 "정갈하게 늙고 싶"기 때문이다. 이 '정갈한 삶'에 대한 염원은 그녀가 오랜 시간 추구해온 욕망이라고 할 만하다. 그녀는 댐 공사 현장에서 인부로 일하다가 다리를 다친 뒤 술주정뱅이가 된 아버지의 폭력을 견디다못해 그가 잠든 사이 약을 탄 술을 가져다두어 아버지의 죽음을 유도한 이력이 있다. "아버지가 고등학교를 보내주지 않아서 앙심을 품은 게 아니"라 오로지 "엄마가 찬장 안쪽에 숨겨둔 약을 버리지 않아서, 지긋지긋하다는 말을 달고 살아서, 그래서 그랬"을 뿐인데 엄마는 종교에 미쳐 그녀를 다시 보지 않으려 한다. 가족과의 인연이 끊긴 채 라디오 조립 공장에 다니며 고아와 다름없는 삶을 영위하던 그녀에게 다시 '가족'을 선사한 것은 남편이다. '왼쪽 엄지손가락이 구부러진' 남편은 공장에도 다니고 도배 일도 하고, 말년엔 아파트 경비원으로 일하며 가족을 건사하기 위해 자신의 모든 역량을 쏟아부어왔음에도 불구하고 그녀는 불쑥불쑥 치미는 남편에 대한 혐오를 어쩌지 못한다. 그가 점점 '아버지'를 닮아가고 있었던 것이다. '그런 날'이면 그녀는 신경써서 밥상을 차리거나 "다정도 병인 양하여 잠 못 들어 하노라"라는 시조를 중얼거린다. 그조차 더이상 해법이 되지 못할 때, 마침내 '킥보드'가 눈에 띈다. '킥보드를 타는 할머니'는 그렇게 우리에게 왔다. 그런 의미에서 이 모티프는 그 신선하고 발랄한 동화적 외양에도 불구하고 기나긴 시간의 축적에서 비롯된 여성들의 아픔과 절망, 그 고통의 역사를 함축하고 있다고 할 수 있을 것이다.

여성의 역사. 고등학교를 보내주지 않는 아버지, 술만 마시면 가족을 두드려패는 아버지의 폭력에 무방비로 노출된 엄마, 그 엄마의 눈물을 무력하게 지켜보다 그녀를 위해 무언가를 하지 않을 수 없다고 다짐하는 딸 등 여성적 삶에 장기지속적으로 스며들어 있는 이 모티프들은 이 소설의 육체를 형성하는 살이라고 할 만하다. 이들이 흥미롭지 않은 것은 아니다. 이들의 역사는 아직도 제대로 재현되고 있지 않은 것이 사실이다. 그러나 이 모티프들은 지나치게 너무 자주 수많은 서사에서 익숙하게 반복되어온 나머지 애초의 의미를 잃어버린 측면도 없지 않다. 윤성희는 이 무겁디무거운 여성적 장기지속의 시간을 '갑작스럽게' 정지시키고 '사건'의 도래와 더불어 도약하는 '찰나'의 순간을 잡아챔으로써 이 장기지속적 모티프가 놀라운 힘을 발휘하도록 만든다. 「어느 밤」에 분명하게 각인되어 있는 여러 겹의 시간대들, 이를테면 '킥보드를 훔친 다음날' '동사무소에서 마술을 배우고 난 그다음날' '남편과 산악회 총무의 장례식장에 간 그다음날', 그리고 마침내 '킥보드를 타다 넘어지게 되는 그날 밤' 등 이 소설에 기입된 나날들을 단 한 순간의 '어느 밤'을 예비하기 위한 '많은 밤'들 가운데 몇 순간들이라고 할 수 있는 것은 그 때문이다. '어느 밤'에는 이미 우리 인생의 수천수만의 국면들, 그 겹겹의 서사가 오롯이 새겨져 있다. 이 통찰은 "눈을 감았다 떴다" 하는 순간이 "빛이 지구를 일곱 바퀴" 도는 시간과 맞먹는다는 진술 속에서도 어느 정도 암시되어 있는 것이 사실이다. 윤성희는 말한다. "똑딱" 하는 그 찰나는 무수히 많은 '어느 날'들의 축적, 혼재, 그것들 사이의 뒤엉킴이 폭발하는 어떤 시간, 어떤 순간이라고.

우리는 이 시간을 『햄릿』을 읽는 데리다를 흉내내 '시간의 이음매에서 어긋나 있는 시간'이라고 불러도 좋을 것이다. 이 '뒤틀린 시간'과 더불어 비로소 우리의 실존은 제도화된 달력의 순서에 따라 하루 또 하루 이어지는 현재의 연쇄로부터 벗어나 하나의 '사건'으로 뚜렷하게 각인될 수 있을 것이다. 「어느 밤」이 선사하는 감동은 여기에서 나온다. '어제와 다르지 않은 오늘'을 결정적인 '그날 밤'으로 만드는 바로 그 '어느 밤'에 대한 재현. 윤성희는 어머니에서 딸로, 다시 그 딸에서 딸로 이어지는 여성의 시간을 단 하나의 순간, '어느 밤'의 결정적 찰나로 제시함으로써 지리멸렬한 일상 속에 반짝이고 있는 사금파리 같은 삶의 비의를 건져올리는 데 성공한다. '어느 밤'이 그렇고 그런 '어느 순간'으로 환원되지 않는 것은 바로 이 지점이다. 이 '찰나'의 비약적 도래를 모르지 않는 한, 목숨이 경각에 달려 있는 느닷없는 참변도, 남편에 대한 혐오도, 폭력적인 아버지를 향한 살부 충동도 모두 '얼음땡 놀이' 같은 것에 불과할 수도 있을 것이다. '땡' 하는 소리와 더불어 '얼음'은 사라지고 다시 '물'로 흐를 수 있다는 것, '어느 밤'은 이 잊고 있던 기억을 소환하는 '마술'이라고 할 만하다. 우리는 그 마법과 더불어 '얼음'으로 가득찬 삶이 어느 순간 '땡' 소리와 더불어 환희로 뒤바뀌는 경험을 하게 될 것이다. '킥보드를 타는 할머니'가 '독서실에서 독서를 하지 않는 청년'의 '얼음'을 '땡' 하고 풀어준 것처럼! 「어느 밤」은 바로 그 찰나에 새겨진 기억을 망각으로부터 구제해 보여주었다. 킥보드의 속도감이라고 하지 않을 수 없다.

/

권여선

하늘 높이 아름답게

/

작가노트

푸른 과녁

리뷰 **정홍수**

고귀한 것과 고귀하지 않은 것

권여선

1996년 장편소설 『푸르른 틈새』로 상상문학상을 수상하며 등단. 오영수문학상, 이상문학상, 한국일보문학상, 동리문학상, 동인문학상, 이효석문학상 등 수상. 소설집 『처녀치마』 『분홍 리본의 시절』 『내 정원의 붉은 열매』 『비자나무 숲』 『안녕 주정뱅이』, 장편소설 『레가토』 『토우의 집』 『레몬』, 산문집 『오늘 뭐 먹지?』가 있다.

하늘 높이 아름답게

일흔두 살에 죽은 마리아는 지주 집안의 오남매 중 막내딸로 태어났다. 위로 오빠가 둘 언니가 둘이었는데 막내라고 해서 귀여움을 독차지하지는 못했다. 대지주는 아니어도 자기 땅을 가졌다고 양반 행세를 하여 가풍이 대단히 봉건적이었다. 아들들만 위해 받쳤고 딸들은 빈농 집안이나 다름없이 부렸다. 아들들은 학교에 다녔지만 딸들이 학교에 다니기 위해서는 집안이 발칵 뒤집힐 정도의 투쟁과 저항이 필요했다. 집안의 남자 어른들은 시대 흐름도 있고 남의 눈도 있어 마지못해 딸들을 학교에 보내면서도 딸들 앞으로 나가는 학비는 낭비라 여겼고 딸들의 높은 학업 성취에서는 까닭 모를 불길함마저 느꼈다. 그래서 집에서는 딸들이 감히 책을 펼치고 공부하는 꼴을 보이는 걸 용납하지 않았다. 시집가기 전까지 알뜰히 착취해야 할 딸들의 노동력은 가축이나 토지와 마찬가지로 그 생산성의 크기에 따라 가치가 매겨졌으므로, 맏딸에 비해 막내딸은 훨씬 더 열등했다. 집안에서 가장 사소하고 미천한 존재인 막내 마리아는 자라면서 가능한 한 누구의 눈에도 띄지 않도록 자기 존재를 감추고 무화하는 법을 터득했다. 숨어서 공부했고 숨어서 성당에 나갔고 숨어서 일을 꾸몄다. 그 은신술이 얼마나 뛰어났던지 마리아가 파독 간호사를 지원해 독일로 떠난 후 사흘이 지나도록 집안에서 그녀의 부재를 눈치챈 사람이 아무도 없을 정도였다. 심지어 죽기 전까지도 숨어서 약을 먹고 주사를 놓았으므로 마리아가 죽을 만큼 아프다는 것을 눈치챈 이웃이나 성도는 아무도 없었다.

성당 안뜰 파라솔 아래에 앉아 베르타는 곧 참회해야 할 생각을 끊임없이 되풀이하고 있었다. 도대체 이 사람들은 이렇게 해서 뭐가 만족스러운 걸까. 쉬지 않고 떠들어대면서 이들이 얻는 것은 과연 무엇인가. 성당의 가을 바자회가 끝나갈 무렵이었다. 기념품과 기증품을 파는 매대만 몇 남아 있고 대부분은 파장했다. 떡과 음료 매대를 맡았던 그들도 뒷정리를 하고 남은 음료를 하나씩 들고 파라솔 아래 모여 앉은 참이었다. 이 모임에서 가장 젊은 오십대 초반의 사비나는 누가 무슨 말을 꺼내기만 하면 어김없이 저도요, 저도 그런 게, 제가 예전에요, 하는 식으로 새가 나무를 쪼듯 잽싸게 자기 말을 끼워넣을 자리를 만들었다. 늙은 올가는 입술을 실룩거리며 걸쭉한 쉰소리로 내용 없는 독백을 지루하게 이어나갔다. 베르타는 자신이 사람을 가리고 싫어하는 증상을 여전히 갖고 있다는 것과 남편이 죽고 나서도 그 증상이 조금도 완화되지 않았다는 것을 확인했다.

베르타의 남편은 작년 봄에 급사에 가까운 죽음을 맞았다. 갑작스러운 죽음이라 준비된 게 아무것도 없었다. 장례를 치르고 나서도 한동안 상속 문제로 정신이 없었다. 상속세 한도와 공시지가에 맞춰 두 아들에게 적절한 몫의 부동산을 분배하고도 재산은 베르타 손에 넉넉히 남았다. 세무사와 상담하여 상속세를 납부하고 명의를 변경하고 연금 수령 신청을 했다. 생전의 남편은 성정이 꼼꼼하고 검약이 몸에 밴 사람이었다. 남의 시선에 민감했고 손가락질 받을 일을 피했다. 그렇다고 융통성이 없는 건 아니어서 재산 축적에는 묘한 수완과 담대함마저 보였다. 베르타는 결혼 전에 대학병원 약사로 일하다 첫째 아들을 낳고 일을 그만두었다. 남편에게 맞춘 결과든 아니든, 겉으로 볼 때 베르타와 남편은 그 성격과 스타일에서 썩 잘 맞는 듯 보였다. 베르타가 네 식구의 한끼 식사를 김치 그릇 외에는 대부분의 접시나 사발이 깨끗이 비워질 정도로 인색하게 차려낸다든가, 아들들이 어느 정도 크고 나서는 굳이 그럴 필요가 없는데도 틈틈이 친구가 하는 약국에 나가 일을 봐주면서 돈을 번다든가 하는 점이 그랬다. 그러나 베르타는 언제나 속으로는 자신과 남편 사이에 해소할 수 없는 차이가 있다고 생각했다. 일례로 남편은 언제나 첫째 위주였지만 베르타는 둘째가 더 살갑고 편했다. 또 무엇보다 남편에게는 도무지 미적 감각이라곤 없었는데 베르타 자신은 그렇지 않다고 생각했다. 남편이 죽고 얼마 지나지 않아 둘째 아들이 같이 살자고 제안해왔다. 그때 베르타는 둘째 며느리의 표정을 유심히 살폈는데, 그걸 아는지 모르는지 며느리는 그렇게 하세요 어머니, 하고 거들었다. 표정이며 말투며 억지로 그러는 것처럼 보이지는 않았지만 베르타는 일주일쯤 생각해보고 거절했다. 지금도 베르타는 그렇게 한 게 잘한 일인지 아닌지 알 수 없었다. 베르타는 이제 스스로 마음이 안정되었다고, 혼자 사는 데 익숙해졌다고 생각했지만 정말 그런지는 확신할 수 없었다. 남편이 죽은 후 특별한 사정이 없는 한 매달 한 번씩 가족이 모였고 매년 두 차례씩 가족 여행도 다녀왔다. 베르타는 둘째가 마음을 써 예약해준 음악회나 전시회 티켓을 썩히는 일이 없었고, 예전보다 성당에 자주 나와 구역예배도 보고 봉사활동에도 참여했다. 한때 그녀는 남편이 죽고 나서 자신이 제법 철이 들고 너그러워졌다고 생각한 적도 있었다. 그게 언제였을까, 베르타는 생각을 더듬었다. 왜 그런 섣부른 확신을 가졌을까.

음료는 미지근했고 가을볕은 서서히 거둬지고 있었다. 옆에 앉은 데레사가 수산나에게 무슨 얘기인가를 하고 있었다. 베르타 또래인 환갑 언저리의 데레사는 누가 재치 있는 유행어를 말하면, 베르타가 듣기에는 전혀 재치 있지 않았지만, 그 말에 열광하여 듣는 사람이 염증이 나도록 그 말을 부적절하게 사용하며 즐거워했다. 그 대화 상대자인 수산나로 말하자면, 안셀모 신부의 모친이라 성도들에게 어느 정도 대접은 받고 있었지만, 베르타가 보기에는 도무지 머리가 둔하고 감정이 메말라 누가 뭐라고 하든 성경 말씀을 갖다 붙이기 일쑤였는데 맥락상 적절하지 않은 경우가 대부분이었다. 들으나 마나 둘 다 부적절한 대화를 나누는 중일 것이었다. 그 와중에 하필 건너편에서 사비나의 높은 목소리가 들려왔다.

"그러니까 그 빈대떡 말이에요! 우리 남편이 그렇게 좋아했는데!"

베르타는 미간을 찌푸리고 사비나 쪽을 바라보며, 참 고귀하지를 않구나 이 사람들은, 하고 생각했다. 분명 자신도 고귀하다고 할 순 없겠지만, 그럼에도 불구하고 이 사람들은 고귀하지를, 전혀 고귀하지를 않다고 베르타는 다람쥐 쳇바퀴 돌리듯 같은 생각을 반복했다. 이제 베르타를 괴롭히는 의문은 자신이 왜 이들과 계속 만남을 이어가고 있는가 하는 것이었다. 도대체 이들은 이렇게 해서 뭐가 만족스러운 건가, 베르타는 신음하듯 생각했다. 아무도 귀담아듣지 않는 말을 떠들어대면서 도대체 어떤 기쁨을 느끼는 걸까. 듣는 것보다 말하는 게 그래도 뭔가 하는 것 같아서? 그나마 그게 더 살아 있는 것 같아서?

"빈대떡 부치는 솜씨도 솜씨지만 반죽이 굉장히 중요하다고 하더라고요. 아무도 그런 반죽은 못 만들 거라고요."

누군가 조금 전에 빈대떡 얘기를 했고 그걸 또 사비나가 가로채서 떠드는 거라고 짐작하면서도 베르타는 '빈대떡'이란 말 속에 자신을 건드리는 뭔가가 있음을 느꼈다. 오늘 바자회 내내 뭔가 불만스러운 게 있었는데 그게 어쩌면 빈대떡과 관련이 있을지도 몰랐다.

"그러니까 그게 참 안타까운 게 말이오……"

막 사비나의 말에 귀를 기울이려는 참에 늙은 올가의 쉰 목소리가 끊고 들어오는 바람에 베르타는 짜증이 났다.

"옛날하고는 달라서 요즘은 일흔두 살이면 한창때란 말이지요. 십 년에서 십오 년은 너끈히 더 살 수 있는 나이거든요."

베르타는 올가의 나이가 정확히 몇인지 몰랐지만 일흔두 살이라면 그럴 법하다 여길 나이였으므로 다소 어처구니가 없었다. 일흔두 살이 한창때라니, 거기다 십 년도 아니고 십오 년을, 여든둘도 아니고 여든일곱까지 살겠다니 어지간히 욕심도 많다고 생각했다.

"나는 알고 있었소. 오래 못 가겠구나 알고 있었어요." 올가가 염불을 외듯 말을 이었다. "그렇게 사람이 한꺼번에 휘몰아치듯이 살면 오래 못 사는 법이거든. 나하고 동갑이라 내가 벗을 삼고 싶어도 형편이 서로 너무 층하가 나고 또 그이가 영 쉴 틈이 없었으니까. 한시도 안 쉬고 일을 했지요. 그래야 할 형편이긴 했지, 마리아가."

베르타는 자기도 모르게 상체를 앞으로 내밀며 물었다.

"마리아님이라면 혹시 손녀딸 하나 키우시던 그 마리아 이모님 말씀이세요?"

올가가 베르타를 힐끔 보더니 대답했다.

"그럼 그 마리아지 누구겠소? 지난주에 소천 받은. 연도 봉사 할 때 베르타 자매님은 참석 안 했던가요?"

베르타는 지난주에 두 아들 며느리와 함께 해외여행중이었다고, 어제 아침에 돌아왔다고 말했다. 그러자 올가가 아, 외국에 있었구먼, 그래서 마리아가 죽은 것도 몰랐군, 했다. 사비나가 눈을 반짝이며 여행은 재미있었느냐고 물었고 베르타는 가쁜 숨을 들이쉬며 그렇다고 대답했다. 베르타가 마리아를 처음 만난 것은 불과 몇 달 전인 성당의 봄 바자회에서였다. 그때 마리아는 예전에 빈대떡집을 했나 싶게 재빠른 손길로 빈대떡을 부쳐내고 있었는데 그게 그렇게 맛있다고 소문이 나서 날개 돋친 듯 팔려나갔다. 사비나의 남편이 그렇게 좋아했다는 그 빈대떡이었다. 수산나가 여행은 어디어디를 다녀왔느냐고 물었고 베르타는 짤막하게 체코, 라고 대답했다. 마리아가 죽었다는 얘기를 들은 순간부터 베르타는 조금씩 숨이 가빠왔다. 어머, 저도 거기 가봤는데 체코, 하고 사비나가 말했다. 베르타는 점점 더 가슴이 갑갑해져 숨을 쌕쌕거리며 체코의 여러 도시와 관광지에 대해 떠들어대는 일행을 놀란 듯 둘러보았다. 의사로부터 치명적인 병명을 듣기 위해 기다리는 환자처럼 베르타는 둘러앉은 여인들에게서 어떤 작은 단서라도 찾으려는 듯 주의깊게 눈치를 살피고 귀를 기울였다. 누가 말해줄 것인가, 마리아의 죽음에 대해.

그날 아침 일찍 안셀모 신부의 사택으로 전화가 걸려왔다. 마리아의 임종 소식을 제일 먼저 듣게 된 안셀모의 모친 수산나는 눈을 감고 짧게 기도한 뒤 곧바로 안셀모 신부를 깨우러 갔다. 안셀모는 잠이 덜 깬 와중에도 이거 큰일났네, 큰일났어, 하고 연신 웅얼거렸나. 아들은 그 지경이니 상주로는 터도 없고, 하고 수산나도 말을 보탰다. 그렇다고 어린 소피아를 상주로 세울 수도 없는 일이고. 신부가 자리에서 힘겹게 일어나더니 불만스러운 얼굴로, 그러니 마리아님께서 제게 특별히 부탁을 하신 거죠, 하고 뒤뚱거리며 욕실로 향했다. 수산나는 날로 살이 찌는 아들의 큰 덩치를 근심스레 바라보았다. 마리아의 형편이 형편이니만큼 장례는 하루이틀 안에 끝나는 약식장일 터였다. 수산나는 창문을 활짝 열고 침구를 정리하며 그나마 날씨가 덥지 않아 우리 신부님이 땀은 좀 덜 흘리겠다고 안도했다.

아침을 준비하다 말고 수산나는 잠시 손을 늘어뜨리고 생각에 잠겼다. 마리아가 지난주에 신부님 드시라고 가져다준 밑반찬이 아직 냉장고에 남아 있는데 그걸 만든 당사자가 더이상 이 세상에 없다는 게 믿기지 않았다. 반찬통에 든 반찬처럼 마리아도 곧 관에 들려니 생각하다 이 무슨 불경스러운 생각인가 싶어 급히 고개를 내저었다. 그래도 마리아처럼 착하고 부지런한 자매님은 분명히 천국에 갔을 거라고 보일 듯 말 듯 고개를 주억이다 말고 수산나는 다시 마음이 찜찜해졌다.

"아니에요 사모님," 마리아는 열 살이나 적은 수산나에게 늘 존댓말을 썼다. "저 같은 게 무슨 하느님의 백성이겠어요?"

그게 아니라고, 누구나 믿는 자는 하느님의 백성이고 자녀라고 수산나가 그렇게 얘기했는데도 마리아는 끝까지 불신의 마음을 거두지 않았다. 수산나는 손을 모으고 가난하고 지혜가 부족했던 마리아를 위해 기도하려다 아들이 옷을 갖춰 입고 방에서 나오는 걸 보고 그만두었다. 수산나는 밥을 푸고 국을 뜨고 마리아가 만든 반찬을 늘어놓았다. 식탁에 마주앉은 아들에게 몇 번이나 무언가를 물어보려다 아들 목에 꽉 물려 있는 로만칼라 깃을 보곤 자기 목이 더 막히는 듯해 입을 다물었다.

"애초에 없던 목숨인데 이렇게 태어나서 살았으니 됐고 살아서 좋은 때도 있었으니 됐지요" 하고 마리아는 말했다. "제가 하느님께 감사드리는 건 거기까지예요 사모님. 더는 하느님의 은혜를 바라지 않아요."

세상에, 그렇게 고집을 부리며 믿지 않은 마리아는 이제 어디로 가게 되는 걸까, 수산나는 차마 상상조차 할 수 없었다. 불신으로 저주받은 영혼의 행로에 대해서는. 그래서 오직 장례식 내내 연도만 열심히 했다고 수산나는 말했다. 연옥에 있는 마리아의 영혼이 부디 최악의 곳에 가지 않기를 바라면서. 베르타는 수산나의 넙데데하고 무표정한 얼굴 뒤에 드리운 슬픔을 발견하고 감동을 받았다.

늙은 올가는 성당에서 부고 연락을 받자마자 곧바로 연도 봉사를 맡은 구역 내 성도들에게 연락했다. 장례식장에 오전, 오후, 저녁에 갈 성도들로 나누어 팀을 짜고 각 팀별로 대표를 한 사람씩 정해 책임을 지운 다음 잠시 한숨을 돌리려는 참에 전화가 걸려왔다. 모르는 번호였다.

"안녕하세요, 성도님! 많이 바쁘시지요? 그래도 잠시 시간 좀 내주시아겠는데요?"

많이 들어본 여자의 목소리와 말투인데 누군지 알 수 없었다. 성당에서 사무 일을 보는 성도인가 싶어 올가는 변명하듯, 어쩌나, 나는 당장은 시간이 안 되고 오늘밤 장례미사에나 참석할 수 있을 것 같은데, 하고 대답했다.

"아, 그러시군요. 누가 돌아가셨나봐요?"

올가는 어리둥절했다. 마리아 자매님이 돌아가셨는데 아직 연락 못 받았느냐고 묻자 여자가 뭐라고 우물쭈물했다. 올가는 의기양양하여 마리아의 장례식에서 연도를 올릴 오전, 오후, 저녁의 시간대를 알려주고는 다음주에 가을 바자회도 있는데 큰일이라고, 마리아 자매님이 이리 허망하게 가셨으니 그 준비를 누가 다 하겠느냐고 푸념하다 말고 갑자기 의심쩍은 생각이 들어, 그런데 자매님은 누구시오, 하고 물었다.

"네, 여기는요" 하더니 여자가 기다렸다는 듯 빠르게 말을 쏟아놓았다. "하나님의 은총으로 무연고 청소년들의 생계와 자활을 돕는 빛사랑센터입니다. 저희 아이들은 만 십이 세부터 십칠 세까지의 아이들인데요."

올가가 어이가 없어 얼른 전화를 끊으려 했지만 여자의 말은 좀처럼 틈을 보이지 않고 촘촘히 이어졌다.

"저희 아이들이 정말 좋은 재료로 정성을 다해 만든 질 좋은 천연 건강 비누 한 박스를 십만원에 보내드리고 있습니다. 택배로 보내드려요. 택배비는 받지 않고요. 마침 다음주에 가을 바자회도 하신다니까 저희 비누를 몇 박스 보내드리고 싶은데, 사실 십만원이면 이게 절대 비싼 게 아니고요, 한 박스에 든 비누 양이……"

올가는 몇 번이나 어어, 내가, 이봐요, 하고 끊을 기회를 노리다 실패하고 종료 버튼을 꾹 눌렀다. 걸려온 번호를 차단하려고 통화 목록을 여는 중에 다시 벨이 울렸고 올가가 하필 통화 버튼을 잘못 누르는 바람에 다시 전화가 연결되었다. 폰 스피커를 통해 여자의 속사포 같은 공격이 쏟아져나왔다.

"도대체 왜 전화를 그런 식으로 끊으시는……"

올가는 화들짝 놀라 다시 종료 버튼을 눌렀다. 세번째로 벨이 울리고 화면에 같은 번호가 떴다. 올가는 가슴을 벌렁거리며 폰을 내려다보았다. 올가의 약을 올리려는지 인내심을 시험하려는지 벨은 무척 오랜 시간 울렸다. 무연고 청소년…… 만 십이 세부터 십칠 세…… 천연 건강 비누 한 박스…… 십만원…… 그런 소리들이 폰을 통해 환청처럼 들려오는 듯했다. 마침내 벨소리가 뚝 끊겼다. 올가는 무슨 무서운 물건이라도 만지듯 조용해진 자신의 폰을 집어 통화 목록에서 번호를 찾아 차단했다.

그러고 나서 문득 그런 생각이 들었다고 올가는 침울하게 말했다. 마리아의 손녀 소피아도 만 십이 세가 되면 이런 곳에 가게 되려나, 건강 비누 만드는, 그런 생각이…… 베르타는 올가의 마르고 침통한 얼굴을 바라보며 조금 전에 올가의 말을 오해하여 팔십칠 세까지 살려는 욕심꾸러기 노인으로 여긴 것을 참회했다.

독일로 간 마리아는 거기에서도 미천한 존재이긴 마찬가지였지만 죽을힘을 다해 살았다. 고된 간병 업무와 간호 보조 업무를 하는 틈틈이 독어를 익혔고 밤에는 한국에서 가져간 간호학 교재로 공부했다. 병원 구급차를 운전하는 터키계 독일인 카디르와 사귀게 되었지만 정식 간호사가 되기 전에는 그 누구와도 결혼할 생각이 없었다. 육 년 만에 간호학교에 입학해 일 년을 다니고 새 학기를 앞둔 겨울에 마리아는 검은 곱슬머리에 피부가 노르스름한, 청회색 눈동자의 남자아이를 낳았다. 그들에게 일주일의 시간만 있었다면 카디르와 마리아는 혼인신고를 했을 것이고 그랬다면 마리아가 다시 한국에 돌아오는 일 없이 독일 국적을 얻어 영원히 독일에 정착할 수 있었을 것이다. 출산한 마리아가 퇴원하던 날 아기를 안고 병원에서 나오던 카디르가 계단참에서 어지럽다며 잠깐 아기를 안고 있어달라고 마리아에게 건넸다. 마리아가 아기를 받아 추스르는 동안 카디르는 스르르 주저앉았고 그렇게 늘어진 채 눈을 감았다. 격무에 시달린 젊은이에게 찾아오는 돌연사였다. 아무도 이방인인 마리아가 혼자서 아이를 키울 수 있다고 말해주지 않았다. 단 한 사람도 그렇게 말해주지 않았다. 마리아는 주변의 권유에 따라 이름도 짓지 않은 아들을 독일인 가정에 입양 보냈다. 때마침 오일쇼크의 여파로 독일에서 외국인 노동자를 강제송환 하는 정책이 시행되었고 한국인 파독 간호원들은 간호 가운의 한쪽 소매를 뜯어내며 맹렬히 저항했다. 마리아는 소매를 뜯지도, 저항을 하지도 않았다. 아무것도 몰랐고, 알려고 하지도 않았다. 한국을 떠난 지 팔 년 만에 마리아는 한국으로 송환되었다.

데레사는 올가에게서 마리아의 부고 연락을 받고도 믿기지가 않았다고, 왜냐하면 마리아가 죽기 사흘 전까지도 자기 집에 일을 다녀갔기 때문이라고 말했다. 이 말을 듣고 베르타는 갑자기 머리 한쪽에 찌릿한 통증이 이는 것을 느꼈다. 마리아는 성당 사람들 집에 가사 도우미 일을 자주 다녔는데 올봄 바자회 이후로 베르타의 집에도 한 달 남짓 일을 다닌 적이 있었다.

부고 연락을 받고 데레사는 도무지 마음이 잡히지 않아 이곳저곳을 서성거렸다. 마리아가 다녀간 지 얼마 되지 않아 집안은 깨끗했다. 욕실도 주방도 나무랄 데가 없었다. 데레사는 냉장고에서 공복에 먹는 한약을 꺼내 데우려다 마리아가 해놓은 밥과 서너 가지 반찬에 국까지 남아 있는 걸 보자 갑자기 맹렬히 식욕이 솟구치는 걸 느끼고 한약 대신 유리그릇에 일인분씩 담아놓은 밥을 꺼내 레인지에 돌리고 국을 데우고 반찬통을 식탁에 꺼내놓았다. 눈치가 비상한 마리아는 데레사의 식성과 체질을 모조리 파악하고 있었다. 데레사가 몸이 허약하고 소화기관이 부실한 것을 감안해 기름과 고춧가루가 적게 들어간 반찬을 만들었고 국의 간은 항상 심심한 편이었다. 그리고 무엇보다 밥이 흑미가 섞인 찰밥이었다. 어떻게 같은 김을 무쳐도 이렇게 쫄깃하게 잘 무치는지, 감자를 조려도 이렇게 포슬한 맛이 나게 조리는지 데레사가 감탄하면 마리아는 별것 아니라는 듯 씩 웃으며 말했다.

"먹어줄 사람을 생각하고 만들면 그렇게 돼요, 사모님."

데레사가 그러지 말라고 몇 번을 말했는데도 마리아는 그게 편해요 사모님, 하며 말끝마다 꼬박꼬박 사모님을 붙였다. 자꾸 듣다 보니 데레사도 사모님 소리가 사모님으로 들리지 않고 그저 마리아가 자신을 부르는 애칭이려니 여기게 되었고, 데레사도 마리아를 애칭하듯 말끝에 꼬박꼬박 이모님을 붙여 불렀다. 어머, 저도 그랬는데, 하고 사비나가 말했다. 저도 꼬박꼬박 마리아 이모님 마리아

이모님 그렇게 불렀거든요. 그런데 마리아 이모님은, 하고 데레사는 사비나의 말을 못 들은 척 말을 이었다. 배움도 짧으신 분이 어쩌면 그렇게 말을 싹싹하고 기특하게 할까요? 데레사는 잠시 침묵을 지키다 울먹이며 덧붙였다. 먹어준다니요. 먹어줄 사람을 생각하고 만들면 그렇게 된다니요? 베르타는 이건 바로 내 얘기가 아닌가 싶어 잠시 어리둥절했다. 마리아가 자신의 집에 일을 다녔던 한 달 남짓 동안 베르타가 느꼈던 바로 그 감정, 그 대화를 데레사가 고스란히 복기하고 있는 듯했다. 베르타는 또래 친구인 데레사에게 깊은 친밀감을 느꼈다.

갑자기 이 생각이 왜 났는지 모르겠는데요, 하고 데레사가 여전히 울먹임을 머금은 채 말했다. 마리아 이모님이 태극기도 팔러 다니셨다고 하더라고요.

태극기를? 올가가 물었다. 요즘 누가 그걸 산다고 팔러 다녀?

예전에 잘 팔릴 땐 하루에 백만원어치를 판 적도 있다더라고 데레사가 말하자 수산나가 에이, 설마, 하고 손을 내저었다.

아니, 저도 마리아 이모님한테 그런 얘기 들었던 거 같아요, 라고 사비나가 말했다. 예전엔 집집마다 태극기 하나씩은 있어야 된다고 생각했잖아요? 그래서 새로 지어 입주하는 아파트 단지 앞에 가서 팔면 이사 들어온 사람들이 다들 하나씩 사갔대요, 백만원까지는 몰라도 많이 파셨다고 했어요. 그렇죠, 데레사 자매님?

맞아요, 사비나, 하고 데레사가 대답했다. 시내에서 파는 게 아니라 시 외곽으로 멀리 돌아다니면서 판다고 하셨던 것 같아.

올가가 그럼 그건 아주 옛날얘기일 거라고, 옛날에 마리아가 별거 별거 다 팔러 다녔다고, 그런데 요즘 누가 태극기를 산다고, 주민 센터 같은 데서 그냥 나눠주기도 하는 거를, 하는데 베르타가 불쑥 말했다.

"아니에요, 올봄까지도 태극기를 팔러 다니셨어요."

모두 놀라고 의심쩍은 표정으로 베르타를 보았다.

"제가 마리아 이모님 따라서 한번 같이 간 적이 있어요. 그 동네 이름이……"

베르타는 그 낯선 동네 이름이 생각나지 않아 미간을 좁혔다.

세상에, 베르타! 데레사가 믿을 수 없다는 듯 외쳤다. 같이 태극기를 팔러 갔다고요?

"네. 딱 한 번."

그래 태극기가 팔리더냐고 올가가 물었고, 베르타는 하나도 팔리지 않았다고, 아직도 이런 걸 팔러 다니네 하고 다들 그냥 가더라고 대답했다. 그러게 안 팔린다니까, 올가가 말했고, 그 안 팔리는 걸 그럼 마리아 자매님은 왜 팔러 다녔을까요, 수산나가 물었고, 베르타는 중얼거리듯, 모르겠어요. 저도 잘 모르겠어요, 하고 무슨 말을 더 할 듯하다 입을 다물었다.

그날 새벽 내내 잠을 설친 탓에 베르타는 마리아와 함께 가기로 한 약속을 취소하고 싶은 생각이 들었다. 하지만 일단 몸부터 일으키자 하니 일어나졌고 일어나니 이내 침대에서 내려오게 되었다. 욕실로 가자 하니 욕실 쪽으로 발이 움직였다. 신기하게도 마리아의 말대로였다.

"몸이란 게 움직이자 하면 움직여져요, 사모님."

전철 역사 앞에서 베르타는 마리아가 헝겊 보따리를 실은 카트를 끌고 걸어오는 걸 보았다. 베르타가 손을 흔들자 마리아가 웃으며, 벌써 와 계셨어요 사모님, 했다. 그들은 일렬로 개찰구를 통과했다. 오늘은 어디로 팔러 가느냐고 묻자 마리아가 그들이 도착해야 할 동네 역 이름을 말해주었는데 베르타로서는 생전 처음 듣는 이름이었다. 베르타가 낯선 역 이름을 되풀이하자 마리아는 네, 네, 사모님, 맞아요, 하더니 걱정스러운 얼굴로 열차를 한 시간은 넘게 타고 가야 하는데 괜찮겠느냐고, 잘못하면 한참 서서 갈 수도 있다고 말했다. 그때 베르타는 모험을 떠나는 소년처럼, 마리아 이모님도 가시는데 제가 왜요, 하고 씩씩하게 반문했다.

다행히 열차 안은 한산해 그들은 나란히 앉을 수 있었다. 마리아는 카트의 바퀴가 구르지 않도록 카트의 끈을 쇠봉에 요령 있게 묶어 고정했다. 베르타가 오늘 많이 팔릴까요 이모님 물으면 마리아가 글쎄요 사모님 답했고, 많이 팔리면 좋을 텐데 하고 말하면 마리아가 고개를 끄덕이며 금방 현충일 오고 육이오 오니까요 했다. 열차가 지하를 벗어나면서 차창 밖으로 산뜻하고 싱그러운 교외 풍경이 펼쳐졌다. 그들은 묵묵히 맞은편 차창을 바라보았다. 날씨는 더할 나위 없이 화창했다. 열차가 달리면서 내는 규칙적인 소음과 진동을 느끼며 베르타는 아련한 그리움에 잠겼다. 기차를 타고 이렇게 멀리 가본 적이 얼마 만인지 알 수 없었다. 베르타가 문득 얼마 전에 우연히 만나게 된 초등학교 동창에 대한 얘기가 하고 싶어, 얼마 전에요, 하고 돌아보았을 때 마리아는 고개를 약간 늘어뜨린 자세로 눈을 감고 있었다. 베르타가 잠시 기다렸지만 마리아는 반응이 없었다. 베르타는 마리아를 물끄러미 지켜보다 아이를 재운 엄마처럼 푸근하고 여유로운 마음으로 맞은편 창밖을 마음껏 구경하기 시작했다. 저 창밖에 흘러가는 풍경이 오로지 자신만을 위한 것이라는 만족감에 어깨가 움칠거릴 만큼 기뻤다. 마리아가 깨우기 전까지 베르타는 자신이 잠들었다는 사실을 몰랐다. 자신은 여전히 창밖으로 흘러가는 다채로운 풍경을 보고 있는 줄 알았다. 어둠 속에 불빛이 반짝거리는가 하면 노을이 붉었다가 해가 났고 또 비가 내렸다. 굳은 자세로 졸아서 그런지 자리에서 일어나는데 온몸이 뻣뻣했다. 그들은 전철 종점에 가까운 낯선 동네에 내렸다.

죽을 때까지 마리아에게 은밀한 기쁨이 하나 있었다면 그건 태극기를 팔러 가는 일이었다. 살기 위해 무엇이든 떼다 팔던 시절, 마리아는 몇몇 사람들과 함께 태극기 꾸러미를 리어카에 싣고 팔러 다닌 적이 있었다. 그러다 무엇에 홀린 듯 태극기의 매력에 사로잡히고 말았는데 그건 어쩌면 열아홉 살의 마리아가 미지의 나라 녹일로 출발하는 순간에 보았던, 태극기가 무수히 펄럭이던 장면의 뒤늦은 효과인지도 몰랐다. 현란한 태극무늬와 검은 점선들은 그 당시 마리아의 가슴속을 가득 채우고 있던 희열과 공포를 인화해 찍어놓은 듯했다. 태극기가 더이상 팔리지 않아 사람들이 다 떨어져나간 후에도 마리아는 혼자 태극기를 팔러 다녔다. 낯선 동네에 가서 하늘을 배경으로 자리를 잡고 주문 제작 한 깃대 꽂이를 펼친 후 태극기를 꺼냈다. 접힌 깃대를 쭉 뽑아 깃발을 다양한 높이에 매달고 배치에 공을 들였다. 몇은 세우고 몇은 비스듬히 누이는가 하면 몇은 나란히 꽂고 몇은 꽃다발처럼 통으로 묶었다. 푸른 하늘을 배경으로 살랑거리며 늘어져 흔들리다 바람이 불면 펄럭이고 바람이 잦아들면 가라앉고 그늘이 드리우면 은은하게 시름에 잠긴 듯한 깃발들을 보고 있노라면 마리아는 불가해한 아름다움에 전율했고 마치 둘 사이에 어떤 필연성이라도 있는 듯 자연스레 첫아들의 청회색 눈동자를 떠올리곤 했다.

그런데…… 뭐 좀 여쭤보려다 말았는데요, 데레사가 목소리를 낮추었다. 아까 수산나 자매님이 언뜻 아들 말씀하셨잖아요? 저도 어디서 마리아 이모님한테 손녀딸 말고 아들이 있다는 얘기를 들은 적이 있거든요.

아들이요? 사비나가 물었다. 그럼 소피아 아빠 말이에요?

아들이 있긴 있는데, 하고 올가가 뭔가를 알고 있는 투로 말했다. 그런데 소피아의 아비라고 할 수는 없고.

네? 그게 무슨 말씀이세요? 사비나가 물었다.

나도 자세한 사정은 모르는데, 올가가 난처한 듯 수산나를 보았다. 이런 얘기를 해도 되나, 수산나?

데레사가 우리끼린데요 뭐, 하자 올가가 아니, 그래도 죽은 사람 개인사를 갖다가 우리가, 라고 말하는데 베르타가 제 생각이 짧은

지는 몰라도, 라며 말을 끊고 들어왔다. 번번이 말을 끊고 들어오는 베르타를 올가가 불만스럽게 힐끔 바라보았다.

"이미 돌아가신 분이긴 하지만 그동안 마리아 이모님 사정이 얼마나 힘들고 고달팠을지, 이제라도 우리가 알아야 하지 않을까 싶어요. 그래야 우리가 함께 기도할 일이 있으면 기도하고 함께 도울 일이 있다면 도울 수도 있지 않을까요?"

제 말이 그 말이에요, 하고 사비나가 말했다. 저도 베르타 자매님과 같은 생각이에요. 덩달아 데레사가 고개를 끄덕였고 올가도 마지못해 고개를 끄덕였다. 수산나는 긴 이야기를 할 수 있게 되어 다소 흥분된 기색으로 좌중을 둘러보았다.

그게 두어 달 전인가 그랬어요. 마리아가 고해성사를 청한 게.

안셀모 신부는 마리아로부터 고해를 듣고, 물론 고해 내용은 절대 발설할 수 없으므로 수산나로서도 전혀 알 수 없지만, 고해와 더불어 아주 중요한 부탁을 받았는데 장례에 대한 것이었다. 마리아가 그때 자신의 형편이 이러저러하니 자신이 죽게 되면 부디 신부님께서 장례를 맡아주십사 부탁했는데, 들어보니 그 이러저러한 형편이 참으로 놀라운 것이었다고 했다.

마리아 자매님이 신장암에 걸리셨는데, 하고 수산나는 말했다. 선이가 돼서 치료는 어렵다고 하고 아들 얘기를 하시더랍니다. 자매님한테 정신병원에 입원중인 아들이 하나 있는데, 친아들이 아니고 보육원에서 입양한 자식이라고 해요. 입양할 때부터 그런 지경이었는지 입양하고 나서 그렇게 됐는지는 모르겠지만 지금 나이가 마흔이 넘었답니다.

아무래도 입양한 다음에 그렇게 됐겠지, 올가가 말했다. 여자 혼자 애를 키우기가 얼마나 힘든데 그렇게 장애까지 있는 애를 입양했겠어, 수산나?

여자 혼자인데? 사비나가 고개를 갸웃했다. 그럼 그건 미혼이라는 얘긴데, 맞죠? 마리아 이모님 결혼 안 하셨죠?

그 질문에 대답할 수 있는 사람은 아무도 없었다.

아무튼 뭐 결혼했다 이혼했다고 쳐도, 사비나가 말했다. 여자 혼자 사는데 입양 허가가 나나요? 저는 안 내주는 걸로 알고 있어요.

그러니까 이게 정식 입양은 아니고, 사정을 잘 아는 수산나가 설명했다. 입양한 거나 다름없이 키우는, 그 뭐라더라, 장기 위탁 보호 뭐 그런 걸로 돼 있다고 해요. 소피아도 마찬가지고.

네? 사비나가 소리를 질렀다. 소피아도 친손녀가 아니에요?

아니, 아들이 그 지경이라 저러고 있다는데 친손녀가 웬 말이오, 하고 올가가 타박을 놓자, 아, 맞다 맞네, 그러네요, 그렇구나, 그렇지, 하고 사비나가 큰 깨우침이라도 얻은 듯 연신 고개를 끄덕였다. 데레사와 베르타는 멍하니 서로 얼굴만 마주보았다.

마리아는 장례 부탁을 하면서 장례미사를 위한 헌금도 냈는데 그때만 해도 안셀모 신부는 마리아가 이렇게까지 빨리 죽으리라고는 생각하지 못하고 그 뜻을 잘 알았다고 답하고 감사히 헌금을 받았다. 그때부터 마리아는 일주일에 한 번씩 성당 사택으로 반찬과 국을 날라왔고 죽기 바로 전 주까지도 역시 반찬과 국을 만들어 날라주었는데, 그날 아침에 우리 신부님이 마리아가 만들어준 그 반찬과 국을 먹고 바로 당사자의 장례를 준비하러 나갔다고 수산나가 말하자, 올가가 그 참 기가 막히구먼, 기가 막혀, 했다.

안셀모 신부는 마리아의 시신을 병원에 안치하고 장례식장을 예약한 후 마리아의 아들이 입원중인 병원으로 전화를 해서 빅토르의 상태가 어떤지 물었다. 오늘은 괜찮은 편이라는 사무장의 대답을 듣고 신부는 마리아의 부고를 전했다. 사무장이 어엇 외마디소리를 냈다. 어머니 장례인데 빅토르 형제님이 잠깐이라도 참석을 해야 하지 않겠습니까, 하고 신부가 묻자 사무장은 잠시 침묵하더니, 그게 상태가 괜찮다고 해서 외출을 할 수 있을 정도로 괜찮은지는 별개의 문제라고 했다. 신부가 담당의와 통화하고 싶다고 하자 사무장은 네, 네, 제가 지금 연결은 해드리겠습니다만, 그게요, 상태가 좋아서 외출을 할 수 있다고 해도 성당에서 도와주실 분들이 오지 않으면 우리 입장에서는 인력이 부족해서 말입니다, 하고 우는소리를 했다. 마리아가 틈만 나면 그 병원에 가서 온갖 간병과 간호 업무를 도왔다는 걸 알고 있는 안셀모는 치미는 역정을 참으며 말했다.

마리아님이 그동안 병원에서 봉사하신 걸 생각해보세요!

그러나 이 말을 하는 순간 안셀모는 마리아가 그 병원에서 몰래 마약성 진통제나 주사제를 빼돌렸다고 고해한 사실을 떠올렸고, 그러자 마리아가 고해한 모든 내용이 상기되어 고통스러웠다.

마리아님이, 그동안, 어떻게, 어떻게, 사셨는지를……

그러니까요, 사무장이 말했다. 저도 고마우신 우리 마리아님을 생각해서, 어떻게든 도와드리고 싶어서 이렇게 방편을 구하는 겁니다. 성당에서 더도 말고 덜도 말고 딱 두 분만 차를 가지고 와주신다면 제가, 제가 직접 아드님을 모시고 가겠습니다. 아드님이 돌발사태에 어떤 행동을 할지 모르니까 제가 주사며 구속복이며 만전을 기해 준비해 가겠습니다. 마리아님 가시는 길인데 저도 가봐야지요. 그런데 지금 병원에 움직일 수 있는 차가 없습니다.

안셀모는 알았다고, 알아보겠다고 하고 전화를 끊었지만 평일 낮시간에 왕복 세 시간도 넘게 걸리는 시외 병원까지 운전을 맡아줄 형제 두 사람을 구할 수 있을 리 만무하다는 건 신부 자신이 더 잘 알았다.

마리아의 장례는 성당 인근의 작은 장례식장에서 일일장으로 거행되었다. 성도들의 연도가 오전, 오후, 저녁으로 나뉘어 세 번 있었고 밤에 장례미사를 치렀다. 결국 빅토르는 오지 못했고 아홉 살 소피아만 종일 울기도 하고 졸기도 하면서 장례식장을 지켰다. 죽은 지 만 하루가 지나야 화장이 가능하므로 마리아의 시신은 병원 안치실에서 하룻밤을 더 지낸 뒤 다음날 새벽 곧바로 화장터로 향했다. 마리아가 간곡히 부탁했던 대로 이 모든 일을 안셀모 신부가 맡아 했다.

마약성 진통제도 듣지 않았고 속효성 패치와 주사제도 그 효과가 점점 짧고 미미해졌다. 마리아는 마지막 주사를 놓고 의식이 가물가물한 가운데서도 이제 다시는 태극기를 팔러 가지 못하겠다는 생각을 했다. 푸른 하늘을 배경으로 펄럭이는 태극기를 떠올리자 저절로 그 아이의 눈동자가 떠올랐다. 다섯 살 때의 빅토르도 예뻤고 팔 개월 된 소피아도 예뻤지만 마리아의 마음에서 첫아이 옆에 놓일 존재는 아무도 없었다. 그 아이와는 아무도, 카디르조차 비교될 수 없었다. 거의 반세기 전에 처음 눈을 맞추었던 갓난 아들의 신비스러운 청회색 눈동자가 어제 본 듯 생생했다. 단…… 미트 헤르첸…… 니히트…… (그때…… 마음으로…… 못해……), 마리아는 거의 반세기 동안 쓴 적 없는 독일어로 띄엄띄엄 중얼거렸다. 운트 단…… 미트 쾨르퍼…… 추뤽…… 추뤽…… (그후에…… 몸으로…… 갚…… 갚……)

성당에서 일행과 헤어져 돌아오는 길에 베르타는 전철역을 지났다. 마리아와 태극기를 팔러 갔던 날 아침에 만나 저녁에 헤어졌던 역사였다. 베르타는 자기도 모르게 왼쪽 눈가를 비볐다. 그날 양산살이 튕기듯 베르타의 왼쪽 눈가를 찍고 지나갔다. 베르타는 악 비명을 지르고 눈가를 짚으며 돌아보았다. 양산을 쓴 키 작은 여자가 가다 잠시 움찔하더니 그대로 빠른 걸음으로 날래게 내뺐다. 앞서 가던 마리아가 카트를 내던지고 달려왔다.

“왜 그러세요, 사모님?”

저 여자 양산에 눈이 찔렸다고 베르타가 팔을 뻗어 가리켰다.

“이봐요! 사모님! 사모님!”

마리아가 외쳤지만 이미 양산을 쓴 여자는 저만치 멀어져 모퉁

이를 돌아 사라졌다. 베르타는 기운이 쭉 빠져 그 자리에 쪼그리고 앉았다.

"어디 봅시다, 사모님!"

마리아가 베르타 앞에 쪼그리고 앉아 얼굴을 가까이 댔다. 베르타는 눈을 가렸던 손을 내렸다. 마리아가 여기요, 여기예요, 하고 조심조심 베르타의 눈꼬리를 문지르며, 눈동자는 안 찔린 것 같죠 사모님, 하고 물었다. 그런 것 같다고 말하자 그럼 괜찮아요 사모님, 큰일날 뻔했지만 다행이에요, 저 사모님은 해도 다 졌는데 웬 양산을 쓰고 다녀서 이렇게 사모님 놀라게…… 하고 마리아가 뭐라고 떠드는데 양산으로 남의 눈이나 찌르고 다니는 여자를 사모님이라고 부르는 것도 거슬렸지만 무엇보다 마리아가 말하는 동안 뿜어져 나오는 숨결 냄새가 지독해 베르타는 토할 것 같았다. 시큼하고 구린 구취에 베르타는 엉겁결에 마리아를 밀쳤고 마리아는 뒤로 밀려 엉덩방아를 찧었다.

도대체 이모님은 뭣 때문에, 베르타가 앙칼지게 물었다. 하나도 못 팔 거면서 그깟 태극기는 왜 그 먼 데까지 팔러 다니시는 거예요?

마리아가 쩔쩔매면서 대답했다.

"모르겠어요. 저도 잘 모르겠어요, 사모님."

거기까지였다고 베르타는 생각했다. 그날 저녁까지만이었다고. 남편이 죽고 나서 자신이 제법 철이 들고 너그러워졌다고 확신할 수 있었던 때는, 불안과 초조와 결벽에서 벗어날 수 있고 기쁨에 젖어 기도를 올릴 수 있으리라는 선부른 믿음을 품었던 때는 봄 바자회에서 마리아를 만나 함께 태극기를 팔러 갔던 그날 저녁까지만 이었다고. 불과 한 달도 안 되는 그 잠깐 동안뿐이었다고. 눈을 찌른 여자의 양산이 싸구려가 아니었다면, 마리아의 구취가 진통제의 부작용으로 인한 오심과 구토 때문이라는 걸 알았다면, 그랬다면 뭔가 달라졌을까.

베르타는 비웃듯이 입가를 비틀었다. 조금 전 성당 안뜰에서 그들은 당장 내일이라도 빅토르의 병원에 달려가 봉사할 듯이, 앞다투어 소피아의 입양을 주선할 듯이 떠들어댔지만 내일이 되면 그들 중 누구도 마리아의 얘기를 꺼내지 않을 것이다. 그들은 조금도 믿지 않으면서 무엇을 위해 그런 허튼소리들을 내뱉은 것일까. 베르타는 가을 저녁의 찬 기운에 오싹함을 느꼈다. 자신이 왜 그들과 계속 만남을 이어왔는지가 분명히 이해되었다. 참 고귀하지를 않다, 전혀 고귀하지를 않구나 우리는…… 베르타는 카디건 앞섶을 여미고 종종걸음을 쳤다. 한 계절이 가고 새로운 계절이 왔다. 마리아의 말대로라면 새로운 힘이 필요할 때였다.

“각각의 계절을 나려면 각각의 힘이 들지요, 사모님.”

푸른 과녁

어떤 소설은 이전 소설과의 연속선상에서, 또 어떤 소설은 이전 소설과의 단절선상에서 쓰게 된다. 「하늘 높이 아름답게」는 단절선상에서 쓴 소설이다. 연속선과 단절선은 내 마음대로 정하는 것이 아니라, 다소 불수의적으로, 하나의 계열체로 작품을 이어나가게 만드는 내 안의 정념과 동력의 조건에 따라 결정된다.

구성의 측면에서 「하늘 높이 아름답게」는 두 개의 축이 얽히는 방식으로 진행된다. 한편으로 마리아라는 여성의 일생을 기본축으로 잡고 그 서사를 전지적시점에서 짤막짤막하게 서술했다. 다른 한편으로 마리아의 죽음이 발생한 현재 상황에서 여러 인물들이 춤추듯이 관점을 바꿔가며 각자의 입장에서 마리아를 회상하도록 했다.

마리아는 연령상으로 내 윗세대이다. 이제껏 나는 윗세대 여성들에 대해 미묘한 원한의 감정을 품고 있었다. 그들이 나를 이렇게 양

육했기 때문이다. '내 꼴을 보라, 이것이 당신들이 한 짓이다!' 뭐 그런 식이었다. 그러나 이 소설을 쓰면서 나는 그들의 삶에 대해 제법 진지하게 숙고하기 시작했다. 내가 예전에 쓴 소설 중에 「이모」라는 작품이 있는데, 제목은 이모이지만 등장인물인 이모는 사실 내 동년배 여성에 가깝다. 나는 실제로 내 어머니와 이모, 고모, 그리고 혈연으로 얽히지 않은 윗세대 여러 여인들의 삶이 어떠했던가를 기억하고 상상하려 했다. 그 세대 여성들의 삶의 양상은 매우 다채로웠지만, 그럼에도 불구하고 그들의 삶은 일관된 차별과 폭력으로 얼룩진 경우가 대부분이었다. 포섭되거나 좌절되거나.

오래전 독일로 파견된 간호사들이 있다. 정식 간호사도 아닌, 갓 소녀에서 벗어난 어린 여성들의 무리가 가족과 헤어져 슬픔과 공포와 희망을 안고 낯선 땅으로 출발하는 광경을 상상하면 나는 아직도 알 수 없는 통증에 가슴이 뻐근해진다. 소설을 쓰는 내내 나는 마리아로 대표되는 윗세대 여성들이 오래전부터 내 안에서 울고 있었다는 걸 알았다.

하지만 나는 모른 체해왔다. 울고 있는 마리아, 신을 믿지 않는 마리아, 참회하는 마리아, 몸으로 끝없이 무언가를 갚아나가는 마리아들과 나 자신을 연관 짓지 않으려 했다. 나는 가엾은 마리아들을 단죄했다. 나는 그들을 부인했고 참회하지 않았고 또다른 신주 앞에서 그들을 비웃었다. 내 원한은 오래도록 잘못된 과녁에 꽂혀 있었다.

소설을 쓴다는 건 감질나는 일이다. 원한은 풀 길이 없는데, 잘못되었다는 것만 알 뿐 지금도 올바른 과녁은 알지 못한다. 그건 어쩌면 매우 가까운 곳에 있거나 아무데도 없을 것이다.

고귀한 것과 고귀하지 않은 것

정홍수(문학평론가)

“일흔두 살에 죽은 마리아는 지주 집안의 오남매 중 막내딸로 태어났다. 위로 오빠가 둘 언니가 둘이었는데”로 소설의 문을 여는 권여선의 단편 「하늘 높이 아름답게」는 일종의 전(傳)의 형식으로 한 사람의 일대기를 보여줄 것처럼 시작된다. 이런 경우, 전지적작가 시점을 취하면서 대상 인물을 초점화자로 하는 서술방식이 일반적일 테다. 그러나 여성 인물 마리아의 성장과정과 캐릭터를 근대 이후에도 완강하게 지속된 한국적 가부장제 사회의 희생 구조 안에 집약하면서 파독 간호사라는 인물의 핵심 연혁까지 슬그머니 따라붙게 하는 경제적인 서두의 단락이 끝난 뒤 우리가 만나게 되는 이야기의 시선과 목소리는 베르타라고 하는 인물의 것이다. 이후 우리는 주로 마리아의 삶과 죽음에 얽힌 이야기를 예순 어름의 이 여성을 통해 듣게 되는데, 그 방식에서도 내러티브 구조상으로 한 번의 미끄러짐을 더 겪어야 한다. 베르타는 화자이기보다 우선 청자로서 이 소설 속에 등장하기 때문이다.

베르타는 성당의 가을 바자회가 끝나가는 지금 파라솔 아래 모여앉은 다섯 명의 신도 가운데 한 명인데, 바로 전날 두 아들 며느리와 함께한 해외여행에서 돌아온 터라 지난주 마리아의 소천 소식을 모르고 있다. 베르타는 그저 쉬지 않고 떠들어대는 파라솔의 대화에 질려 하면서 사람을 싫어하는 자신의 증상이 작년 봄 남편의 죽음 이후에도 생각과는 달리 전혀 완화되지 않았다는 사실을 짜증스럽게 확인하고 있는 중이다. "이 모임에서 가장 젊은 오십대 초반의 사비나는 누가 무슨 말을 꺼내기만 하면 어김없이 저도요, 저도 그런 게, 제가 예전에요, 하는 식으로 새가 나무를 쪼듯 잽싸게 자기 말을 끼워넣을 자리를 만들었다." '인간 혐오'의 기색과 함께 방금 그 속에서 꺼낸 듯한 언어로 인물의 생각에 착 달라붙어 소설의 표면을 마름질해버리는 이런 대목쯤에 오면, 작가의 이름을 가리고 읽더라도 누군가는 '권여선'이라는 작가명을 '불안'하게 떠올리게 될 수도 있다. 가을바람 따라 편하게 들려오는 '마리아전(傳)' 같은 것은 기대 난망이며, 차라리 불편하고 처리 난망한 '가시들'의 급습을 각오해두는 편이 나을 수도 있는 것이다. 그리고 그럴 때 저 난데없는 제목 '하늘 높이 아름답게'는 또 얼마나 멀고 가파르게 느껴질 것인가.

베르타 쪽에서 자신이 얼마간 허물었다고 믿고 있던 '인간 혐오'의 벽을 다시 착실히 쌓아가는 가운데(자연스럽게 파라솔의 인물들에 대한 소개를 겸하면서) 소설의 이야기가 마리아를 향해 넘어가야 하는 길목에서 작가는 순순히 길을 내어줄 생각이 없다. 그러다 마침내 베르타를 건드리는 이상한 사물이 사비나의 가로채기 기술 속에서 등장한다. "그러니까 그 빈대떡 말이에요! 우리 남편이 그렇게 좋아했는데!" 소설은 "베르타는 '빈대떡'이라는 말 속에 자신을 건드리는 뭔가가 있음을 느꼈다"고 쓰고 있는데, '건드리다'는 권여선의 소설이 감정의 다발들을 독자에게 주는 방식이라는 점에서 자기 언급적인 대목처럼도 보인다. 그러거나 정황상 계속되는 오해의 작동도 불가피하다. '늙은 올가'(베르타의 언어다. 인간을 싫어하는 베르타니 성당 교우의 나이 따위에 무심할 수밖에 없다)가 쉰 목소리로 요즘 일흔두 살이면 한창때고 십오 년은 너끈히 더 살 수 있는 나이라고 사비나의 말을 끊고 들어오자 어지간히 욕심도 많다고 생각한다. 기실 끈적한 욕망, 들쩍지근한 정념이 인간의 앎을 훼방하고 오염시키는 장면을 권여선 소설이 그냥 지나치는 경우는 드물기도 하다. 그렇게 해서 소설이 시작되고 사분의 일쯤에 이르러서야 베르타는 음식 솜씨 좋고 일이라면 몸을 사리지 않던 마리아의 죽음에 대해 알게 되면서 제대로 된 화자-청자의 자리에 도착한다.

서사의 지체와 함께 진행되는 화자의 이 같은 미끄러짐(참된 화자를 찾기 위한 화자 기표의 활강처럼 보이기도 한다)은 「하늘 높이 아름답게」의 소설적 충실성의 과정이기도 하겠지만, 마리아라는 인물을 이야기하는 소설의 윤리에 대한 생각으로 우리를 이끈다. 권여선 소설은 언제부터인가 타자를 이야기한다는 일 자체를 소설의 서사구조와 주체 층위 안에서 질문하기 시작한 것 같다.*

마리아라는 인물의 진실만큼이나 마리아를 이야기하는 사람들의 자리가 소설적으로 중요해진다. 말하자면, 파라솔의 대화를 듣던 베르타가(여기에는 오해가 개입되어 있긴 해도) "참 고귀하지를 않구나 이 사람들은" 하고 미간을 찌푸리며 생각하는 지점은 어떻게든 타자의 이야기를 개시할 수밖에 없는 소설의 자기 심문이 되고 있는 것이다.

죽은 마리아의 이야기는 그렇게 파라솔의 대화에서 이어지게 되고, 수산나(마리아의 고해를 듣고 장례를 집전한 아들 안셀모 신부의 몫도 포함해서), 올가, 데레사가 마리아에 대한 기억을 털어놓는 과정이 베르타를 청자로 해서 펼쳐진다. 이때 각각의 이야기 뒤에 그이들에 대한 오해를 교정하는 베르타의 반응이 기입되거나 베르타의 기억이 이어지는 방식으로 그녀가 이 소설의 중심 화자라는 사실이 드러난다. 이때 소설 서두에 등장했던 전지적시점은 중간중간 이야기의 공백을 보충하는 방식으로 삽입되는데, 마리아의 구취에 얽힌 기억을 베르타가 부끄러워하게 되는 것처럼 그 정보들의 상당 부분은 파라솔의 대화나 여타 과정(안셀모 신부가 들은 마리아의 고해가 결정적일 테지만)에서 베르타 역시 공유하게 된 것으로 보인다. 그러나 이 경우도 마리아의 고단한 삶을 지탱한 핵심적 순

---

* 가령 「이모」(『안녕 주정뱅이』, 창비, 2014)에서 죽음을 앞둔 이모로부터 이야기를 듣는 조카며느리의 자리는 기능적인 역할을 넘어 인간과 인간 사이의 '불가촉'이라는 소설의 주제에 단단히 결합되어 있다. 『레몬』(창비, 2019)의 다중화자는 사건의 복잡성에 대한 불가피한 대응이면서 동시에 타자의 공포와 희열에 닫혀 있는 인간의 조건으로부터 소설의 윤리를 묻는다. 『레몬』에서 최종적인 소설적 진실은 화자들의 시선 바깥에 놓인다. 다중화자 장치는 끝내 실패한다.

간에 베르타가 접근했을 가능성은 유보되며, 사실 그럴 수도 없는 일이다. 독일에서 입양 보내야 했던 첫아이의 신비스러운 청회색 눈동자가 마리아의 무의식 차원에서 태극기에 대한 애착으로 이어진 지점이나 죽음 직전 그이가 자신도 모르게 내뱉은 독일어 몇 마디는 전지적작가시점의 무한한 권능이 아니라면 결코 발설되거나 재현될 수 없는 것이다. 그 특권적인 소설의 능력에 부여하는 다른 이름이 상상력이라면, 상상력에서 베르타의 자리는 제한적일 수밖에 없다. 베르타의 상대적 무능은 소설 내부의 인물/화자라는 위상 때문만은 아니다. 베르타는 그녀로 하여금 "참 고귀하지를 않구나" 하고 냉소하게 만드는 파라솔의 다른 인물들보다 전혀 나을 게 없다. 베르타 스스로 제법 나아졌다고 믿었던 너그러움은 봄 바자회에서 마리아를 만나 함께 태극기를 팔러 갔던 그날 싸구려 양산으로 자신의 눈가를 찍고 지나간 어떤 여인과 마리아의 시큼하고 구린 구취 앞에 쉽게 무너졌다(도대체 이모님은 뭣 때문에, 베르타가 앙칼지게 물었다. 하나도 못 팔 거면서 그깟 태극기는 왜 그 먼 데까지 팔러 다니시는 거예요?/ 마리아가 쩔쩔매면서 대답했다./ "모르겠어요. 저도 잘 모르겠어요, 사모님.").

그런데 베르타의 오해를 일부 교정해주기도 했던 파라솔의 말들 이후, 그러니까 마리아의 죽음 이후 마리아의 사정에 대해 좀더 알게 된 지금의 상황은 어떤가.

> "베르타는 비웃듯이 입가를 비틀었다. 조금 전 성당 안뜰에서 그들은 당장 내일이라도 빅토르의 병원에 달려가 봉사할 듯이, 앞다투

어 소피아의 입양을 주선할 듯이 떠들었지만, 내일이 되면 그들 중 누구도 마리아의 얘기를 꺼내지 않을 것이다. 그들은 조금도 믿지 않으면서 무엇을 위해 그런 허튼소리들을 내뱉은 것일까. 베르타는 가을 저녁의 찬 기운에 오싹함을 느꼈다. 자신이 왜 그들과 계속 만남을 이어왔는지가 분명히 이해되었다. 참 고귀하지를 않다, 전혀 고귀하지를 않구나 우리는……"(67쪽)

'고귀하지 않은 사람들'에 자신이 다시 추가되었을 뿐이다. 그렇다면 '고귀한 사람'은 누구인가. 이국땅에서 어쩌지 못해 첫아들을 입양 보내고, 평생 그 죄를 몸으로 갚아온 마리아인가. 남의 이야기는 함부로 입에 올리지 않고 온갖 고난을 자신의 탓으로 돌리며 '은밀한 희열과 공포' 속에 태극기를 자신이 버린 첫아들처럼 사랑한 마리아인가.

생각해보면 마리아의 고귀함을 보증하는 것은 오직 소설이 마련한 전지적시점이라는 상상력뿐이다. 소설을 읽은 뒤 평생의 수고로운 노동을 견고하고 과묵한 고독 속에 견뎌낸 마리아의 삶이 깊은 감동 속에 되새겨지는 것은 부인할 수 없는 사실이다. 그러나 마리아의 삶은 끝내 베르타의(혹은 사비나, 수산나, 올가, 데레사의) 밖에 남겨지고, 그녀/그이들의 무지를 타격하지 못한다 '고귀함'은 소설의 자리로 남는다. 좀더 구체적으로는 '하늘 높이 아름답게' 펄럭이는 태극기라는 사물의 몫으로 남는다. 이래도 되는 것인가, 하고 지금 권여선의 소설은 스스로를 향하여 묻고 있는지도 모른다. 그리고 그때 베르타는(혹은 사비나는……) 정확히 지금 이 소설을 읽고 있는 우리 자신이 아닌가. 그렇다면 우리 또한 되물을 수밖에 없다. 이렇게 가혹하게 써야만 되는가, 하고. 물론 권여선의 소설은 거기에 대한 대답까지 이미 마리아의 말로 준비해두고 있다. "각각의 계절을 나려면 각각의 힘이 들지요, 사모님." 정말 어지간한 소설이다.

/

편혜영

어쩌면 스무 번

/

작가노트

얼마나 더 기억하게 될까

리뷰 **정이현**

모든 게 무한한 듯 보일지라도

편혜영
2000년 서울신문 신춘문예에 「이슬털기」가 당선되어 등단. 한국일보문학상, 이효석문학상, 동인문학상, 이상문학상, 현대문학상, 셜리 잭슨상 등 수상. 소설집 『아오이가든』 『사육장 쪽으로』 『저녁의 구애』 『밤이 지나간다』 『소년이로』와 장편소설 『재와 빨강』 『서쪽 숲에 갔다』 『선의 법칙』 『홀The Hole』 『죽은 자로 하여금』이 있다.

어쩌면 스무 번

올여름은 옥수수를 많이 먹게 될 것 같다.

옆집과 우리집 사이에 옥수수밭이 있었다. 몇 개쯤 서리하는 게 티나지 않을 정도로 넓은 밭이었다. 어림잡아 삼백 평은 되는 것 같았다. 삼백 평이나 거리를 두었으니 옆집이라 하기에는 다소 멀었지만 서로에게 가장 가까운 이웃이긴 했다.

이삿짐을 풀던 날 밤, 찜질방 주인이 옥수수를 가지고 왔다. 중국 음식점에 배달을 부탁했는데 멀다고 거절당해서 난감하던 차였나. 사람을 들이기 미땅치 않았지만 아내는 잠깐이면 되겠다 싶었는지 문을 열어주었다. 방금 삶은 옥수수 단내에 혹한 것 같았다. 우리는 종일 아무것도 먹지 못했다.

남자가 운영하는 숯가마 찜질방은 집에서 삼 킬로미터쯤 마을 쪽으로 내려가면 있었다. 멀지 않은 곳에 아홉 가지 볼거리가 있어

구곡이라 불리는 계곡이 있고 신라시대 고찰도 있어서 한때는 휴가철이면 제법 관광객이 몰려들었다고 했다. 지금은 계곡 가까운 곳으로 워낙 펜션이 많이 생겨 그런지 손님이 뚝 끊겼다고. 그래서 한여름인데도 숯을 피우는 대신 이렇게 옥수수나 삶아댄다고 주인이 앓는 소리를 했다.

옥수수는 맛이 괜찮았다. 주인이 찜질방 뒤쪽 채마밭에서 직접 키웠다는데 통이 가늘고 알이 듬성듬성하지만 무척 차졌다. 주인이 짐이 쌓인 거실을 슬쩍 둘러보며 젊은 것 같은데 여기로 왜 이사를 왔느냐고 물었다. 아내가 옥수수를 먹으며 치매를 앓는 아버지 때문이라고 털어놓았다. 주인이 짐짓 놀란 표정으로 여기가 고향인지, 아버지를 직접 돌보는지 하는 것을 두서없이 물었다. 아내는 얼결에 대답한 것을 후회하는지 못 들은 척 옥수수만 먹었다.

주인은 개의치 않고 도시에서 이런 산골로 오는 사람은 대개 건강상의 이유로 직접 재배한 채소를 저염식으로 먹을 작정이거나 도립공원 끝자락을 병풍으로 삼으려는 호사가뿐이라고 했다. 요즘 같은 시대에라고 말문을 열어 아내를 치하하려나 했더니 손님 없는 거대한 찜질방을 버리지도 팔지도 삶아먹지도 못하는 자신의 처지를 한탄했다.

우리는 참고 들었다. 아내나 나나 질문이 많은 사람보다 말이 많은 사람이 낫다고 여겼다. 대답을 하다보면 어쩔 수 없이 거짓말을 하게 되지만 듣고만 있으면 그럴 일이 없었다. 가끔 고개를 끄덕이는 것으로 충분했다.

주인은 한참 혼자 떠들다가 우리가 잠자코 있는 걸 의식했는지

이 넓은 집에 단둘이 사는지, 부모님은 어느 요양원에 있는지, 부모를 돌보는 한편으로 무슨 일을 하려는지 물었다. 아내는 화제를 이어가고 싶지 않다는 듯 쟁반을 씻어서 돌려드리겠다며 자리에서 일어섰다. 나는 그 틈을 타서 근처에 배달이 가능한 식당이나 슈퍼마켓이 있는지, 약국과 병원은 어디인지 물으며 말을 돌렸다. 눈치가 둔한 건지 말에 주린 건지 주인은 질문을 받자마자 식당 몇 곳과 인근 소매점, 약국 위치 같은 것을 상세히 알려주었다.

그러고는 종교가 있느냐고 물었다. 지루한 전도가 시작될 거라 여겼는지 아내가 소리나게 쟁반을 내려놓았다. 주인은 개의치 않고 내게 바짝 다가오더니 대뜸 전도사를 조심하라 일렀다. 인근에 옥황상제를 섬기는 종교의 총본산이 있는데, 시커멓게 차려입은 사람들이 무리 지어 다니며 헌금을 뜯는 게 일이라고 했다. 말벗이나 할 겸 문을 열어주었다가는 곤란한 일이 생길 거라 충고했다. 한번 들이면 두번째는 명분이 없어 다시 들이게 되고, 그러면 제집처럼 드나드는 걸 당연히 여기게 될 거라고. 일단 안으로 들어오면 찬송을 불러대고 주술 같은 기도문을 외고 기어이 헌금을 받아야 돌아가는데, 그렇다고 상대하지 않으면 종일 그림자처럼 따라다니거나 목석처럼 문가나 찜질방 입구에 서서 기도문을 왼다고 했다.

"손님들이 왔다가 종교 집회 하는 줄 알고 돌아간 게 한두 번이 아니에요. 벌레 같다니까요. 하루살이요. 종일 눈앞에서 얼쩡대며 귀찮게 굴어요. 그러니 한 대 때려서라도 쫓아낼 수밖에 없지 않겠어요?"

주인이 동의를 구하듯 쳐다봤다.

"때렸다고요?"

내가 깜짝 놀라 물었다.

"글쎄요. 저희야 잘 모르죠."

아내가 시계를 들여다보며 냉랭하게 대꾸했다. 그만 가달라는 말이나 다름없었다. 그는 언짢은 표정으로 아내를 쏘아보다가 건성으로 인사하고 자리를 떴다.

며칠 후 점심을 먹고 막 치우는데 초인종 소리가 들렸다. 따분하게 차려입은 여자 둘이 대문가에 서 있었다. 마당으로 나서는 나를 보더니 두 사람은 곧장 기도하는 자세를 취했다. 찜질방 주인이 조심하라던 전도사들 같았다. 길짐승을 쫓듯 저리 가라고 크게 손짓하고는 안으로 들어왔다.

여자들은 푸대접이 익숙한 듯 꿈쩍하지 않았다. 문가에 선 채로 노래 부르고 손을 모아 기도하고 만세를 부르고 기도하고 다시 노래하고 큰 소리로 경전을 읽었다. 아내나 내가 조금이라도 거실 창가까이 가면 소리를 질러 말씀을 전했다.

"옥황상제는 우리 생활을 자세히 관찰하십니다. 매년 행실을 평가해 상을 내리세요. 행태를 다 보고 벌도 내립니다. 전부 지켜보고 계십니다. 옥황상제는 언제나 그렇게 하십니다."

우리는 키득거렸지만 언제까지고 집 안에서 비웃으며 버틸 수는 없었다. 이삿짐을 정리하다보면 거의 다 내버리고 남은 것을 추려왔음에도 어째서인지 버려야 할 게 또 생겼다. 여자들은 내가 쓰레기를 들고 마당으로 나가자 기다렸다는 듯 옥황상제가 다 보고 있다고 소리쳤다.

"옥황상제가 그렇게 한가해요? 어떻게 이 많은 사람들을 다 지켜봅니까?"

"누가 그걸 일일이 보나요. 다 보실 필요도 없지요."

나이 지긋한 여자가 상냥하게 대꾸했다.

"식구들은 서로서로 행태를 관찰하지요. 아주 가까이에서 볼 수 있죠. 그것이 매년 황제의 귀와 눈에 들어가는 겁니다. 황제는 보지 않아도 다 아십니다."

"혼자 사는 사람은 잘 모르겠네요. 관찰할 식구가 없으니까요."

무슨 그런 농담을 하느냐는 듯 여자들이 실없이 웃었다.

"이렇게 좋은 집을 가진 걸 보니 황제께서 복을 많이 내리셨습니다."

"동네에서 제일 싼 집입니다. 그리고 내 집 아니에요. 남의 집 빌린 겁니다."

"그럴수록 빨리 황제 복을 받아야지요. 그래서 집도 사고 땅도 사야지요."

여자가 능숙하게 가방에서 책자를 꺼냈다. 오래 박대받은 경험으로 어떤 불리한 말도 대충 얼버무리게 된 것 같았다.

책자에는 알록달록한 천상계를 배경으로 도깨비처럼 무서운 얼굴의 옥황상제가 그려져 있었다. 읽어보기를 당부하며 여자가 책자를 내밀었다. 나는 뿌리쳤다. 책자와 함께 여자가 풀썩 바닥으로 쓰러졌다. 그럴 생각은 아니었는데 여자를 밀친 꼴이 되었다. 아내가 거실 커튼 틈으로 지켜본다는 걸 의식한 것 같았다. 여자도 그렇게 말하지 않았나. 식구들이 행태를 관찰한다고.

나는 사과하는 대신 두 손을 모아 합장하는 시늉을 했다. 넘어진 여자가 부축받아 몸을 일으켰다. 여자는 황제가 보고 있다고 엄히 꾸짖듯 말하고는 걸음을 돌렸다. 황제가 눈살을 찌푸릴 것 같아서 하늘을 올려다봤다. 구름 한 점 없이 맑은 날이었다. 집 안으로 들어가자 아내가 인상을 쓰며 옥황상제가 보고 있는데 무슨 불경한 짓이냐고 눈을 부라렸다. 우리는 웃음을 터뜨렸다.

얼마 지나서 이번에는 남자와 여자가 나타났다. 옷차림이 단조롭기는 마찬가지였다. 여자는 작은 서류 가방을 들었는데, 얼핏 성경책처럼 보였다. 그 때문에 이번에도 종교 전도사가 방문한 줄 알았다.

그들은 보안 회사에 다닌다고 했다. 우리가 멀뚱히 쳐다보자 남자가 울타리 쪽으로 다가와 아내에게 명함을 내밀었다.

"우리는 고객을 지켜드려요."

"지켜요?"

아내가 되묻자 남자가 대꾸했다.

"재산과 목숨이요. 우리 회사에서 하는 일이죠."

유니폼을 입은 여자가 그렇다는 듯 고개를 끄덕였다. 생명이 아니라 목숨이라니. 절박하고 간절해 보여서 웃음이 났다.

아내가 내게도 명함을 보여주었다. 생소한 이름의 보안 회사였는데 낯선 느낌이 들지는 않았다. 유니폼에 붙은 촌스러운 알파벳 로고 때문이었다. 두 사람의 소형차에도 로고가 붙어 있었다.

전도사들에 비하면 보안 회사 직원은 안전해 보였다. 우리가 원하면 굳이 몸을 밀치거나 넘어뜨리지 않아도 곧 돌아갈 것처럼 보인다는 뜻이었다.

아내는 선뜻 문을 열어주었다. 이삿날 아내는 이 집에 제일 필요한 게 경찰이라고 농담했다. 보기에는 나쁘지 않아도 치안에 아무 도움도 되지 않을 울타리와 대문, 집 뒤편으로 이어지는 무성한 숲, 구불구불한 길이 끝없이 이어지는 골짜기, 인적 드문 비포장도로 같은 것을 언급하면서. 치안은 운이나 재수에 달린 문제라 집의 위치나 구조와는 무관하다고 말해보았지만 아내는 잠금장치를 늘려야 한다고 대꾸했다.

중개인은 이 집을 전망이 빼어나며 호젓한 별장지라고 소개했다. 도시에서 그 말은 강이 보인다는 뜻이었지만 여기서는 휑하다는 의미인 모양이었다. 지금이야 사방이 나무와 옥수수지만 수확이 끝나면 나대지나 다름없을 것이다. 그래도 아내는 숨통이 트이는 기분이라고 했다. 비유적인 의미가 아니었다. 아내는 몇 차례 호흡곤란 증세를 겪었고 그게 이사의 이유 중 하나였다.

이사 후 며칠간은 보이스카우트 캠핑을 온 듯한 기분도 없지 않았다. 매듭 묶는 법이나 빗물을 받아 식수로 삼는 법을 배우고 텐트에서 등이 배겨 잠을 설쳐도 피로한 줄 모르는 캠핑 말이다. 갈증과 모기와 고투하며 생존법과 구조법을 배우지만, 일단 집에 돌아가면 그간 불편을 참아가며 배운 것들은 하나도 써먹을 데가 없어진다. 고생은 결국 아무런 쓸모가 없다.

여자가 양해를 구하더니 가방에서 커다란 노트를 꺼내 순식간에 집의 대략적인 형태를 그렸다. 두 사람은 집을 둘러보다가 종종 멈춰 서서 창의 위치, 잠금 방식 같은 것을 노트에 표시했다. 사방을 살피며 그렇게 한 후 다시 현관 앞에 서서 정면, 좌우 측면을 측량하듯 절도 있게 돌아보았다. 보안 업체 직원이라기보다는 주택 시공업자처럼 보였다. 남자가 우리에게도 노트를 보여주었다. 다소 거칠지만 포인트를 제대로 짚어낸 그림이었다. 오른쪽 뒤편에 창고였음직한 작은 부속 건물이 있는데, 거기에 난 쪽창이 좌측이 다소 긴 직사각형이라는 것까지 정확하게 포착했다. 빨간색 동그라미가 네 곳에 표시되어 있었는데, CCTV가 필요한 자리라고 했다.

아내는 두 사람의 전문적 태도에 호감을 느낀 듯 그들을 테이블로 안내했다. 테이블은 이전 주인이 두고 갔다. 알록달록한데다 찢어지기까지 해서 싸구려로 보이는 파라솔 때문에 테이블도 덩달아 볼품없어 보였지만 톱밥을 뭉쳐 만든 게 아니라 통나무로 짠 것이었다. 여러 사람이 자주 모여 앉았는지 얼룩과 흠집이 많았다.

남자가 파란색 플라스틱 의자를 꺼냈다. 하필이면 한쪽 다리가 조금 짧은 의자였다. 이삿날 짐을 올려두었는데 균형을 잃으면서 넘어져 의자에 흠집이 생겼다. 내다 버리자고 했더니 아내는 네 사람이 모여 앉을 일이 없는데 무슨 상관이냐고 했다. 맞는 말이었다. 우리는 이 집에 아무도 들이지 않을 작정이었다. 아내가 보안 시스템이 필요하다고 여긴 건 그 때문이었다.

의자에 앉은 남자는 몸이 기울지 않았다. 균형을 잡으려 애쓰지도 않았다. 의자 상태를 단박에 알아차릴 정도로 눈썰미가 좋은 모양이었다. 아니면 한쪽 다리가 짧은 줄 이미 알고 있었거나.

여자가 안내 책자를 내밀자 남자가 오른손을 쫙 폈다. 두껍고 마디가 굵은 손이었다.

"오 분입니다. 경보가 울리면 오 분 안에 옵니다. 저기 옆집에서 뛰어오는 것보다 빠를 겁니다."

"어떻게 오 분 안에 올 수 있죠?"

아내가 따지는 어투로 물었다. 비용을 깎으려면 깐깐해 보여야 한다고 생각했을 것이다.

"무인 경비는 신속한 출동이 기본입니다."

"경비 대원이 대체 어디 있기에요?"

"지역을 기반으로 한 회사니까요. 인근에 정예 대원이 상주하고 있습니다."

"그러니까 여기 어디 상주할 데가 있다는 거예요?"

사방을 둘러보며 아내가 물었다. 아내는 그간 많은 걸 잃어왔는데 믿음이나 신뢰, 약속 같은 것만은 아니었다. 유머와 여유도 잃었다.

"가까운 곳에 본부가 있습니다."

"그렇게 가깝다니 불러보고 싶네요."

"그러려면 긴급 상황을 만들어야죠."

아내는 남자의 농담에 대꾸하지 않고 궁금한 것부터 물었다. 비용 말이다. 남자는 더 할말이 있는 눈치였으나 아내가 의자에 등을 기대고 팔짱을 끼자 비용이 인쇄된 용지를 꺼냈다. 매달 지급하는 방식이었는데, 꽤 비쌌다. 아르바이트생의 한 달 급여 정도 되었다. 아내는 금액을 확인하고 용지를 남자 쪽으로 도로 밀었다.

"허허벌판에서 안전을 보장받는 겁니다."

"사찰이 있으니 부처님이 보호해주시겠죠. 아니면 옥황상제가 지켜주거나."

"부처님은 돌아가셨고 옥황상제는 하늘에 계시죠. 두 분 다 오 분 안에 오기 힘듭니다."

남자가 웃지 않고 말했다.

"경찰은 해마다 의미 있는 통계를 발표합니다."

듣고만 있던 여자가 처음으로 입을 열었다. 목소리가 듣기 좋았다. 직장에 다닌다면 업무를 보는 대신 사내 아나운서를 할 것 같은 목소리였다.

"두 분께 주택의 안전과 관련한 통계를 말씀드리는 게 좋겠네요. 외딴곳에 사시는 분은 꼭 알아야 할 통곕니다. 지난 한 해 절도 발생 건수가 얼마나 될 것 같나요?"

생각해보라는 듯 여자가 우리를 번갈아 보았다.

"길거리에서 벌어진 절도가 49,527건, 단독주택에서 19,515건, 아파트에서 14,333건 발생했습니다. 단독주택이 아파트보다 무려 1.36배나 높지요. 이게 다가 아닙니다. 강도, 살인, 강간 등의 범죄는 길거리에서 4,469건, 단독주택에서 2,487건 발생했습니다."

여자는 숫자를 더듬거나 자료를 참고하는 법 없이 말을 이었다. 능숙해 보이는 게 아니라 되는 대로 수치를 인용하는 것 같았다.

"길거리에 나서면 각종 범죄에 쉽게 노출됩니다. 그다음이 단독주택이고요. 단독주택에서 위험을 겪을 확률은, 이웃이 누군지 모르는 아파트보다 1.36배, 별의별 사람이 모이는 유흥업소보다 1.4배, 누가 묵는지 모를 숙박업소보다 2.9배 높습니다. 집에 있다가 범죄를 당한다는 거죠. 이런 골짜기 외딴집은 단독주택이라기보다 길거리로 보는 편이 낫습니다. 몰카가 설치되었을지 모를 모텔이나 폭력배가 드나드는 읍내 노래방이 이 집보다 안전합니다."

남자가 느긋한 표정으로 의자에 등을 기댔다. 이번에도 균형을 잘 잡았다.

"편의점을 빼먹었네요. 편의점은 밤새 불을 켜고 영업을 하니 노숙자나 술꾼이 아무런 제지 없이 드나들지요. 칼을 든 강도가 들어와도 의지할 데가 없습니다. 경찰서와 연결된 작은 버튼이 전부니 길거리나 다름없는 곳이지요. 그런데도 단독주택이 편의점보다 4.26배 더 위험합니다. 안전 문제에 있어 이런 집에 사는 건 길거리에 텐트 치고 사는 것과 비슷하다는 뜻이죠."

여자의 말이 끝나자 남자가 태연한 표정으로 소리를 질렀다.

"아아악."

나는 귀를 틀어막았다. 아내가 벌떡 일어서서 집 쪽을 살폈다. 아무 일 없었다. 안에서 무슨 소리가 들리거나 커튼이 젖히거나 닫힌 커튼으로 누군가 어른거리지 않았다. 남자는 여전히 의자에 앉아 우리를 향해 있는 힘껏 소리를 질렀다. 몸이 경직되지 않은 것으로 보아 신체적 발작이 아니고 정신적인 문제 같았다. 남자가 얼굴이 벌게져서 비명을 지르는데도 여자는 자주 있는 일이라는 듯 무표정했다.

이런 일을 겪은 적 있었다. 느닷없이 소리를 질러 모여 있던 사람들을 놀라게 한 일. 내가 그렇게 했다. 일단 비명을 지르기 시작하자 멈출 수 없었다. 몇 번이고 그렇게 했다. 아내는 내 얘기를 사무실 상사에게 전해 들었다. 상사는 아내에게 두 번 다시 나를 출근시키지 말라고 했다. 병원에 입원시키라는 충고도 했다. 단지 소리만

질렀을 뿐이고 달리 나쁘게 군 게 아닌데도. 비명을 지르는 동안 돼지처럼 땀을 뻘뻘 흘렸다. 비명을 지르는 일이 쉽지만은 않았다는 의미다. 문제는 왜 소리가 터져나왔는지 나 역시 모른다는 것이었다. 지금도 마찬가지였다. 아무리 시간이 지나도 이유를 납득할 수 없었다.

여자가 손짓하자 남자가 비명을 멈추고 캑캑거렸다.

"죄송하지만 물 한 잔 주십시오."

나는 재빨리 집으로 가서 물을 가져왔다. 뭐든 제자리로 돌아오려면 매개가 필요한 법이다. 아무것도 안 하기는 아무래도 쑥스러우니까 물이라도 마셔야 한다. 남자는 단숨에 물을 다 마시고 태연하게 숨을 골랐다.

"이렇게 큰 소리가 났는데 아무도 안 왔습니다. 비명을 지르고 오 분이 지났는데 말이에요. 오 분은 긴 시간입니다. 심정지 환자를 죽일 수도 살릴 수도 있는 시간이죠."

여자가 말했다.

"이 집에서 가장 가까운 주택은 정확히 삼백오십오 미터 떨어져 있습니다. 아시다시피 두 집 사이에는 옥수수밭이 있고요. 이 지역 대학교수가 개발한 품종이라고 해서 대학옥수수라 불리며 마을의 명물이 됐죠. 너나없이 빈 땅이 있으면 다 심었어요. 요즘 같은 계절에는 옥수숫대가 담장보다 높이 자랍니다."

여자는 광대한 밭 쪽으로 시선을 돌렸다. 옥수숫대가 푸른 하늘에 긴 뿌리를 내리꽂은 것처럼 뻗어 있었다. 여자가 잠시 숨을 고르더니 말릴 새도 없이 비명을 질렀다.

“아아악.”

평온한 표정이지만 소리는 날카로웠다. 아내가 집 쪽을 보며 귀를 틀어막았다. 안에서도 소리가 들릴까. 나는 이제 괜찮았다. 시끄럽긴 해도 언젠가 그친다는 걸 알아서 참을 만했다.

한 번 내지르면 다음에는 수월한 법이다. 악을 쓸수록 세상이 고요하고 평온해지므로 참을 도리가 없는 것이다. 비명이 터지기 직전의 기분을 잘 알았다. 가슴에 긴 끈이 걸린 기분. 조금만 캑캑거리면 끈을 쑥 빼낼 수 있을 듯한 기분. 일단 소리가 터지면 괜찮아졌다. 끈이 빠져나오니까. 그런 일이 반복되면 비명을 지르는 건 신발끈을 묶었다 푸는 일만큼이나 간단해진다.

곧이어 기계음이 울렸다. 여자가 가방에서 붉은빛을 내뿜는 작은 기계를 꺼냈다. 소리는 거기서 났다.

“이웃은 듣지 못해도 이 기계는 뭐든 듣습니다. 기계가 울리면 저희가 오 분 내에 출동하고요.”

여자는 어느새 아나운서처럼 단정한 말투로 돌아가 있었다.

“이런 곳에 살면서 소리지를 일이 뭐가 있겠어요. 생각해보고 연락드릴게요.”

아내가 떨리는 걸 감추기 위해 목을 큼큼거리고 말했다. 남자가 두꺼운 팔을 테이블에 올려놓고 주먹을 쥐었다. 겁에 질려 지갑을 열게 하는 게 영업 방식이라면 확실히 효과가 있는 것 같았다. 아무리 겁에 질려도 우리에게 열 만한 지갑이 없다는 게 문제였지만.

남자가 주먹을 풀어 테이블을 쓰다듬었다.

“젊은 나이에 이리로 온 거 보면 사정이 있지 않겠어요? 하지만 돈이란 건 없다가도 어떻게든 생기기도 하고 그러니까요. 목숨이야 하나지만 돈은 어디 그런가요?"

"노력하면 생기는 게 돈이죠."

여자가 거들었다.

"그럼 노력할 시간을 드리죠."

아량을 베풀듯 남자가 말했다. 여자가 테이블에 늘어놓은 통계 자료와 도면, 요금 안내문을 천천히 가방에 챙겨넣었다. 화를 내지 않도록 조심해야 할 정도로 시간을 끌었다. 여자는 마지막으로 주택 도면을 가방에 넣었다. 집이 그들 손에 넘어간 기분이었다. 가방을 다 꾸린 두 사람은 다시 방문하겠다며 올 때와 마찬가지로 허리를 숙여 인사했다.

차가 언덕 아래로 사라지는 걸 보고 아내는 아까 그들이 한 것처럼 집을 살펴보았다. 장식적인 용도 외에는 별 쓸모 없는 낮은 울타리와 철문이 눈에 거슬렸다. 여자는 철문의 높이가 일 미터 십 센티라고 했다. 초등학교 입학생 평균 신장이 일 미터 이십 센티인 걸 감안하면 개나 고양이 말고는 아무것도 못 막는 높이라는 것이다. 뒤늦게야 여자의 말하는 모양새가 내내 마음에 들지 않으면서도 딱히 반박할 수 없던 이유가 떠올랐다. 줄곧 수치를 섞어 말했기 때문이었다.

인터넷을 뒤져 여러 곳의 보안 업체를 살폈다. 두 사람이 보여준 것만큼 비싸지는 않았지만 가장 저렴한 것을 이용한다 해도 우리 형편에 무리가 되기는 마찬가지였다. 할 수 없이 인터넷에서 판매 중인 위조품을 샀다. 가짜 보안 업체 스티커와 촬영 기능이 없는 모형 CCTV였다. 주문하는 김에 보조 자물쇠도 몇 개 샀다.

다음날 느지막이 눈을 뜨자 온몸이 찌뿌듯했다. 아내는 작은방에 있었다. 장인에게 약을 먹일 시간이었다. 약을 먹으면 장인은 순해졌다. 잠을 자거나 잠에 빠진 듯 굴었다.

처음부터 이렇게 하지는 않았다. 아내는 다 받아줬다. 일곱 살 아이가 된 장인은 종일 아내를 따라다녔다. 어느 날은 육인용 식탁 아래를 기어다니며 두더지 놀이를 하자고 했다. 식탁 위로 수시로 머리를 내밀어 아내에게 때리라고 했다. 아내는 장난을 받아주려고 마지못해 툭 치는 시늉을 했다. 장인은 계속 졸랐다. 점차 아내는 세게 때리게 됐다. 아팠는지 장인이 울음을 터뜨렸다. 장인이 울면 아내도 울었다. 장인이 울지 않아도 아내는 울었다. 지금은 장인만 울었다. 죽어가는 사람의 눈으로 계속 눈물을 흘렸다. 자신이 왜 종일 잠에 취해 있는지 잘 아는 듯했다.

언니가 있고 제법 큰 로펌에 다니는 오빠도 있지만 아내가 장인을 돌봤다. 요양병원에 입원중인 걸 집으로 모셔오면서까지 그렇게 했다. 언니와 오빠를 설득하려고 아내는 병원의 위생 문제나 영양 불균형, 간병인의 흠을 찾아냈다. 오빠는 그간 빌려준 액수를 들먹이며 책임감 운운했다. 아내에게 정신 나간 네 식구나 잘 건사하라는 말까지 했다.

다소 노력이 필요했지만 결국 아내 뜻대로 되었다. 벌어야 갚을 돈도 생길 게 아니냐는 말에 형님이 마음을 돌렸다. 두 사람은 매월 말일에 아내에게 돈을 송금했다. 그게 우리의 유일한 수입이었다. 아내가 식구를 싫어하고 간혹 죽이고 싶다고 여기는 건 그 때문이었다. 식구에는 당연히 내가 포함되어 있었다.

처형은 또 늦게 입금했다. 아내는 기다리지 않고 안부를 묻는 척 전화를 걸었다. 처형에게 그렇게 살면 안 된다는 잔소리를 들었다. 아내는 참았다. 그러는 언니는 제대로 살고 있느냐고 따져 묻지 않았다. 아내 역시 처형에 대해 아는 게 있는데도 말이다.

내가 보기에 처형은 아내보다 인생을 몰랐다. 아내는 돈과 식구 때문에 생기는 여러 가지 일을 겪으며 인생이 호락호락하지 않다는 걸 알게 되었다. 어른스럽게 아픈 식구를 챙길 줄도 알았다.

그에 비하면 처형의 삶은 온순했다. 아픈 아버지를 열 살이나 어린 동생에게 맡겨놓고 한 번도 보러 오지 않으면서 똑바로 살라고 잔소리할 정도로 순탄했다. 도움을 준다 여겼고 그러면 동생이 고분고분해질 줄 알았을 것이다. 아내는 관계가 그런 식으로 나아지는 게 아니라는 걸 알았다. 그러고 보면 인생을 아는 건 나이와 아무 상관이 없었다.

처음에 아내는 집에서 하루종일 장인과 지냈다. 장난을 받아주고 오물을 씻기고 엄청난 양의 먹을 것을 챙겼다. 언제까지 그럴 수는 없어서 장인을 두고 종종 외출했다. 돈도 벌어야 하고 입원한 나도 돌봐야 했다. 어쩔 수 없이 수면제를 먹였는데, 괜찮았다. 잘 잤고 자고 일어나면 기분이 좋아 보였다.

아내는 동네 마트에서 계산원 아르바이트를 시작했다. 다섯 시간뿐이었으므로 장인이 조용히 잠만 자주면 괜찮았다. 비교적 잘되었는데, 하루는 장인이 평소보다 일찍 깨서 문을 열고 밖으로 나왔다. 찾느라 고생했고 이웃에 알려지면서 학대라는 소문이 돌았다.

할 수 없이 아내는 형제들에게 장인의 건강 때문에 시골로 내려가겠다고 했다. 누구도 반대하지 않았다.

우리는 자주 어느 게 유리한지 따져보았다. 장인이 돌아가시면 아내는 일정한 몫의 유산을 받게 되지만, 빚을 상환하면 적은 액수가 남을 것이다. 그것이 우리에게 가능한 유일한 목돈이자 밑천이었다. 시간이 걸린다는 게 흠이었다. 장인이 살아 있으면 매달 푼돈이 꾸준히 들어올 터였다. 정당한 몫인데도 굴욕감이 든다는 게 문제였다.

장인이 자고 있으면 우리는 마당의 파라솔 아래 앉아 시간을 보냈다. 제대로 사는 기분이었다. 삼 킬로미터 가까이 되는 길을 걸어 사찰에 갈 때도 있었다. 가는 길에 밭이 보이면 주인 없는 틈을 타서 그게 뭐든 조금씩 따왔다. 지장전 앞에는 커다란 보리수나무가 눈물처럼 붉은 열매를 뚝뚝 흘리고 있었다. 구곡이라 불리는 계곡에도 갔다. 물이 맑다고 했는데 가물어서 그런지 물보다 사람이 많았다. 사람들이 몰려 있는 것을 보자 끈을 삼킨 기분이 들어서 바로 돌아왔다.

장이 서는 날에는 읍내로 구경을 갔다. 찜질방 주인을 만났는데, 그가 장터 사람들에게 우리를 소개하며 그 집 사람들이라고 했다. 사람들이 다 안다는 듯 고개를 끄덕였다. 우리집이 그간 많은 얘깃거리가 된 것 같았다. 찜질방 주인이 아버지는 어쩌고 둘이 놀러 다니느냐고 나무랐다. 아내가 그를 노려보아서 할 수 없이 내가 요양병원에 들렀다 오는 길이라고 대꾸했다.

약을 충분히 먹였는데도 간혹 장인이 일찍 깨어날 때도 있었다.

잠이 깨면 장인은 암막 커튼이 쳐진 불 꺼진 방의 어둠에 놀라 괴성을 지르며 울었다. 여러 번 가르쳤지만 불 켜는 방법을 기억해내지 못했다. 하도 문을 두드려 주먹이 까지고 자기 몸을 때려 멍이 들었다. 장인은 갈수록 사나워졌다. 수월하게 달래기 힘들어졌다. 할 수 없이 아내는 장인보다 더 사납게 굴었다. 아파트에서는 옆집을 의식해 참았는데, 여기서는 그럴 필요가 없었다.

그러면 나는 집밖으로 달아났다. 옥수수밭으로 갔다. 높이 자란 옥수숫대 사이로 들어가 무릎을 감싸고 앉았다. 이랑에 앉아 옥수숫대 사이로 서서히 해가 지는 걸 지켜봤다. 붉은빛을 띠던 하늘이 순식간에 어두워지는 건 무시무시할 정도로 매혹적이었다. 조금 더 기다리면 하늘에 희미하게 달이 떠올랐다. 낮달처럼 흐릿하던 윤곽이 점차 또렷해졌다. 둥근달을 보면 옥수수밭에 숨어서 이렇게 꽉 찬 보름달을 얼마나 더 보게 될까 싶어졌다. 어쩌면 스무 번.* 기껏해야 그 정도라고 생각하면 눈가가 시큰해졌다. 눈물을 참으려고 손을 더듬어 옥수수를 다섯 개 땄다. 수염을 끈처럼 늘어뜨리고 껍질에 감싸인 옥수수를 품에 안고, 팔이 옥수숫대에 쓸리는 줄도 모르고 천천히 어두운 밭을 빠져나왔다.

집에 오면 장인은 아이처럼 고요히 잠들어 있었다. 아내는 소금과 설탕을 넣고 옥수수를 삶으면서 남은 약을 세어보고 내가 병원에 갈 날짜를 체크해줬다. 병원에 가는 간격이 점점 짧아졌다. 약을 더 받아야 해서 병원을 한 곳 늘려야 할 것 같았다. 그러려면 다른

---

* 폴 볼스(Paul Bowles)의 소설 *The Sheltering Sky*에서 인용.

행정구역까지 가야만 했다. 이곳에 오니 약을 타는 일이 가장 힘들어졌다.

며칠 후 아내와 읍내 약국에 갔다 돌아오는데 집 앞에 보안 회사 로고를 붙인 소형차가 서 있었다. 남자와 여자는 제집인 듯 마당에 들어가 있었다. 울타리를 넘어간 모양이었다. 남자가 우리에게 손을 들어 반갑게 인사했다. 여자는 딴청을 부렸다.

"요샌 워낙 물건을 잘 만들어요."

남자가 플라스틱 장난감이나 마찬가지인 모형 CCTV를 만지작거렸다. 아내는 당황해서 얼굴이 굳었다. 남자가 이번에는 현관 아래쪽 보조 자물쇠를 가리키며 말했다.

"보통 집 안에 금덩이를 숨겨둔 집에서 이렇게 열쇠를 여러 개 달잖아요. 그렇죠?"

남자가 우리에게 눈을 찡긋했다.

"아니면 사납고 커다란 짐승을 키우거나요. 그런 짐승은 가급적 집 안에 있어야죠. 사람을 물면 안 되니까요."

그러고는 우리가 권하지도 않았는데 파라솔 아래로 가서 균형이 잘 맞는 의자를 골라 앉았다. 남자는 이 집을 잘 알고 있었다. 이전 주인이 살 때에도 여러 차례 왔을 것이다.

"지난해 동네에 끔찍한 일이 있었습니다. 슬픔을 금치 못할 일이었지요. 주위가 죄다 옥수수밭인 어느 외딴집에서 벌어진 일이에요. 근처에 사찰이 있지만 점집만큼 작은 절이라 인적이 드물었죠."

남자가 주위를 둘러봤다. 우리 말고는 옥수수뿐이었다.

"주인은 저기 시내에 살아서 어쩌다 내려와 하루이틀 묵고 갔고요. 주변 땅이 다 그 양반 건데, 임차농들이 죄다 옥수수를 심었어요. 그날은 주말이라 내려왔다가 일찍 잠자리에 들었죠. 새벽에 웬 기척에 눈을 떴더니 건장한 사내 두 명이 방안에 서 있었어요. 그럴 땐 자는 척해야 합니다. 못 본 척해야죠. 하지만 어디 그렇게 되나요. 깜짝 놀라서 일어났겠죠. 칼을 보고 마구 소리를 질렀고요. 안 되죠. 남자들이 더 놀랄 거 아닙니까. 남자들이 노인을 끈으로 묶었어요. 손목, 발목, 몸통을 친친 동여맸어요. 놀랐으니까 그렇게 했죠. 그러고는 하려던 일을 계속했어요. 이 방 저 방 다 뒤졌어요. 별거 있나요. 주말에만 오는데 얼마나 대단한 걸 갖다뒀겠어요. 오며 가며 들고 다니는 지갑뿐이죠. 거기에 카드하고 육만 얼마였더라."

"육만칠천원."

여자가 대꾸했다.

"그래요, 육만칠천원. 처음에는 푼돈에 화가 나서 마구 때렸죠. 발로 차고 머리를 벽에 박았죠. 비명을 지르니까 배도 걷어차고 얼굴을 짓이기고…… 그래도 살아 있으니까 온몸을 찌르기를 수십 번…… 삼 주 만에 발견됐어요."

남자가 손을 뻗어 거실을 가리켰다.

"저기에서요. 온몸에 피를 묻히고 죽은 채로요."

커튼이 드리워진 거실 창으로 소파와 텔레비전 장식장의 윤곽이 비쳤다. 오랫동안 써오던 물건들인데도 버려진 듯 보였다.

"그 사람들이 왜 그랬겠어요?"

남자가 의자를 당겨 우리 쪽으로 바짝 다가왔다. 아내와 나는 뒤로 조금 물러섰다.

"그냥 해본 거죠. 재미로."

"재미로."

여자가 남자의 말을 천천히 따라 했다.

"사람은 자기 집에서 그렇게 죽기도 해요."

누구든 어디에서나 죽는다. 길거리에서도 죽고 병원에서도 죽고 단독주택에서도 죽고 아파트에서도 죽는다. 자기 집에서 죽는 건 이상한 일이 아니다. 겁을 먹지 않으려고 그런 생각을 했지만 소용없었다.

"우리가 있었다면 어땠을까요. 오 분 안에 출동해서 칼을 든 놈을 때려잡았을 겁니다. 놓쳐도 걱정할 게 없어요. 요새 CCTV는 엄청난 화질을 자랑하니까요. 죽고 나서 후회하면 뭐합니까."

남자가 내 어깨를 꽉 움켜쥐었다. 아니었다. 뻐근했지만 기분 탓이었다. 남자는 느긋이 플라스틱 의자에 등을 기대고 앉아 있었다. 여자는 그저 거실 창을 유심히 바라보고 있었다. 커튼은 꿈쩍하지 않았다. 하지만 잠에서 깨어난 장인이 거실로 나와 커튼을 열어젖힐 수도 있었다.

남자가 자리에서 벌떡 일어나 집 쪽으로 갔다. 아내도 덩달아 일어서서 남자를 따라갔다. 아내는 떨고 있었다. 주먹을 꼭 쥐고 있었다. 남자가 거실 창 새시를 만지작거렸다.

"이런 문은 잠가놓아도 소용없어요. 틈새 절단기를 사용하면 한 번에 뜯기죠."

남자가 거실 창을 열었다가 아내를 보며 천천히 닫았다. 그새 절단기라도 쓴 것일까. 그럴 리 없었다. 아까 외출하면서 잠그지 않은 것뿐이다.

나는 떨리는 걸 감추려고 낮은 목소리로 다시 연락하겠다고 말했다. 남자가 커다란 손으로 내 팔목을 움켜잡았다.

"안에 뭐가 있나요?"

"개요. 워낙 사나워서요. 사람을 물어요."

아내가 대신 대답했다. 남자가 히죽거리더니 내 팔을 놓고 이번에는 현관문을 세게 걷어찼다.

"저는 개를 좋아합니다. 개라면 마땅히 사납게 짖어대야죠. 그래야 쓸모가 있어요."

어디선가 소리가 났다. 개가 짖는 소리는 아니었다. 겁에 질려 우는 소리, 깊고 고된 흐느낌. 아내였다. 나는 비명을 질렀다. 힘껏 내질러도 시원해지지 않았다. 남자가 나를 보고 웃었다.

"그렇게 비명을 지르면 다음에는 우리가 달려올 겁니다. 금방 올 테니까 걱정 말아요. 집에만 숨겨두는 개보다야 우리가 낫지 않겠어요?"

남자가 달래듯 나를 테이블로 이끌었다.

"여기에 사인하면 됩니다."

여자가 펜과 종이를 내밀었다. 처음 당한 일인데도 이런 사람들을 줄곧 겪어온 기분이었다. 아내가 울음을 멈추고 어쩔 수 없다는 듯 종이에 사인을 했다. 나는 터무니없는 조건을 담은 계약서에 아내의 이름과 주소, 주민등록번호 같은 게 적히는 걸 쳐다보았다.

"사나운 개는 결국 뭐든 물어요. 강도를 물면 다행이지만 아마 식구부터 물 겁니다. 그때 소리를 지르세요. 우리가 올 테니까요.

이런 곳에 강도가 뭐하러 오겠습니까? 재미로 오면 몰라도."

남자가 서명된 종이를 봉투에 넣으며 말했다. 당연히 아내와 나는 그게 무슨 말인지 알아들었다. 두 사람이 탄 차가 옥수수밭 너머로 사라지자 아내는 주먹 쥔 손을 풀었다.

집 안으로 들어갔지만 장인의 기척은 없었다. 깨지 않아 다행이다 싶으면서도 오늘따라 지나치게 오래 잔다는 생각도 들었다. 아내는 방을 들여다볼 생각도 하지 않고 어두운 거실 소파에 주저앉았다. 나는 거기서 누군가 죽었다고, 육만칠천원 때문에 칼에 찔렸다고 중얼거렸다. 남자가 한 많은 말 중에 그것만큼은 진실인 것 같았다.

"뭐라고 했어?"

아내가 물었다. 나는 얘기할 수 있었다. 칼에 찔린 사람과 오랫동안 발견되지 않은 시체가 아니라, 장인이 어째서 내내 잠잠한지, 요즘 장인은 약을 한 번에 몇 알이나 먹는지에 대해서.

"오늘은 옥수수 없어?"

아내가 대답을 기다리지 않고 물었다.

"가서 따올게."

그렇게 말하고 나니 어쩌면 내가 이제껏 훔쳐온 옥수수가 집에서 죽어간 노인의 밭에서 난 것인지도 모른다는 생각이 들었다.

"아니, 이제 옥수수는 질렸어."

아내는 지친 듯 소파에 누웠다. 나는 창밖으로 시선을 돌렸다. 커튼 너머로 시커먼 옥수수밭이 어른거렸다. 달은 보이지 않았다.

얼마나 더 기억하게 될까*

여행사 간판이 보이면 왼쪽으로 돌아야 한다고 친구가 진작 일러주었는데, 어쩐 일인지 간판을 찾기도 전에 막다른 길에 다다랐다. 걷다보면 나오겠지 싶어 무작정 방향을 틀었지만 길은 그런 식으로 찾아지지 않았다.

이번에는 여행사가 있으리라 짐작되는 곳에서 일찌감치 왼쪽으로 들어섰다가 실금이 이어진 외벽에 연두색 페인트가 벗어져 너덜거리는 오래된 아파트를 지나게 됐다. 그런 아파트를 보면 어린 시절의 동네에 다다른 기분이어서 한참 머뭇거리게 된다. 베란다 창에 어른거리는 살림살이를, 커다란 훌라후프나 크기가 제각각인 상자, 화분 같은 것을 보고 있자면, 삶이 모든 사람에게 똑같은 것을 베푸는 듯 느껴졌다. 누구에게나 자신만의 상자와 화분, 짐승을 갖고 있던 때가 있으니까.

서울은 낡은 것을 잘 견뎌주지 않는 터라 어린 시절의 아파트는 진작 사라졌고 아파트가 있던 동네도 이제는 없다. 사실 그럴 리는 없어서 동네는 행정구역으로 여전히 남아 있고 아파트도 유명 건축 브랜드로 재개발되었지만, 내게는 없는 것이나 다름없는 동네가 됐다. 태어난 도시에 줄곧 사는데도 어떤 장소와 기억을 잃은 느낌이 드는 것은 그 때문인지도 모르겠다.

느긋이 헤맨 터라 약속 시간에 늦게 갤러리에 도착했다. 소리, 영상, 설치, 음악, 사진이 이어진 전시였는데, 소리는 물론이고 빛과 어둠, 오브제였던 기체까지도 죄다 흩어지면 그만인 것들이었다. 사라지고 소멸하는 것을 포착하기 위해 어두운 방의 가장자리까지 아름다운 순간으로 가득 채운 듯했다.

전시실 중 한 곳에 폴 볼스의 글이 있었다. 벽 앞에 발자국 모양이 있어서 거기 자리를 잡으면 위에 달린 스피커에서 〈풀 문Full Moon〉이라는 음악과 함께 작가의 낭독이 들려왔다. 순서를 기다리는 사람이 많아서 나는 낭독을 듣지 않고 벽에 붙은 글만 읽었다. 한 번 읽자 또 읽고 싶어졌고 멀찍이 물러서서 몇 번인가 더 읽었다.

전시실을 다 돌고 옥상으로 나가보니 하늘에 울적한 표정의 구름들이 모여들고 있었다. 아파트가 보이려나 싶었는데, 층수가 낮아서인지 다른 건물에 가려 보이지 않았다. 남산 쪽을 향해 앉아 전시에서 들었던 〈메리 크리스마스 미스터 로렌스〉라는 곡을 찾아 다시 들었다. 피아노 소리가 따뜻하게 흩어졌다. 이 곡이 쓰인 영화를 못 봤지만, 아마도 로렌스 씨의 크리스마스는 고독하긴 해도 외롭지는 않을 것 같았다.

조금 지나자 일행 두 명이 옥상으로 나왔다. 여기서 맥주를 마시면 좋겠다 싶었고, 그럴 수 있을 줄 알았는데 팔지 않아서 조금 서운해했다. 입장할 때 팔목에 감아준 분홍색 종이 팔찌가 보이도록 주먹을 모아 사진도 찍었다. 빗방울이 떨어지기 시작해 점심을 먹으러 가려고 일어섰고, 커피를 마시고 내친김에 낮술을 시작했다가 한밤이 되도록 마셨다. 그간의 우리답지 않게 오랜만에 벼르고 만난 참이어서 그랬다. 언젠가 했던 얘기와 농담으로 다시 웃고, 만나면 늘 그랬듯이 여행을 가기로 하고, 함께 간 곳을 떠올리고, 약속했지만 하지 못한 것들이 아쉬워 다시 약속했다.

그즈음에는 좋은 날을 보내고 나면 이런 날이 또 있을지 하는 생각부터 들곤 했다. 늦은 밤 일행과 헤어져 희미하게 어두운 길을 걸으면서 그날도 그런 생각을 했다. 하늘을 올려다보지 않았는데도 꽉 찬 보름달을 얼마나 더 보게 될까 하는 구절이 떠올랐다. 아직 지나지 않은 하루가 벌써 흘러가버린 것 같았다.

얼마간 시간이 지난 후에 시커먼 옥수수밭 이랑에서 외롭고 두려움에 지친 사람이 홀로 둥근달을 바라보는 소설을 쓰게 됐다. 쓰는 동안 부러 읽지 않다가 다 쓰고 나서야 폴 볼스의 글을 다시 찾아 읽었다. 처음과 다른 기분이어서 조금 머쓱해졌다.

돌이켜보면 소설 쓰는 일은 매번 그랬다. 마음과 감정의 일부를 알 것 같아서 쓰려고 생각하지만 쓰다보면 영 엉뚱해지고 다 쓸 무렵에는 안다고 여긴 마음을 가장 알 수 없게 됐다. 이 소설도 마찬가지였다. 그렇기는 해도 좀더 궁리하고 싶은 마음이 남아서, 언젠가의 소설에는 모든 건 정해진 수만큼 일어난다는 구절을 써야겠다고 생각했다.

* 제목과 본문의 고딕 표기는 폴 볼스의 소설 *The Sheltering Sky*에서 가져옴.

모든 게 무한한 듯 보일지라도*

정이현(소설가)

나의 집에는 열쇠들과 자물쇠들이 서로 맞는 게 하나도 없다. 열쇠라면 내 서랍 속에 넘치도록 가득 들어 있다. 가장자리를 곱게 접어 감친 V자형 맹꽁이자물쇠형 열쇠, 속이 빈 막대기 열쇠, 이중 걸쇠를 여는 다이아몬드형 열쇠, 공격용 무기 같은 거대한 뭉치 열쇠, 레이스처럼 예쁘게 깎은 반지 모양 열쇠, 어디에도 맞지 않는다는 점이 유일한 단점인 만능열쇠. 신비스러운 것은 바로 그 점, 즉 집 안의 그 어느 자물쇠도 이 열쇠들에 순순히 복종하는 게 없다는 점이다. (……) 그렇다면 이것들은 어디서 난 것일까? 이 아름다운 열쇠들은 저마다 쇠붙이로 된 의문부호 모양을 해가지고서 뭣 하러 여기 있는 것일까?(미셸 투르니에, 『짧은 글 긴 침묵』, 김화영 옮김,

* 폴 볼스의 소설 *The Sheltering Sky*에서.

현대문학, 2004, 20~21쪽.)

편혜영의 소설은 의문부호 모양의 열쇠를 닮았다. 정교하고 섬세하게 세공된 열쇠. 필요불가결한 단문들로 이루어진 서사를 좇아 맨 끝에 다다른 뒤에야 독자는 눈을 껌뻑이다 이내 탄식하게 된다. 이 아름다운 열쇠와 맞아떨어지는 자물쇠는 존재하지 않는다. 세계는 여전히 무표정한 채 꾹 닫혀 있다. 미셸 투르니에에게 자물쇠 없는 열쇠를 가진 사람은 '두 발을 묶어놓고 가만히 있으면 안 되는 사람'이다. 그는 또 열쇠 없는 자물쇠에 대해 '해명해야 할 비밀, 밝혀져야 할 어둠, 판독해야 할 암호'라고 했다.

편혜영을 읽는 일은 '비밀과 어둠과 암호 들'로 빽빽한 숲을 헤치고 앞으로 나아가는 일이다. 물음표 열쇠를 손에 꼭 쥔 채.

*

그들은 3인 가족이다. '나'와 '아내', 그리고 아내의 아버지인 '장인'. 노인은 치매를 앓고 있으며 젊은 부부는 그로부터 파생된 여러 일들로 무척 지쳐 있다. 도시를 떠나 교외의 외딴집에 이삿짐을 풀던 날, 옆집 남자가 찾아온다. 옆집이라고 해도 두 집 사이에는 삼백여 평의 옥수수밭이 가로놓여 있다. 그들의 새집이 그만큼 외따로 떨어져 있다는 뜻이다. 독자들은 이쯤에서 이 소설의 작가가 누구인지 짐작할 수 있을 것이다. 편혜영의 소설에서 교외의 전원주택이라는 고립된 공간은 고딕극(劇)의 고성처럼 일종의 무대세트 역할을 해왔다. 그곳에서 곧 어떤 종류의—쉽게 처리하기 힘들고 영원히 설명하기 어려운—일이 일어날 것임을, 아니 이미 일어나고 있음을 우리는 추측한다.

옆집 남자는 갓 삶은 옥수수 뭉치를 선물로 들고 왔다. 옥수수는 이 소설 전체를 아우르는 중요한 이미지다. 마야인의 성서라고 불리는 라틴아메리카의 『포폴 부*Popol Vuh*』에 따르면 인간은 옥수수로 만들어진 존재다. 비유로서의 옥수수가 아니다. 실재하는 곡물, 삶아먹고 쪄먹고 뜯어먹는 옥수수다. 진흙 인간과 나무 인간 만들기에 실패한 신은 결국 옥수수로 인간을 빚었다고 한다. 그러고 보면 인간은 옥수수를 닮은 듯도 하다. 너무 무르지도 너무 딱딱하지도 않은, 수염과 껍질과 뼈대를 가진 존재. 또한 옥수수는 전통적인 구황작물이 아닌가. 신의 영혼으로 만들어져 사람의 굶주림을 구제하는, 성(聖)과 속(俗) 사이, 기적과 현실을 잇는 이름이다.

전원주택은 상상만큼 한갓지거나 숨기 좋은 곳이 못 된다. 초대하지 않은 방문객들이 무람없이 들이닥친다. 옥황상제를 섬기는 종교의 포교사에 이어 부부를 찾은 것은 보안 업체 직원들이다. "오 분입니다. 경보가 울리면 오 분 안에 옵니다. 저기 옆집에서 뛰어오는 것보다 빠를 겁니다." 그들의 자신만만한 영업 태도는 수면 아래 가라앉아 있던 부부의 불안감을 자극한다. 그들이 가고 난 뒤에 낮은 철책과 철문이 갑자기 눈에 거슬리는 건 우연이 아니다. 외부자의 침입으로부터 필사적으로 지켜야 하는 곳이 집뿐만은 아닐 것이다. 부부가 오랫동안 심각한 재정적 문제에 시달리고 있다는 사실, 치매 아버지를 전담해 돌본다는 명목으로 형제들로부터 받는 생활비가 유일한 수입원이라는 사실이 드러나면서 서사는 기묘한 긴장에 휩싸여간다.

"우리는 자주 어느 게 유리한지 따져보았다. 장인이 돌아가시면 아내는 일정한 몫의 유산을 받게 되지만, 빚을 상환하면 적은 액수가 남을 것이다. 그것이 우리에게 가능한 유일한 목돈이자 밑천이었다. 시간이 걸린다는 게 흠이었다. 장인이 살아 있으면 매달 푼돈이 꾸준히 들어올 터였다. 정당한 몫인데도 굴욕감이 든다는 게 문제였다." (95쪽)

선택권이 마치 제 손안에 있다고 여기는 듯한 진술이다. 모든 선택에는 예상치 못한 대가가 따르는 법이고, 어느 쪽을 택하든 그들이 먼저 할 일은 '지키는' 것이다. 무언가를 지키는 가장 효율적인 방법은 단단히 지키고 있음을 만방에 과시하는 것이다. 부부는 보안 업체와 계약하는 대신 보안 업체의 가짜 스티커와 모형 CCTV를 설치하고 보조 자물쇠를 주문한다.

"요샌 워나 물건을 잘 만들어요."

남자가 플라스틱 장난감이나 마찬가지인 모형 CCTV를 만지작거렸다. 아내는 당황해서 얼굴이 굳었다. 남자가 이번에는 현관 아래쪽 보조 자물쇠를 가리키며 말했다.

"보통 집 안에 금덩이를 숨겨둔 집에서 이렇게 열쇠를 여러 개 달잖아요. 그렇죠?"

남자가 우리에게 눈을 찡긋했다.

"아니면 사납고 커다란 짐승을 키우거나요. 그런 짐승은 가급적 집 안에 있어야죠. 사람을 물면 안 되니까요."(97쪽)

번뜩, 소설이 다른 얼굴을 드러내는 순간이다. 사납고 커다란 짐승. 그 느닷없는 비유 앞에서 독자는 아연해지고, 지금껏 읽어온 내용을 처음부터 복기하게 된다. 담담한 일인칭 화자의 진술 아래 숨어 있던, 말끔히 설명되지 않은 의문들이 그제야 떠오른다. 노인은 정말 약에 취해 잠든 걸까? 그들이 집 안에 가둬둔 '그것'은 무엇일까? 그들은 혹시 처음부터 모종의 의도를 품고 외딴집으로 이사한 게 아닐까? 자물쇠는 지키기 위해서 달았을까 아니면 들키지 않기 위해서?

무엇보다 궁금한 것은 몇 번이나 더, 이대로 간신히 희망도 파멸도 없이, 꽉 찬 보름달을 올려다볼 수 있을까 하는 것이다. 작가는 '어쩌면 스무 번'이라는 소설의 제목을 폴 볼스의 소설 *The Sheltering Sky* 중 한 구절에서 따왔음을 각주로 밝혔다. 그 구절은 이렇게 이어진다. "꽉 찬 보름달을 얼마나 더 보게 될까? 어쩌면 스무 번, 모든 게 무한한 듯 보일지라도."

'어쩌면'이 짐작의 부사라는 사실이 새삼스럽다. 짐작은 사정이나 형편을 어림잡아 헤아리는 것이고, 헤아리는 것은 짐작하여 가늠하는 것이다. 짐작이라는 단어가 겹쳐질수록 사안의 불확실성이 강조된다. 그러므로 '어쩌면 스무 번'은 스무 번이 아닐 확률이 높다는 뜻이겠다. 스무 번을 훌쩍 넘을 수도 있고 이번이 마지막일 수도 있다. 언젠가 끝이 온다는 것만이 자명하다. 달이 차고 기우는 일은 무한하지만 인간의 모든 일은 유한하니까. 그날이 올 때까지 파탄의 예감에 시달리며 견디는 것은 '옥수수밭에 숨어 눈물을 참는' 자의 부질없는 숙명이다. 그래서 언제까지냐고? 누구도 답해줄 수 없다. 인간은 달에게 필연적으로 지는 존재임을 편혜영은 너무도 잘 안다.

얼마 전 문학하는 마음에 대한 편혜영의 산문*을 읽었다. 거기서 작가는 한 영화에서 평생 광부로 살아온 남자의 얼굴을 본 일에 관해 이야기한다. "지키려는 것이 아니라 지킬 수밖에 없는 처지의 사람"이라는 문장을 보았을 때 나는 다시금 그 물음표 열쇠를 떠올렸다. 그건 '뭣 하러 여기 있는 것일까?' 그것이 없었다면 '비밀과 어둠과 암호 들'로 빽빽한 숲에 들어가보지 못했을 것이다. 숲의 나무들과 풀들 하나하나마다 다른 표정이 깃들어 있음을 몰랐을 것이다. 갱도의 작업자처럼 자물쇠 없는 열쇠를 만드는 이의 묵묵한 밤을 생각한다.

---

* 「얼굴들, 표정들」, 『문학동네』 100호 특별부록 『아뇨, 문학은 그런 것입니다』, 문학동네, 2019.

조해진

환한 나무 꼭대기

작가노트

결국, 환해지고 싶은 마음

리뷰 **은희경**

고독 너머의 빛, 환한 나무 꼭대기

조해진

2004년 『문예중앙』 신인문학상에 「여자에게 길을 묻다」가 당선되어 등단. 신동엽문학상, 이효석문학상, 김용익소설문학상, 백신애문학상, 형평문학상 등 수상. 소설집 『천사들의 도시』 『목요일에 만나요』 『빛의 호위』, 장편소설 『한없이 멋진 꿈에』 『로기완을 만났다』 『아무도 보지 못한 숲』 『여름을 지나가다』 『단순한 진심』이 있다.

환한 나무 꼭대기

혜원이 죽었다.

월요일 이른 아침, 병실에 도착하여 창문을 한 뼘 정도 열어놓은 뒤 침대 쪽으로 돌아선 순간 그녀는 바로 알 수 있었다. 한 사람이 죽었고, 그것은 되돌릴 수 없다는 것을…… 간호사를 부르러 가다 말고 그녀는 도로 혜원에게로 걸어가 혜원의 손을 잡아보았다. 맥은 잡히지 않았지만 희미하게 온기가 남은 걸 보니 그녀가 병실에 도착하기 직전에 혜원은 혼자 임종을 맞은 듯했다. 죽은 혜원은 혜원일까, 아니면 그저 여러 무기물의 결합체인 걸까. 그녀는 판단할 수 없었다. 눈앞의 시체는 강직, 시반(屍斑), 부패와 냄새, 흙과 먼지와 바람 같은 단어들과는 무관한, 그저 한바탕 무례하고 시끄럽게 기거하던 손님이 빠져나간 적요한 빈집처럼 보일 뿐이었다.

그 손님의 이름은, 통증이었다.

그녀는 지난 반년 동안, 한 인간이 평생에 걸쳐 몸의 내부에 돌탑처럼 쌓아온 습관과 질서가 통증으로 차근차근 무너지는 과정을 지켜보았다. 투병 생활을 시작하면서 혜원은 출근 전 구립체육관에 들러 삼십 분 동안 해왔던 수영과 식후마다 마셨던 커피, 잠들기 직전 침대에 비스듬히 누워 딱 한 대씩 피우던 담배를 포기해야 했다. 화요일과 목요일의 요가 클래스, 수요일마다 참석했던 독서 모임, 일요일 성당에서의 봉사활동도 지속할 수 없었다. 투병으로 그 모든 것을 잃게 된 혜원은 대신 하루의 반 이상을 약에 취해 잠만 잤고 깨어 있을 때도 급격히 떨어진 체력 때문에 침대에서 좀처럼 일어나지 못했다. 호스피스 병동으로 옮긴 뒤로 통증은 이상한 방식으로, 마치 가학적이고 변덕스러운 애인처럼 혜원을 괴롭히기 시작했다. 혜원은 온몸을 뒤틀며 고통스러워하다가도 이내 지독한 가려움증을 호소했고, 뼈대가 드러날 만큼 바짝 마르는 와중에도 부종으로 통통 부어오르는 두 다리를 난감하게 내려다보곤 했다. 잇몸에 염증이 생겨 아무것도 씹지 못하는 상황인데도 구토감이 시작되면 위액이라도 토해내야 진정이 찾아왔던 날도 많았다. 간병 일을 시작한 이래로 그녀는 다섯 명의 암환자를 돌봤었는데 혜원만큼 통증이 극심한 경우는 없었다. 혜원을 견디게 해준 건 혜원이 살아온 날들을 가엽게 여길 신의 동정과 전남편을 따라 미국으로 이민 간 아들이 보내올 답장이었다. 결국 혜원이 숨을 거둘 때까지 도달하지 않은 혜원의 가짜 진통제…… 혜원의 신은 아직 구유에서 태어나지도 않은 듯 구원의 작은 계시 하나 보여주지 않았고, 혜원의 아들은 한 번도 답장을 보내오지 않았다.

그녀는 혜원이 학교에 사직서를 내고 항암 치료를 시작하면서부터 혜원의 간병인으로 일했다. 조금이라도 친분이 있는 사람에게 간병을 받고 싶어하는 혜원의 속내를 알게 된 대학 동창 중 누군가가 동미에게 연락했고, 동미가 다시 그녀와 혜원을 연결해준 것이었다. 그녀가 혜원의 전화를 받은 건 작년 연말 무렵이었다. 혜원과는 이십오 년 만의 통화였다. 아니, 생애 첫번째 통화였는지도 모르겠다. 서울의 여자대학교 독문과에서 그들이 동기로 만났던 1990년대 초반은 휴대전화가 일부 기업인이나 쓸 수 있는 귀중품이던 시절이었고, 혜원과 그녀는 둘 다 지방에서 올라와 하숙 생활을 했으므로 개인 명의의 전화를 소유할 필요가 없었다. 사 년 동안 강의실과 도서관, 교내 식당에서 마주치면 웃으며 인사하고 안부도 주고받았지만 서로에 대해 아는 것이 전무하다시피 했으므로 사적으로 통화할 이유가 없기도 했다. 졸업 후에는 한 번도 만나지 않았다. 그녀는 혜원이 어떻게 사는지 몰랐지만, 혜원 쪽에서는 그녀가 선택한 삶의 방식을 잘 알고 있었다. 혜원뿐 아니라 독문과의 다른 동기들 모두 그것을 알고 있었다. 대학을 갓 졸업한 새파랗게 젊은 여자가 절에 들어가는 건 그때나 지금이나 호기심을 자극할 만한 이야기일 테니까. 이스트를 넣은 밀가루처럼 부풀려진 그녀의 삶은 입술과 전화선과 커피와 맥주가 놓인 테이블을 통해 여기저기로 퍼져나갔을 것이고, 그중 누군가는 필연적으로 자신에게 기울 수밖에 없는 고뇌의 시소 한쪽에 그녀를 올려놓고는 전에 없이 겸허한 마음을 품었을지도 모르겠다. 그러나 그들은 그녀가 출가했다는 것만 알 뿐, 정식 승려가 되기도 전에 환속했다는 것이나 그녀 역시 그들처럼 직장과 연애라는 트랙을 돌며 한 시절을 살아왔다는 건 알지 못했다. 아니, 알려 하지 않았다. 동미의 말에 따르면, 대학 동창 중 일부는 그녀가 지금도 승려이거나 승려와 다를 것 없이 사는 걸로 알고 있었다. 그녀는 그들을 이해했다. 재산이나 가족, 심지어 욕망도 없이 산속 은둔자로 사는 지인이란 속세의 경쟁에서 밀려나거나 패배했을 때 그 쓰라린 마음을 되비춰볼 만한 거울로 퍽 쓸모가 있을 테니까, 상대적인 박탈감을 위로받을 수 있는 영원한 타자……

그녀는 곧 손을 뻗어 혜원의 눈을 감겨주었다. 눈이 감긴 혜원은 이제야 긴 여행을 떠날 준비를 마친 듯 보였다. 생의 뒤편에서 시작되는 길, 그 길은 황토색 먼지만 나부끼는 외길이 아닐까, 그녀는 생각했다. 심정지 상태에서도 청각 기능은 얼마간 활동한다고 했으니 아무것도 없는 그 외길에도 이곳의 목소리를 실어다주는 수신기 같은 건 있을지도 몰랐다. 아마도 시간이 흐를수록 조금씩 지워져가는 커다란 귀, 혹은 이국적인 풍차 모양의 수신기가. 그 상상 탓일까. 걷다가 멈칫한 혜원의 가느다란 실루엣이 보이는 듯했다. 그녀는 점자를 읽듯 혜원의 얼굴을 어루만지며 잘 가, 속삭였다. 그것밖에, 해줄 것이 없었다.

그날, 혜원은 공식적으로 사망했다. 담당 의사가 간호사를 대동하고 와서 청진과 동공반사 같은 절차를 밟는 동안 그녀는 혜원이 쓰던 서랍장 위의 두꺼운 성경책과 원석으로 된 묵주, 십자가와 마리아 성상을 물끄러미 내려다보고 있었다. 혜원이 태어나기 이전부터, 아니 태곳적부터 있어왔던 자연의 일부가 혜원의 몸안에서 일시적으로 머물렀다가 덧없이 빠져나온 뒤 이제는 성물을 비추는

저 햇빛에 녹아 있는 것만 같았다.

오후엔 호스피스 병동에서 1.5킬로미터 떨어진 종합병원 장례식장에 혜원의 빈소가 마련됐다. 장례 첫날 저녁부터 조문객이 찾아오기 시작했고, 밤 아홉시 즈음엔 검은색 제의를 입은 신부가 와서 미사를 집전했다. 장례식 첫날에 그녀는 혜원의 여동생을 도와 육개장이니 고기산적을 날랐고, 둘째 날에는 조문객으로 빈소를 찾아갔다. 빈소 앞에서는 조의금 봉투에 오만원짜리 네 장을 넣었다가 다시 두 장을 빼는 행동을 여러 번 반복했고, 빈소로 들어간 이후엔 영정사진 속 건강하게 웃는 혜원의 얼굴을 하염없이 올려다봤다.

*

발인 날, 상복을 입은 혜원의 여동생이 그녀에게 다가오더니 연거푸 고맙다고 말하면서 울먹였다. 울먹이며, 이내 그녀의 어깨에 얼굴을 묻었으므로 성물이 담긴 종이가방을 들고 있던 그녀는 엉거주춤한 자세로 혜원의 여동생을 안아줄 수밖에 없었다. 검은색 블라우스의 어깨선 안쪽으로 따뜻한 눈물이 옅게 배어들어왔다. 혜원의 여동생은 그녀의 배웅을 받으며 영구차에 오를 때까지 홍천에 있는 아파트나 각서에 대해서는 한마디도 하지 않았다. 종이가방 속 성물을 그녀가 혜원에게서 받은 유산의 전부로 알고 있는 게 분명했다.

그날 오후 그녀는 이삿짐 트럭을 불러 왕십리에서 홍천으로 짐을 옮겼다. 일 톤짜리 소형트럭에 그녀의 짐은 헐겁게 찼다. 세탁기와 냉장고 같은 가전제품은 이미 중고 사이트를 통해 팔아버린 뒤였고, 문이 안 닫히던 옷장과 나뭇결이 상한 책장은 재활용 쓰레기장에 미련 없이 버렸다. 트럭 조수석에 오른 뒤 그녀는 휴대전화로 통장 잔액을 확인했다. 오 년 넘게 혼자 살던 왕십리 오피스텔의 보증금이 입금되어 있었다. 이제 월세를 낼 일이 없으니 생계비를 최소한으로 줄인다면 간병 일을 하지 않고도 꽤 긴 시간 버틸 수 있으리란 계산이 섰다. 어쩌면 그 기간은 평생이 될지도 몰랐다. 그녀는 보조석 창문을 연 뒤 손을 내밀어 시작도 끝도 없이 흘러가는 바람의 결을 느꼈다.

지어진 지 삼십 년이 넘었다는 홍천의 이십 평대 아파트는 혜원이 그녀에게 준 것이었다. 아니, 엄밀히 말하면 그 아파트의 관리를 맡겼다. 혜원은 아파트의 명의를 그녀 앞으로 돌려놓으며 두 가지 조건을 내걸었는데, 하나는 자신의 사후에도 하루에 한 번씩 미국에 있는 아들에게 이메일을 보내는 것이었고 다른 하나는 언젠가 아들이 돌아오면 아파트 소유권을 물려주겠다는 각서를 쓰는 것이었다. 그녀는 그 조건들 뒤편에 빈 들판처럼 펼쳐진 혜원의 소망을 배반할 마음이 없었지만, 이제 혜원은 죽었고 혜원의 아들은 영영 이메일에 접속하지 않을지도 모르며 혜원의 여동생조차 홍천의 아파트에 대해 모른다는 것이 어떤 의미인지 알고 있었다. 무섭도록 정확하게, 그것을 알고 있었다.

홍천은 혜원이 처음 교사로 일했던 도시라고 했다. 홍천에 있는 사립 고등학교에서 독어 선생으로 일하다가 전남편을 중매로 만났고 아들을 낳았다고도 했다. 아들이 네 살이 되던 해, 혜원은 서울에 있는 학교로 이직했고 남편과는 이혼했다. 혜원의 전남편은 서울에서 함께 살던 아파트를 위자료로 넘겨주긴 했지만 아들과의 면접교섭권은 제대로 이행하지 않았다. 그러고는 어느 날, 혜원에게 말 한마디 없이 그해 일곱 살이 된 아들을 데리고 미국으로 이민을 가버렸다. 전남편의 부모와 형제는 혜원을 만나주지 않았고 나중에는 전화조차 받지 않았다. 혜원이 갖고 있는 아들과의 접점은 아들의 이름과 주민등록번호로 만들어놓은 이메일 계정뿐이었다. 십오 년 가까이 혜원은 그 계정으로 일기를 쓰듯 날마다 이메일을 보냈지만 수신이 확인된 이메일은 한 통도 없었다. 혜원의 아들은 엄마가 만들어준 이메일 계정이 있다는 걸 몰랐거나 잊었을 것이다. 어쩌면 잊은 척하는지도 몰랐다. 혜원은 마지막 가능성에 히스테리에 가까운 공포를 갖고 있어서 가끔씩 발작하듯 온몸을 떨며 눈물을 쏟곤 했다. 그때마다 그럴 리 없다고, 너무 어려서 이메일이 뭔지도 몰랐을 거라고 말해주며 혜원의 머리나 어깨를 보듬어주는 건 그녀의 간병 활동 중 하나였다. 어쩌면 가장 중요한 간병이었는지도 모르겠다.

아파트에는 해 질 무렵 도착했다.

한 동짜리 아파트였다. 분양 광고 플래카드가 걸려 있는 오피스텔 건물과 붉은 벽돌로 된 교회를 제외한다면, 시야에 들어오는 건 농가와 비닐하우스와 밭이 전부였다. 그래서인지 아파트는 수몰 지역의 사원처럼 고요했고, 페인트가 벗어지고 배관이 비어져나온 외벽은 비밀의 단서를 품은 유적처럼 보이기도 했다. 퇴근 뒤 학생이

나 동료 교사를 만나고 싶지 않아 일부러 시내에서 멀리 떨어진 한적한 곳에 아파트를 구했노라던 혜원의 말이 떠올랐다. 이곳에서라면 찰랑거리는 물속에서 하늘을 올려다보듯 남은 생을 소모할 수 있겠다는 뜻밖의 기대감이 차올랐다. 그 하늘이 찬란하게 빛나든 먹구름에 잠식되든, 일정한 거리를 둔 채 그녀는 살아갈 터였다. 욕망도 후회도 없이, 아무도 원망하지 않으면서, 전체 생애에서 없어도 무관한 여분을 살듯, 긴 휴가처럼……

트럭을 몰고 온 이삿짐 직원은 식탁과 콘솔 같은 작은 가구들과 식기들, 옷과 책들, 매트리스와 이불과 베개를 아파트 안에 들여놓고 떠났다. 직원이 돌아간 뒤 혼자 남은 그녀는 짐 정리는 미룬 채 거실에 담요를 깔고는 베란다 쪽을 향해 모로 누웠다. 홍천에는 밤이 일찍 찾아왔다. 창밖으로 넘실거리는 여름밤에서 그녀는 시선을 뗄 수 없었다. 바람이 한번 불어올 때마다 밤의 페이지 한 장이 넘겨지기라도 한 듯 새와 벌레들이 새롭게 울었고 나뭇잎은 조금 전과는 다른 음으로 사각거렸다. 페이지 너머 또다른 페이지들이 이어지는 여러 겹의 밤에 둘러싸여 있다고 상상하자 보호받는 느낌이 들었다. 나쁘지 않은 안정감이었다. 아니, 평생을 찾아 헤맨 안정감이었다.

어느 순간 발바닥이 간지러워 발치를 보니, 소매가 넓은 흰옷 차림의 남자가 향유로 그녀의 발을 씻기고 있었다. 그의 손바닥 감촉이 너무도 부드러웠으므로 발에서 시작된 간지러움이 금세 온몸으로 나른하게 퍼져갔다. 그는 아무것도 모른다는 듯 그저 신중하게 그녀의 발을 마저 씻긴 뒤 발에 남은 향유를 얇은 아마포로 닦았다. 그녀가 상체를 일으키자 그가 고개를 들었다. 눈과 코와 입, 게다가 귀도 없는 얼굴이었다. 당신의 종은 죽었습니다. 그녀는 낮게 뇌까렸고, 곧바로 이어서 물었다. 당신의 종이 무슨 죄를 지었기에 쉽게 죽지도 못한 것입니까? 그는 대답하지 않았다. 어쩌면 입이 없어서 대답을 못하는 것인지도 몰랐다. 저는요? 그녀는 인내심을 잃은 채 따지듯이 다시 물었고, 물으면서 자기 생애에 할당된 슬픔을 전부 느꼈다. 저의 무엇이 당신을 진노케 했기에 나는…… 나는, 나! 는! 그녀는 목에 핏줄이 돋도록 외치다가 어느 순간 두 손으로 바닥을 짚은 채 흐느꼈다.

꿈에서 깨자 차갑고 짙은 어둠이 머리 위까지 차올라 있었다. 자리에서 일어나 형광등을 켠 순간, 언젠가 혜원이 했던 말이 금속처럼 떠올랐다. 나는 불교가 싫어. 환생도 싫고, 강희야.

강희야.

응?

난 정확하게 죽고 싶어.

그래?

가장 무서운 게 뭔지 알아? 죽었는데, 죽었다는 걸 알고 느낄 수 있는 거야. 죽었다는 걸 아는 상태는 영원할 거잖아, 죽음처럼, 안 그래?

그럼 천국도 없어야겠네? 말해봐, 그럼 뭐하러 기도는 매일 하는 거니?

……아무도 없으니까.

뭐?

기댈 데가 없다고, 아무도……

혜원아.

혜원아, 불렀지만 그녀는 뒷말을 잇지 못했다. 혜원은 말을 삼킨 채 입술을 닫아버린 그녀를 텅 빈 눈으로 바라보다가 병실 창밖으로 시선을 돌렸고, 그녀는 병실에서 잠시 벗어나기 위해 소변 통을 집어들고 복도로 나갔다. 복도엔 수리하지 않은 형광등이 꺼졌다가 켜진 뒤 다시 꺼지길 반복하고 있었다. 배설물과 약품 냄새가 깜박이는 불빛으로 부유하는 호스피스 병동의 복도는 한 시절의 나쁜 꿈 같기도 했고 꿈에서 깬 뒤에 마주본 진짜 세계 같기도 했다.

혜원이 죽기 일주일 전의 일이었다.

*

다음날 그녀는 정오 즈음 아파트를 나섰다. 근처에 있는 상점과 식당들의 위치를 파악해야 했고 생수와 먹을거리도 사고 싶었다. 포장된 길을 따라 하염없이 걸었지만 상점이나 식당은커녕 작은 잡화점 하나 나오지 않았다. 지나가는 노인에게 물으니 무언가를 먹거나 사려면 시내 쪽으로 가는 버스를 타야 한다고 일러주었다. 한 시간에 한 번씩 정시에 온다는 버스가 이 지역과 시내를 이어주는 유일한 교통수단인 듯했다.

버스 정류장은 혜원의 아파트에서 그리 멀지는 않았지만 정류장이라는 단어에서 환기되는 이미지는 갖고 있지 않았다. 버스가 그려진 알림판과 나무로 된 벤치가 하나 놓여 있을 뿐 버스 노선도조차 없어서 주의깊게 보지 않았다면 그냥 지나쳤을 게 뻔했다. 불친절한 정류장이긴 했지만, 대신 잎이 무성한 느티나무가 정류장 전체에 그늘을 드리우고 있어서 그 주위로 농도 짙은 여름의 공기가 유동했고 벌레들의 울음소리는 증폭되어 들렸다. 벤치 옆에는 고물처럼 보이는 커피자판기도 하나 놓여 있었는데, 아직은 멀쩡하게 커피가 나오는지 바닥에는 빈 종이컵 몇 개가 버려져 있었고 어떤 종이컵에는 담배꽁초가 들어 있기도 했다. 느티나무 뒤편은 잡목으로 우거진 낮은 산과 바로 이어졌다. 산 입구에는 화살표 모양의 팻말도 세워져 있었는데 그중 '쉼터 기도원'이라고 적힌 팻말이 그녀의 시선을 오래 붙들었다. 스물세 살부터 이 년 가까이 머물렀던, 산속으로 920미터나 들어가야 나오던 작은 절이 떠올랐다. 그녀는 그곳에서 덕해라고 불렸고 깨어 있는 시간의 대부분을 경전을 외우거나 허드렛일을 하며 보냈다. 까마득했다. 아직도 경전의 일부를 읊을 수 있고 단단한 땅을 호미로 내리칠 때나 빨랫감을 찬물에 담글 때 손끝에 전해지던 노동의 감각을 기억하는데도, 그녀에게 그 이 년은 시곗바늘의 회전으로 차곡차곡 증량된 실재가 아니라 질감도 형태도 없이 허공에서 흩어지는 희끄무레한 연기 같기만 했다. 절에서 나온 뒤부터는 매 순간이 생존과 연결되어 있었기에 돈을 벌지 않아도 되었던 그 시절이 더 까마득하게 느껴지는 것인지도 몰랐다. 그곳에서 나올 무렵 국가는 부도 상태로 시끄러웠고, 특정한 분야에서 경력을 쌓지 못한 그녀는 소규모 회사의 계약직을 전전할 수밖에 없었다. 간병은 이삼 년 단위로 반복되던 자연스러운 해고와 피로한 면접을 더이상 감당할 수 없어 선택한 직업이었다. 적어도 간병은 마음만 먹으면 언제라도 일을 구할 수 있었다.

그녀는 느티나무 아래 벤치에 앉아 고개를 뒤로 젖혀보았다. 촘촘하게 엮인 나뭇잎 사이로 물빛에 가까운 하늘과 헐겁게 뭉친 구름이 보였다. 거대한 질항아리 안에 들어와 있는 기분이 들었고, 그녀 자신뿐 아니라 벤치와 커피자판기와 느티나무 모두 항아리 바깥 하늘에서 사슬 모양으로 내려오는 빛의 입자로 빚어진 침전물 같기만 했다. 그렇다면 그녀의 발치를 지나가는 개미도 그녀와 그 성분이 똑같은 침전물일 터였다. 하긴, 그녀나 개미나 죽음이 위성처럼 그 주위를 빙빙 돌고 있는 존재라는 점에서 운명은 똑같았다.

버스가 왔다.

그러나 그녀가 버스에 오르려 할 때 운전석에서 걸어나온 기사는 잠시 쉬었다가 가겠다고 건조한 목소리로 알렸다. 느티나무가 있는 버스 정류장은 일종의 기점이었던 모양이다. 기사는 곧 커피자판기에서 커피 한 잔을 뽑고는 담배 한 대를 피웠다. 바닥에 버려진 쓰레기의 출처가 분명해진 셈이다. 잠시 뒤 정시에 출발한 버스에는 그녀 혼자만 탔고 버스는 그 상태로 다섯 정거장을 지나갔다. 차창 밖 풍경이 조금씩 번잡해지고 승객들이 하나둘 늘어갈 때쯤, 그녀는 시내 어딘가에서 하차했다.

그녀는 시내를 조금 걸었고 가장 먼저 눈에 띈 식당으로 들어가 백반 정식을 주문했다. 밥과 반찬이 나온 뒤 콩나물국을 떠먹고 있을 때 이십대 초반으로 보이는 청년 두 명이 식당으로 들어왔다. 그러지 않으려 해도 그들에게 향하는 시선을 그녀는 제어하기 힘들었다. 혜원의 아들은 올해 한국 나이로 스물한 살이었다. 스물한 살의 청년이라면 한 번쯤 고향으로 돌아와 엄마의 흔적을 찾지 않을까, 생각하며 반찬을 뒤적이고 있는데 메뉴판을 보고 다른 식당으로 가기로 했는지 청년들은 이미 식당을 빠져나가고 있었다. 그녀는 멀어져가는 그들을 넌지시 바라보다가 아직 혜원과의 약속을 지키지 않았다는 사실을 상기했다.

그날 아파트로 돌아간 그녀는 처음으로 혜원의 아들에게 이메일을 썼다. 혜원의 죽음과 납골당의 위치를 알리면서도 아파트를 관리하고 있다는 소식은 이메일에 담지 않았다. 그런 현실적인 이야기는 답장이 온 뒤에 전해도 늦지 않다고 그녀는 생각했다. 아니, 믿었다. 완성된 이메일은 건조하고 사무적이긴 했지만 다른 감정적인 표현이 떠오르지 않았다. 그녀는 자신이 쓴 문장들을 건너다보다가 이내 발송 버튼을 누르고는 재빨리 노트북 뚜껑을 닫았다.

*

그런 생활이 보름 동안 이어졌다. 그러니까 늦은 아침에 일어나 간단하게 끼니를 때운 뒤 책을 읽거나 음악을 듣다가, 오후에는 느티나무 정류장에서 버스를 타고 시내 어딘가에 내려 아무 식당에나 들어가 또다른 끼니를 해결하는 단조로운 생활…… 아파트로 돌아오면 거실에 방치된 상자들 중 딱 하나만 골라 그 안에 든 짐을 정리했고, 그뒤엔 거실에 모로 누워 베란다 너머에서 넘실거리는 여름밤을 건너다봤다. 잠들기 전에는 혜원의 아들에게 늘 비슷한 내용의 이메일을 보냈다. 열 통 넘게 이메일을 보내면서도 여전히 아파트에 대해서는 쓰지 않았는데, 그 사실은 때때로 그녀의 마음을 헝클었고 그런 무질서는 이내 그늘처럼 번져가기도 했다.

비가 왔다.

그녀가 홍천으로 거처를 옮긴 뒤 처음으로 내리는 비였다. 그녀는 우산을 받치고 평소처럼 오후쯤 버스 정류장으로 갔지만 정시가 지나도 버스는 오지 않았다. 비가 와서 도로 상황이 좋지 않거나 승객이 많아져서거나, 둘 중 하나일 거라고 그녀는 짐작했다. 버스를 더 기다려야 할지, 아니면 아파트로 돌아가야 할지 결정하지 못한 채 주위를 둘러보는데 느티나무 뒤편, '쉼터 기도원'을 알리는 화살표 모양의 팻말이 새삼스럽게 보였다. 궁금했다. 실은 저 팻말을 처음 봤을 때부터 산속의 기도원은 어떤 모습일지 내내 궁금하긴 했다. 그녀는 팻말 쪽으로 걸어갔다. 어차피 이곳에선 당장 처리해야 할 일이 없고 시내에 가도 만날 사람이 없었다. 한 번쯤은 혜원을 위해 혜원의 신에게 기도하고 싶기도 했다.

그녀는 곧 팻말을 따라 산속으로 들어갔다. 등산로가 마련되어 있긴 했지만 걸어다니는 사람은 거의 없는지 웃자란 나뭇가지와 젖은 풀잎들이 자주 길을 가로막았다. 이십여 분 쉬지 않고 걸으니 낡고 투박한 삼층짜리 베이지색 건물이 눈에 들어왔다. '쉼터 기도원'이라는 현판이 내걸려 있긴 했지만 이미 폐업한 듯 인기척은 없었고 출입문이며 창문은 다 부서지거나 깨져 있었다. 우산을 탈탈 털어 접은 뒤 출입문 안으로 들어가자 정체된 공기의 눅눅한 냄새가 훅 끼쳐왔다. 맞은편 벽에는 커다란 못이 박혀 있었는데, 아마도 십자가가 걸린 자리였을 것이다.

그녀는 못이 박힌 곳까지 뚜벅뚜벅 걸어갔다. 그러나 기도의 언어는 떠오르지 않고, 그저 누구에게든 묻고 싶다는 단순한 마음뿐이었다. 수많은 사람들이 이곳에서 두 손을 모아, 때로는 동그랗게 엎드려 기도했을 텐데, 저마다 비슷한 무게로 절박했을 그들의 염원을 고유한 것으로 구분하는 것이, 그 염원의 안쪽에 펼쳐진 개개인의 고통을 절대적으로 동정하는 것이 과연 가능한지에 대해…… 그녀는 그렇지 않다고 생각했다. 아무리 생각해도 그럴 수는 없었다. 전체와 영원의 시선으로 본다면 한 사람의 염원이란 퀼트의 한 조각처럼 평균적인 일부이자 보편적인 욕망에 지나지 않는 것이다. 그러고 보니 절에서 나올 때도 지금과 비슷한 생각을 했다. 여느 날처럼 점심 공양을 마친 뒤 텃밭에서 작물을 캐는데, 작물은 계속 자라고 그녀가 아닌 누구라도 감자를 캐고 풋고추를 딸 수 있다는 그 당연한 사실이 대단한 깨달음인 듯 다가왔다. 흙 한 줌을 보면서도 구도를 생각하라고 은사 스님은 말하곤 했지만, 끊임없이 순환하는 자연 앞에서 인간의 구도는 무의미하다는 생각에 이르렀고 그 생각은 그때껏 그녀가 절에서 찾아낸 유일한 진실처럼 여겨지기도 했다. 더이상 그곳에 있을 수 없었다. 그날 그녀는 호미와 바구니를 텃밭에 내버려둔 채 터덜터덜 산길을 내려왔다. 아무에게도 인사하지 않았고 옷도 갈아입지 않았으며 소지품을 챙기지도 않았다. 산을 다 내려온 뒤엔 버스 터미널로 가는 버스를 탔고 거기서 공중전화로 동미에게 전화를 걸었다. 서울로 가는 버스표를 살 돈이 없었던 것이다. 동미가 그녀를 데리러 오기 전까지 그녀는 터미널 대합실에 앉아 오가는 사람들의 시선을 견뎌야 했다. 네댓 살의 남자아이는 민머리에 승복 차림을 한 그녀를 보더니 제 엄마에게 안기며 울음을 터뜨리기도 했다. 그때도 한여름이었다.

그곳은 이제 어떤 풍경일까. 이십여 년 전에 그렇게 훌쩍 떠나온 뒤로 다시 가본 적이 없었다. 그럴 리 없다는 걸 알면서도 그곳은 그녀가 떠나올 때와 똑같은 풍경으로, 마치 누군가 스톱 버튼을 누른 화면처럼 그대로 남아 있을 것만 같았다. 텃밭에는 그녀의 손때가 묻은 호미와 바구니가 덩그러니 버려져 있고, 선방 섬돌에는 그녀가 신었던 고무신이 발 모양대로 늘어진 채 바깥을 향해 놓여 있는 것이다. 앉은뱅이책상 위에 펼쳐진 경전, 그녀가 앉는 방식에 맞게 구김이 진 방석, 방석 옆에 두었던 살구나무 재질의 목탁과 발우, 그리고 우려낸 찻잎이 밑바닥에 남아 있는 찻잔……

강희야.

혜원이 바로 옆에서 그녀를 부르는 것만 같았다.

그때 왜 그랬던 거야?

뭘 말이야?

그러니까, 왜 스님이 되려고 했어?

……그게 언제 적 일인데, 나도 벌써 다 잊었지……

너 그때 너무 어렸잖아. 대체 얼마나 큰 상처가 있어서 다 버리고 거길 들어간 거야?

……

강희야, 내 말 들은 거야?

혜원이 또다시 물었지만 그녀는 쉽게 대답하지 못했다. 그때는 혜원의 간병인이 된 지 얼마 되지 않았으므로 혜원과 심정적으로 가깝지 않아서이기도 했지만, 그보다 자신의 삶에는 타인의 호기심과 겸허한 관심을 받을 만한 사연이 없다고 생각했기 때문이다. 그저 허무했다. 그렇게밖에는 설명할 수가 없었다. 오랫동안 이어졌던 어머니의 우울증과 자해 소동도 그 허무에 비한다면 아무것도 아니었다. 노트에 꾹꾹 눌러썼던 시들이 어느 날부터인가 언어의 쓰레기로 보였던 것도 시간이 지나니 얄팍한 재능에 따른 당연한 결과로 여겨졌다. 날마다 그녀의 일부가 하수구로, 하수구의 구정물 속으로 흘러들어가고 있으며 언젠가는 그녀의 모든 것이 그리 될 거라는 비관적인 허무에서 도무지 벗어날 길이 없던 시절이었다. 절에 들어간 이유라면, 오직 그뿐이었다.

그때였다. 등뒤에서 철컥거리는 쇳소리와 함께 무거운 신발을 끄는 듯한 소리가 엇박자로 들려오기 시작했다. 경직된 채 천천히 돌아서자 군복을 입은 남자가 보였다. 저기…… 어깨에 메고 있는 총과 상관없이 자신은 무해한 사람이라는 것을 알리려는 듯 빈손을 맞잡으며 그가 말했다.

"저기, 혹시 먹을 것 좀 있을까요?"

*

시내에 있는 식당에서 탈영병에 대한 뉴스를 본 적이 있었다. 강원도 고성에 있는 군부대에서 육군 차 모(某) 이병이 선임병에게 실탄을 쏘고는 총기를 소지한 채 탈영했으며 총을 맞은 군인은 병원으로 이송되어 치료중이라는 내용의 뉴스였다. 탈영병은 공교롭게도 혜원의 아들과 나이와 성이 같았다. 뉴스를 보면서는 그 나이의 차씨 청년은 수두룩하고 미국 이민자인 혜원의 아들이 귀국하여 입대했을 가능성은 제로에 가깝다고 생각하고 말았지만, 지금은 아니었다. 기도원에서 나와 정신없이 산길을 내려가며 그녀는, 스물한 살의 남자에게는 고향으로 돌아와 다시 한국인으로 사는 것에 대한 선택권이 있다는 것을 상기했다.

아파트에 도착한 뒤엔 찬밥을 한입 크기로 동그랗게 말아 그 안에 멸치조림이나 장아찌를 조금씩 넣은 다음, 마지막으로 잘게 부순 김을 묻혔다. 계란을 삶았고 먹다가 남겨놓은 스낵과 빵과 음료수도 가방에 담았다. 더 영양가 있고 맛있는 요리를 해주고 싶었지만 그럴 만한 재료가 없었고 재료를 사러 갈 시간도 없었다. 식당에서 탈영병 뉴스를 본 것이 벌써 일주일 전의 일이니, 아무리 비상식량이 있었다 해도 적어도 사나흘은 고통스럽게 굶은 게 분명했다. 움푹 들어간 눈, 파리했던 입술, 잔뜩 쉰 목소리, 군인에게 발견된 배고픔의 증거는 차고 넘쳤다. 땀을 많이 흘리는 여름에 그렇게 굶다가는 생명마저 위독해질 수 있었다. 한시가 급했다.

주먹밥과 다른 먹을 것을 가방에 넣어 다시 기도원으로 올라갔을 때 군인은 보이지 않았다. 아마도 어딘가에 숨어서 그녀가 혼자 온 것이 맞는지 주시하고 있을 터였다. 주먹밥을 담은 플라스틱 통을 열어놓자 잠시 뒤에야 그가 나타났다.

군인이 편하게 먹는 것에 집중할 수 있도록 그녀는 기도원에서 나가 그 주위를 서성였다. 비는 그쳐 있었지만 흙과 자갈과 그녀의 바짓단은 아직 젖어 있었다. 한차례 내린 비로 여름의 농도는 한층

짙어진 듯했고 그새 배의 껍질이 단단해진 벌레들은 이전보다 더 우렁차게 울었다. 그녀가 다시 기도원으로 들어갔을 때 그는 이미 빈 그릇을 정리하고 있었는데, 크고 무거운 총을 어깨에서 내려놓지 않은 채였다. 총의 외피는 매끄러웠고 그 안에 실탄이 들어 있는 건 분명해 보였지만, 그녀는 여전히 그가 무섭지 않았다. 그녀가 조심해야 한다고 생각하는 쪽은 오히려 그녀 자신이었다. 이름이 어떻게 돼요? 혹시 미국으로 이민 갔다가 돌아온 건 아닌가요? 무턱대고 그런 질문을 쏟아낸다면 그가 혜원의 아들일지 모른다는 비합리적인 의심에 스스로 얽매이게 될 것이고, 급기야 너의 엄마가 그토록 오랫동안 이메일을 보냈는데 어째서 답장은커녕 수신 한 번 하지 않았느냐고 원망스러운 목소리로 하소연할 수도 있었다. 어쩌면 그에게 손바닥을 내보이며 이 손으로 죽은 너의 엄마를 어루만졌으니 한번 잡아보라는 이상한 부탁을 할지도 몰랐다. 그가 혜원의 아들이 아니라면 하나같이 미친 짓으로 해석될 수밖에 없었다.

"먹고 싶은 거 있어요?"

그에게서 가방을 건네받으며 그렇게 묻자 그가 물끄러미 그녀를 바라봤다.

"말해주면 내일이라도 준비해올게요."

"……다시는 여기 오지 마세요."

대답하는 목소리가 뜻밖에도 단호했다.

"저도 떠날 거예요. 아니, 돌아갈 거예요."

"귀대한다는 말인가요?"

묻자마자, 그녀는 바로 후회했다. 그의 눈동자에 경계의 빛이 어렸다가 흩어지는 것을 그녀는 알 수 있었다. 그때 기도원 밖에서 풀 밟는 소리가 들려왔고 그는 몹시 당황한 얼굴로 자리에서 벌떡 일어났다. 비뚜름해진 모자를 바로 쓰고 흘러내린 총을 추스르며 멀어져가는 어린 군인의 허둥대는 뒷모습은 너무 작고 연약해 보였다. 그녀가 가방을 챙겨 기도원을 나올 때까지 그는 다시 나타나지 않았다. 풀을 밟은 건 바람이거나 짐승이었는지 기도원 밖에는 아무도 없었다.

산에서 내려오자 정차해 있는 버스가 보였다. 이제 눈인사까지 나누게 된 기사는 오다가 바퀴에 문제가 생겨 늦어졌다는 걸 알려줬고 그녀는 괜찮다는 의미로 애써 입가를 올려 웃어 보였다. 그녀는 곧 커피자판기 쪽으로 걸어갔고 처음으로 동전을 넣은 뒤 버튼을 눌러보았다. 잠잠하던 자판기는 기사가 다가와 발로 툭 차자 그제야 윙 소리를 내면서 종이컵 하나를 배출구로 떨어뜨렸다. 그녀는 두 손으로 종이컵을 보듬은 채 연갈색의 커피를 한 모금씩 마셨다. 커피는 생각했던 것보다 텁텁했고 필요 이상 달았지만, 어쩌면 그 텁텁한 단맛이 다른 세계에서 이곳으로 되돌아왔다는 것을 일깨워주는 감각인지도 몰랐다. 군인에게 이름을 묻지 않은 것이 잘한 일이었음을, 그제야 그녀는 명확하게 알 수 있었다.

*

전날 시내에 나갔다가 사온 햄과 맛살, 단무지와 시금치와 우엉으로 김밥을 말아 다시 기도원에 갔을 때 군인은 없었다. 플라스틱

통의 뚜껑을 열어놓고 기다렸지만 삼십 분이 지나도 그는 나타나지 않았다. 외로워졌다. 외로움은 해변으로 밀려와 퇴적되는 세상의 물건들처럼 그녀의 마음 가장자리에 쌓여갔다. 그녀는 김밥을 그곳에 그대로 둔 채 기도원을 나와 터덜거리는 걸음으로 산길을 내려갔다.

여느 때처럼 느티나무 버스 정류장에서 버스를 탔고 시내에서 내린 뒤엔 발길이 닿는 식당으로 들어갔다. 주문한 물냉면을 먹는 내내 텔레비전 화면에서 시선을 떼지 않았지만 그녀가 기다리는 뉴스는 나오지 않았다. 식사를 끝낸 뒤 카운터 앞에 선 그녀는 그녀 또래로 보이는 종업원에게 탈영병에 관한 뉴스를 봤는지 조심스럽게 물어보았다. 식당 종업원이라면 하루종일 반강제로 텔레비전에서 흘러나오는 소식을 접했을 것이고, 그가 잡혔거나 자발적으로 귀대했다면 분명 지역 뉴스에는 나왔을 터였다. 그러나 그녀의 기대와 달리 종업원은 글쎄요, 심드렁한 말투로 대꾸하고는 거스름돈을 건넬 뿐, 아무런 관심을 내보이지 않았다. 불안했다. 그녀는 돌연 강렬한 불안감에 휩싸였다. 외로움이 해변의 퇴적물이라면 불안감은 부둣가에 버려진 내용을 알 수 없는 상자들 같았다. 세상은 벌써 그를 잊은 것일까. 산속 기도원에 숨어 있는 군인을 아무도 발견하지 못한다면 그는 언제까지 생존할 수 있을 것인가. 그녀는 돌아서는 종업원의 팔을 붙잡으며 다급한 목소리로 다시 물을 수밖에 없었다.

"탈영병이 있다는 건 아시죠? 고성에서 선임 병사를 총으로 쏘고 달아난……"

그녀를 되바라보는 종업원의 시선이 싸늘했다. 종업원은 그녀에게 잡힌 팔을 단박에 빼내고는 주방 쪽으로 저벅저벅 걸어갔다. 정상인의 범주 밖에 있는 사람을 대하는 종업원의 매뉴얼인 모양이었다. 손바닥에는 양념이 묻은 천원짜리 한 장과 동전 몇 개가 놓여 있었다. 그녀는 그 거스름돈을 쥔 채 한동안 계산대 앞에 우두커니 서 있었다.

어둠이 내린 뒤에야 그녀는 아파트로 돌아갔다.

현관문을 열자 아직 정리하지 않은 이삿짐 상자들이 가장 먼저 보였다. 그러고 보니 화장품, 헤어드라이어, 세제와 수세미 같은 생필품이 아직 생활이 되어보지 못한 채 상자 안에 갇혀 있었다. 그녀의 시선은 상자들 사이에 방치된 종이가방으로 옮겨갔다. 종이가방 안의 성물은 단순한 이삿짐이 아니라 언젠가 이 아파트와 함께 상속자에게 물려줘야 하는 혜원의 유산이었다. 알면서도, 그녀는 성물을 꺼내지도 않았고 더 안전한 곳으로 옮겨놓으려는 수고도 들이지 않았다. 그 순간 혜원의 슬픈 얼굴이 떠오를 것만 같아 그녀는 서둘러 욕실로 들어가 세수를 하고 이를 닦았다.

여느 날과 똑같은 밤이었다. 그녀는 거실에 담요를 깔고 모로 누워 베란다 너머 여름밤을 건너다봤고, 의식하지 못한 사이 설핏 잠이 들었다. 그녀가 순식간에 잠에서 깨어 급하게 상체를 일으킨 건 탈영병이라는 단어가 껄끄럽게 귓속을 파고들어왔기 때문이다. 그녀는 머리맡에 두었던, 뉴스 채널에 맞춰놓은 휴대전화의 볼륨을 최대한으로 높였다. 차 모 이병의 총을 맞고 병원에서 치료중이던 선임 병사가 중태에 빠졌으며 차 모 이병은 여전히 행방을 알 수 없다는 뉴스가 흘러나오고 있었다. 그건, 그녀가 가장 바라지 않았던 시나리오였다.

그녀는 어느새 아파트에서 나와 어둠 속을 걷기 시작했다. 아니, 어둠 한 조각을 안고 맹목적으로 걸었다. 그러나 막상 느티나무 버스 정류장에 도착했을 땐 어디로 가야 하는 건지 판단할 수 없었고, 애초에 목적지가 있었는지조차 확신하지 못했다. 일단 버스를 타야 한다고 그녀는 곧바로 고쳐 생각했다. 버스를 타면 가야 할 곳이 어디인지 알게 될지도 몰랐다. 차 모 이병의 이름을 확인하려면, 그래서 그가 혜원의 아들이라는 어리석은 의심에서 벗어나려면 경찰서부터 가야 한다는 건 아주 느리게 그녀의 머릿속을 장악해 왔다. 동시에, 경찰서에서는 산속 기도원에서 그를 본 적 있다는 걸 증언해야 한다는 것과 중태에 빠진 또다른 군인에게는 그녀의 증언이 필요하다는 것도 깨달았다. 다리에 힘이 빠졌다. 그녀는 벤치에 털썩 주저앉으며 혜원아, 낮은 목소리로 불렀다.

혜원아.

어느 날이었던가. 그녀는 혜원의 부은 다리를 주무르며 지금처럼 조금은 절박하게 혜원을 부른 적이 있었다.

왜?

……무섭지 않아?

뭐가?

……

죽는 거 말이야?

그래.

강희야, 덕해 스님……

……

너는 암 같은 거에 걸리지 말고, 병원 아닌 데서, 그러니까 아주 멋진 데서 편하게 떠나면 좋겠다, 정확하게……

……멋진 데 어디?

물으며, 그녀는 혜원의 대답과 상관없이 낯선 도시의 버스 정류장을 혼자 상상했다. 눈이 펑펑 내리는 외진 버스 정류장에서 완전히 눈에 파묻힌 채 잠이 들듯 임종을 맞는 장면으로 상상은 확장됐다. 그런 상상을 하는 동안 그녀는 한 시절의 허무가 헛것 같았고 사는 것도 더이상 무섭지 않았다. 그제야 그녀는 느티나무 아래 버스 정류장이 그토록 친숙했던 이유를 알 것 같았다. 긴 시간이 흐른 뒤 누군가 그해 여름에 홍천에는 왜 갔느냐고 묻는다면, 그저 귀향한 것뿐이라고 대답하며 웃고 싶었다. 그곳에서 사슬 모양으로 내려오는 빛의 입자로 빚어졌으므로 때가 되면 다시 그곳으로 흘러가 부서지고 허물어질 거라고도 말할 수 있다면 좋을 것이다. 그녀는 진심으로 그런 날을 꿈꾸었다.

밤은 점점 깊어갔다.

휴대전화로 시간을 확인하니 자정이 이미 지나 있었다. 졸음이 몰려왔다. 그녀는 벤치에 누웠고 느티나무 사이로 수면인 양 찰랑거리는 여름밤을 올려다봤다. 나뭇가지 무늬로 조각났지만 전체이면서 영원으로 가닿는 밤이었다. 시간이 좀더 흐르자 구름 속에 숨어 있던 꽉 찬 달이 드러나기 시작했다. 동그란 달은 이곳과 다른 세계를 이어주는 통로처럼 보였고, 덕분에 그녀는 이 세계가 끝이 아니라고 생각할 수 있었다. 그것이 진실이든 아니든, 상관없었다.

달빛은 나무 꼭대기부터 환하게 물들였다.

버스는 오지 않았다.

* 이 소설의 제목은 조은의 시 「환한 나무 꼭대기」(『옆 발자국』, 문학과지성사, 2018)에서 가져왔습니다.

| 작가노트 |

결국, 환해지고 싶은 마음

소설은 때때로 그 소설을 쓴 사람의 어느 한 시절을 유추하게 하는 단서가 되기도 한다. 그 시절 그가 누구를 만났고 어떤 책을 읽었는지, 그리고 고민한 것은 무엇인지가 어쩔 수 없이 반영되는 것이다. 소설은 거짓으로 중축된 건축물이기에 소설을 쓴 사람의 삶과는 무관하다는 강력하고도 영원한 알리바이가 있긴 하지만, 아시다시피 소설의 거짓말은 단순한 거짓말이 아니고 소설가의 문장이 소설가와 무관하다는 말은 너무도 얄팍하여 예외적인 경우가 무궁무진하다.

「환한 나무 꼭대기」를 쓸 무렵에 나는 보통의 해보다 긴 겨울을 통과하고 있었다. 그 길어진 겨울 동안, 창비학당과 한국작가회의에서 내 소설 창작 강의를 세 번이나 수강한 적 있는 S와 가끔 만나 함께 식사를 한 뒤 커피나 맥주를 마시곤 했다. 동성이자 동갑이라 편한 것도 있었지만, 그보다는 나는 (전직) 수녀의 삶이, S는 소설가의 삶이 궁금했기에 강의실 바깥에서의 그 비정기적인 만남이 가능했을 것이다. 나는 성장기에 세례를 받았고 꽤 오랫동안 주일미사를 일상의 일부로 여기며 살았지만, 언제부터인가 내게 그런 부류의 삶은 과거형이 되어 있었다. 그렇다고 S와 만나 신과 관련된 거창한 대화를 나누었던 건 아니다. 그저 살아온 이야기, 최근에 읽은 책 이야기, 지나간 사람들 이야기, 그 정도가 다였다. S를 만나고 집으로 돌아오는 날들이 쌓여가자 한때는 성직자였다가 어떤 계기로 사회로 다시 나와 일하고 방황하며 살아가는 사람의 이야기가 쓰고 싶어졌다. S에게 자문을 구하긴 했지만, 어려웠다. 쓰고 싶은 마음과 주저하는 마음 사이에서 강희의 이야기는 조금씩 만들어져가고 있었던 듯하다. 이상할 만큼 길었던 그 겨울엔 스피노자를 읽었고 성경의 일부를 (다시) 읽었다. 유대교회에서 파문당한 뒤 렌즈공으로 살면서 인격신이 아닌 세계로서의 신을 문장에 담은 스피노자가 좋았다. 그 의미를 헤아리지 못한 채 기계적으로 읽는 문장도 많았지만 내 고민의 끝이 결국엔 그에게 닿아가리란 걸 예감했다. 인간은 한낱 입김이자 그림자일 뿐이라는 「시편」의 구절과 「욥기」에 어려 있는 처절한 감수성, 「사복음서」에 기록된 예수의 인간적인 모습도 좋았다. 정답을 모른 채, 아니 모를 수밖에 없다는 것에 항복한 채, 그렇게 상반된 서적들을 읽었다.

조은 시인의 시에서 제목을 빌려온 '환한 나무 꼭대기'는 사실

애초의 제목이 '신과 인간'이었다. '신과 인간'이라는 제목으로 소설의 플롯을 완성해갈 무렵, 이 제목이 내 소설에는 너무 큰 사이즈의 옷이란 걸 깨달았다. 무모할 정도로 커서 얼른 제목을 지운 뒤 혼자 얼굴을 붉히며 웃고 말았다. 제목을 '환한 나무 꼭대기'로 바꾸니 자연스럽게 마지막 장면이 완성되었다. 완성된 그 마지막 장면, 그러니까 강희가 허름한 버스 정류장에 누워 환한 나무 꼭대기를 올려다보며 밤을 맞는 그 장면을 이정표 삼아 비로소 첫 문장을 시작할 수 있었다.

소설을 써본 사람은 알 것이다.

어떤 소설은 그 소설을 쓰는 동안 뜻밖의 선물을 준다. 기운이랄까, 위안이랄까, 아님 성찰일 수도 있는, 아무튼 플러스의 마음 상태를……

이 소설이 김승옥이라는 이름으로 평소 좋아하는 작가들의 작품들과 함께 책으로 묶여 행복하다. 두번째 선물이다.

| 리뷰 |

고독 너머의 빛, 환한 나무 꼭대기

은희경(소설가)

심사위원들이 작품 리뷰를 한 편씩 맡기로 했을 때 나는 「환한 나무 꼭대기」에 대해 쓰고자 했다. 어쩔 수 없이 조금은 정량화된 심사라는 필터 없이 나중에 다시 정독해보리라 마음먹었던 작품이었기 때문이다. '이 작품은 내가 안다고 단정해버렸던 세계에 미세한 균열을 내고 그것을 새로운 사유로 메워 다시 접합하고 있다'가 나의 첫 소감이었다. 왜 그런 느낌이 들었는지 다시 생각해보고 싶었던 것이다.

새로워진 김승옥문학상의 심사 규정에 따라 모든 후보작은 작가 이름이 지워진 채 심사위원들에게 전달되었다. 나는 문예지에 발표된 소설을 대체로 읽는 편이지만 편식은 있게 마련이고 또 시들하다거나 바쁘다는 이유로 지나쳐버릴 때도 있다. 그러므로 작가 이름을 가린 심사는 흥미를 더하는 독서였다. 아는 작품과 모르는 작품이 반반이었고 작가 이름을 맞히는 재미(?)도 있었으니까.

「환한 나무 꼭대기」는 심사 자리에 갈 때까지도 작가가 누구인지 몰랐다. 이런저런 짐작을 해봤을 뿐이었다.

정밀한 문장과 섬세한 포착, 자연스럽게 변주되는 비유, 구성과 배열의 노련함. 의심할 여지 없이 작품을 자주 꾸준히 발표한 작가였다. 복잡한 생각을 간명하고 정확하게 표현하는 걸로 보아, 엄청나게 생각을 많이 하고 그것이 분명해질 때까지는 한마디도 입을 열지 않는 작가일 것이다. 그리고 사람의 마음속을 저렇게 깊이 들어가 들여다볼 수 있다니. 정념과 고통을 통과해 밑바닥에 고여 있는 누추한 허무를 환한 나무 꼭대기에 비유하는, 완강한 고독에 갇혀서도 결국은 빛의 방향을 바라보는 이 작가는 대체 누구란 말인가.

조해진 작가라는 걸 알았을 때 나는 단번에 납득을 하는 한편 내가 왜 정답(?)을 쉽게 맞히지 못했는지 생각해보았다. 작가란 새로운 자아로 자기 갱신을 해가면서 세계를 확장해가는 존재일 것이다. 누군가의 표현을 빌리자면 실험적 자아로 하여금 실존적 질문을 탐사하게 만든다. 그럼에도 나는 한 사람의 작가는 수많은 작가로 이루어져 있고 그 총량은 하나의 작가이다, 라는 문학적 연산에 무뎌져 있었던 것 같다. 이 작품을 읽기 전까지.

이 작품에서 조해진 작가는 여전히 "세상의 슬픔이나 고통, 특히 말할 기회를 부여받지 못한 사회적 '타자들'에 대한 지속적인 관심"을 보여주며 "섬세하고 정교한 문장으로 고전적 스타일의 서사를 추구하면서도, 절실함에 기반한 상상력의 밀도를 구성과 형식의 미학적 탐구로 꾸준히 진화시켜온" 작가이다(정홍수). "특정한 역사적 사건의 자초지종을 따지기보다 그 야만적인 역사의 칼날이 특정 개인에게 어떤 무늬의, 얼마나 깊은 상처를 남겨놓았는지를 섬세하게 파고든다"(한기욱).

거기 더해, 나는 사람의 외형뿐 아니라 내면에도 체적이 있다는 걸 깨우치는 작가라고 말하고 싶다. 그런 내면을 의식조차 하지 못하고 살아가던 우리는 작가에 의해 그곳으로 이끌려 들어간 순간 동굴벽화처럼 새겨진 고독과 고통을 대면한다. 통각으로써 자기 내면의 존재를 알게 된다고나 할까. 그런 다음 한 심사위원의 유머러스한 표현처럼 '너무하게 외로운 인물'의 내면을 탐험하는 동안 그것이 나라는 걸 깨닫는다. 특히 주인공이 죽은 친구의 아들일 수도 있는 탈영병을 위해 급히 음식을 만들 때, 그 희박한 가능성 정도가 고독한 사람에게 허락된 온기라는 걸 깨칠 때에.

이 소설에 없어서 좋았던 것 두 가지.

대학 졸업 후 절에 들어가야 했던 절절한 사연이 없다. 죽어가는 친구가 "대체 얼마나 큰 상처가 있어서 다 버리고 거길 들어간 거야?"라고 물었음에도. 그리고, 죽은 친구의 아파트를 아무도 모르게 차지하는 데 대한 죄책감과 합리화와 뻔한 윤리적 갈등이 없다. 그것은 이렇게 표현된다. "어떤 의미인지 알고 있었다. 무섭도록 정확하게, 그것을 알고 있었다."

이 소설은 어떤 이야기로 읽힐까.

단절과 고독의 이야기로. "그 하늘이 찬란하게 빛나든 먹구름에 잠식되든, 일정한 거리를 둔 채 그녀는 살아갈 터였다. 욕망도 후회도 없이, 아무도 원망하지 않으면서, 전체 생애에서 없어도 무관한 여분을 살 듯, 긴 휴가처럼……"

허무의 이야기로. "시곗바늘의 회전으로 차곡차곡 중량된 실재가 아니라 질감도 형태도 없이 허공에서 흩어지는 희끄무레한 연기 같기만 했다."

죽음의 이야기로. "빛의 입자로 빚어진 침전물 같기만 했다. 그렇다면 그녀의 발치를 지나가는 개미도 그녀와 그 성분이 똑같은 침전물일 터였다. 하긴, 그녀나 개미나 죽음이 위성처럼 그 주위를 빙빙 돌고 있는 존재라는 점에서 운명은 똑같았다."

그리고 아름다움의 이야기로. "그녀는 벤치에 누웠고 느티나무 사이로 수면인 양 찰랑거리는 여름밤을 올려다봤다. 나뭇가지 모양으로 조각났지만 전체이면서 영원으로 가닿는 밤이었다." 이 장면에서 우리는 죽음과 삶을 위태롭게 잇는, 낮달의 테두리처럼 희미하지만 날카로운 운명의 선을 볼 수 있다. 그 배경은 당연히, 소설의 제목이 되었던 조은의 시 '환한 나무 꼭대기'이다.

숲은 다 아는 듯하다

바짝 마른 한해살이풀
더 살아야 하는 상록수
마지막 잎을 매단 나무
사방팔방에서 오는 바람을 받아들인다

깊은 곳에는 못 닿는 바람
인간의 마을로 내닫는다

빛바랜 나뭇잎들이 덮고 있는
애장터 옆 나무들
해탈한 듯 깨끗하다

허리로 차오르는 어둠을
내려다보고 있는 나무들의
꼭대기가 환하다

—「환한 나무 꼭대기」 전문

/

황정은

파묘

/

작가노트

…

리뷰 **김화영**

집단기억의 정체성을 향한 일곱 가지 시선

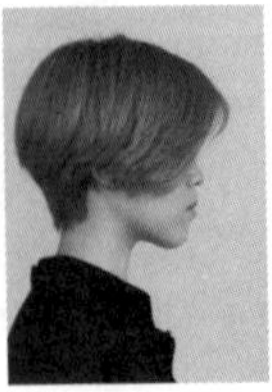

황정은
2005년 경향신문 신춘문예에 단편소설 「마더」가 당선되어 등단. 한국일보문학상, 신동엽문학상, 이효석문학상, 대산문학상, 김유정문학상, 2012년, 2013년 젊은작가상, 2014년 젊은작가상 대상, 만해문학상 등 수상. 소설집 『일곱시 삼십이분 코끼리열차』 『파씨의 입문』 『아무도 아닌』, 장편소설 『百의 그림자』 『야만적인 앨리스씨』 『계속해보겠습니다』, 연작소설집 『디디의 우산』이 있다.

파묘

추석 지난 뒤, 땅이 얼기 전에.

이순일은 여러 차례 그렇게 말했고 이제 그때가 되었다. 11월 둘째 주였다. 한세진은 아침 여섯시에 차를 몰아 집을 나섰고 별다른 막힘 없이 올림픽대로를 달려 이순일이 사는 집에 도착했다. 셔터를 내린 차고 앞에 차를 바짝 붙인 뒤 엔진을 끄자 바로 시트가 식었다. 추운 날이었다. 해가 완전히 뜨고 나면 기온이 조금 오르겠지만 그날의 목적지는 군사분계선 근처였고 이맘때 그곳의 한낮은 여기 밤보다 추웠다. 매년 그랬다.

한세진은 드나드는 차들의 무게로 들뜨고 부서진 주차장 바닥을 내려다보며 머리를 다시 묶은 뒤 사층으로 올라갔다. 이순일이 짐을 다 꾸려둔 채 기다리고 있었다. 녹두전, 고추전, 고기볶음을 담은 밀폐 용기, 사과, 배, 술 한 병을 담은 종이가방과 그보다 작은 배낭 한 개. 이순일은 이번에 그릇을 가져가고 싶다고 말했다. 스티로폼이나 은박 말고, 진짜 접시들. 이번이 마지막이니까. 한세진이 배낭을 집어들자 안에 든 접시들이 묵직하게 늘어지며 왈그락 소리를 냈다. 아마 깨질 거라고, 깨져도 괜찮은 그릇들이냐고 한세진이 묻자 이순일은 왜 깨지냐고, 조심하면 깨지지 않는다며 도로 가져올 그릇들이라고 답했다. 한세진은 더 말하지 않고 짐을 아래층으로 옮겼다.

한세진은 짐을 전부 트렁크에 넣고 뒷좌석에 담요 한 장을 펼친 뒤 차에 시동을 걸어 열선을 작동시켰다. 이순일이 사층에서 일층까지 계단을 다 내려와 현관에 나타났을 때 한세진은 자동차 앞에 쪼그리고 앉아 주차장 바닥을 살피고 있었다. 엄지보다 두껍고 뭉툭한 나사 두 개가 녹슬고 짓눌린 채 바닥에 솟아 있었다. 주차 방지 장치의 흔적이었다. 그집 주차장에 멋대로 차를 대고 사라지곤 하는 이웃들을 막기 위해 한세진의 형부가 설치한 것이었는데, 세입자들과 본인의 차가 드나들기에도 불편하고 번거로웠는지 어느 날엔가 제거되었고 바닥에 깊이 박힌 나사 두 개만 남았다. 날카롭지는 않았지만 어느 우연한 각도로 차량이 그 위를 지나갈 때 타이어가 뚫리기엔 충분해 보였다. 지난번 이 집을 방문했을 때 한세진은 그 나사들이 좀 위험할 수 있겠다고 이순일에게 말했고 이순일은 그 말을 네 형부에게 전해주마고 대꾸했다. 이게 그대로 있네, 한세진이 일어서며 말하자 이순일은 얼굴을 찡그리며 머리를 절레절레 저었다. 전했는데 끝내 제거하지 않더라는 뜻인지 눈치를 살

피느라 아직 말도 꺼내지 못했다는 뜻인지. 한세진은 더는 묻지 않고 이순일이 뒷좌석에 앉는 것을 도왔다. 오른쪽 보행을 돕는 두랄루민 지팡이를 받아 트렁크에 넣고 콘솔박스에 불편한 다리를 얹을 수 있도록 신발을 벗긴 뒤 부은 무릎에 담요를 덮어주었다. 이순일은 짧은 챙이 달린 털실 모자를 썼고 솜을 넣어 누빈 바지에 주홍색과 갈색이 어지럽게 섞인 카디건을 입었으며 폭이 좁은 편물 목도리를 목에 두르고 있었다. 그렇게 입고 춥지 않겠느냐고 한세진이 묻자 이순일은 안에 여러 겹 입었다며 손으로 배를 두드려 보였다. 등산화도 신었다. 한세진의 언니인 한영진이 단 한 번 사용하고 수년째 내버려둔 등산화가 어디 박스 속에 아주 말끔하게 있더라며 본인에게는 조금 크지만, 산에 오르기 전에 양말을 한 겹 더 신으면 딱 맞을 거라고 이순일은 말했다. 그들은 출발했다.

북동 방향으로 올라갔다. 시속 백 킬로미터로 원활하게 나아간다면 목적지까지 두 시간 반쯤 걸리는 거리였다. 철원군 갈말읍 지경리. 거기 어디쯤에 할아버지의 묘가 있었다. 한세진도 이순일도 할아버지, 라고 부르는 그는 이순일에게 할아버지였고 한세진에게는 외증조부였다. 그의 묏자리는 최전방부대가 자리잡은 산속이었는데, 그 산엔 그의 묘뿐 아니라 지경리 이민들의 묘가 얼마간 흩이져 있었다. 거기로 올라가려면 부대를 통과해야 했다. 그 산에 제사 드릴 묘를 둔 지경리 사람들은 매년 추석 무렵, 음식을 꾸린 보따리와 예초기를 짊어지고 부대 앞에 모였다가 초소에 신분증을 맡기고 산으로 올라갔다. 장총을 지닌 군인이 각 가정당 한 명이나 두 명씩 동행했다. 이순일은 80년대 중반부터 매년 그 산으로 성묘를 다녔고 한세진이 면허를 따고 자기 명의의 차를 가진 뒤로는 한세진과 동행했다. 추석이 다가오면 이순일은 어렸을 때 이웃사촌으로 지낸 지경리 사람에게 전화를 걸어 마을에서 입산 날짜를 어떻게 논의하고 있는지, 언제로 잡았는지를 물은 뒤 한세진에게 전화를 걸어 그해 성묘 일정을 알렸다.

곶감 먹자.

이순일이 꼭지를 떼어내고 반으로 가른 곶감을 운전석 쪽으로 내밀었다. 한세진은 전방에서 눈을 떼지 않은 채 곶감을 받아먹었다. 차는 가볍게 앞으로 나아갔다. 해가 뜨고 있었고, 도로 오른편으로 산안개가 그 아래 펼쳐진 논을 향해 느릿느릿 움직이고 있었다. 도로 흐름이 원활해 늦지 않게 도착할 수 있을 것 같다고 한세진은 말했다. 이순일은 인부들이 벌써 산으로 올라가지는 않았는지를 걱정하며 더 일찍 출발했어야 하는 건 아니었느냐고 걱정했다. 삽을 대기 전에 마지막 상을 올려야 하는데.

이순일은 지경리보다 더 위쪽인 갈골에서 태어났고 거기서 부모와 사별한 뒤 지경리 할아버지에게 맡겨졌다. 본래도 많지 않았던 일가친척은 한국전쟁의 전선이 삼팔선 부근에서 오르락내리락하는 와중에 대부분 묻힌 곳도 간 곳도 모르게 사라졌고, 살아남은 혈육인 할아버지가 여섯 살 이순일을 거둬 밥을 먹이고 심부름도 시키고 하다가 손녀 나이 열다섯 때 먼 친척이 산다는 김포로 보냈다. 이순일은 거기서 시장 일을 돕다가 시장 상인의 중매로 만난 한중언과 결혼했다. 길이 멀고 교통도 편치 않아 결혼식에 노인이 못 올

거라고 생각했는데, 할아버지가 낡은 솜두루마기를 입고 찾아와 결혼식장에 앉아 있다가 국수를 먹고 갔다고, 이순일은 한세진에게 말하곤 했다.

할아버지는 1978년에 지경리에서 죽었다. 마을 남자 서넛이 새벽에 그의 관을 지고 산으로 올라가 중턱쯤에 묻었다. 한세진은 그를 만난 적은 없었지만 얼굴을 알았다. 그의 사진을 넣은 액자가 가족사진들과 같이 벽에 걸려 있었다. 빳빳한 백발에 챙 없는 헝겊 모자를 눌러쓰고 수염이 텁수룩하게 자란 얼굴을 정면에서 찍은 사진이었다. 얼굴과, 사진에 드러난 표정만 봐도 키가 아주 작은 사람이라는 것을 알 수 있었다. 이마며 눈썹이며 눈이며 코가 동글동글한 것이 이순일과 닮은 얼굴이었다. 어릴 때부터 그 사진이 걸린 공간에서 그것을 멍하니 혹은 골똘히 올려다보며 살아서인지, 한세진에게 그는 여러 번 만난 사람 같았다. 매년 그에게 간단한 안부를 묻는 정도의 심정으로 성묘길에 동행했다. 한세진이 같이 가기 전에는 이순일이 몇 번이고 버스를 갈아타며 혼자 그 길을 다녔다. 한영진이나 한중언은 그럴 생각이 없어서, 한중언의 장남이자 한씨 집안의 막내인 한만수는 너무 어리거나 길을 몰라서, 그 길에 동행한 적이 없었다.

한영진과 한중언은 거기 뭐가 있다고 매년 기를 쓰고 가느냐는 입장이었다. 해마다 사람 키만큼 자란 풀들을 낫으로 끊어내며 가야 하는 마른 도랑과 뱀이 늘어져 있곤 하는 덤불, 햇볕을 제대로 받지 못해 휘어진 나무들과 이끼들, 볼품없이 이지러진 봉분과 멧돼지가 다녀간 흔적들, 묘를 둘러싼 밤나무, 소나무들의 침묵을 그들은 몰랐다. 이순일이 매년 낫으로 길을 내며 거기로 올라가는 이유를 한세진은 이해했다. 엄마에게는 거기가 친정일 것이다. 그 묘가.

할아버지.

나두 이제 할머니가 되었어.

내년엔 못 올지도 몰라요.

최근 서너 해 동안 이순일은 묘를 향해 그렇게 말하곤 했는데 올해가 정말 마지막이었다. 이순일은 일흔둘이었고 내년엔 양쪽 무릎에 인공관절을 넣을 예정이었다. 산에서 나고 자라 능숙하게 산비탈에 달라붙어 두릅이며 고사리를 캐곤 하던 이순일은 이제 평지에서도 지팡이가 없으면 걷지 못했고 통증 때문에 얼굴을 찌푸리며 천천히 걸었다. 길도 없는 산을 오르내리는 일을 이제 감당하기가 어려워 올해가 마지막, 올해가 마지막, 하며 몇 년을 버텼는데 더는 할 수 없다. 이순일이 마침내 그것을 인정한 게 올초였다. 이순일은 찾아오는 이도 없이 버려진 듯 산속에 남을 묘를 걱정하더니 파묘해 없애기로 결정했다. 어차피 자기가 죽고 나서는 아무도 찾아가지 않을 무덤이니까.

—

묘를 파내고 유골을 수습해줄 인부는 둘이었고 둘 다 지경리 인근에 사는 농부였다. 그 마을에서 태어나 여태 거기서 살고 있는 사람들. 이순일은 그들을 아저씨, 라고 불렀다. 그 아저씨들이 장례업도 겸하고 있느냐고 한세진이 묻자 이순일은 아니라고, 전에 그 일을 해봐서 그냥 하는 사람들이라고, 누가 들을까 염려하는 것처럼 속삭였다. 추석 지난 뒤. 날을 그렇게 잡은 이유는 농부인 그들이 농작물을 수확하고 축사를 돌보는 와중에 본인들 집안의 제사와 명절을 준비하느라고 바쁘기 때문이었다. 그런 이야기를 하며 고속도로를 타고 북쪽으로 올라가는 길이었다. 너 언제 집에 들어와 살 거냐고 이순일이 물었다. 한세진은 덮개도 없이 골재를 싣고 가는 트럭을 피해 차선을 변경하느라고 그 말을 제대로 듣지 못했다. 뭐라고요?

언제까지 혼자 그러고 살 거냐고. 이제 그만 집에 들어와 살림 물려받을 준비 해야지.

내가요?

나 죽고 나면 그거 누가 하냐.

그걸 누가 해.

니가 해야지. 니 언닌 자기 살림 있으니까 니가 들어와 해야지.

나는 내 살림 해야지.

너 하는 게 살림이냐.

살림 아니면.

결혼도 안 하고 사는 게 그게 무슨 살림이냐.

내 집에서 나 사는 게 살림이지. 내 살림도 바쁜데 내가 어떻게 엄마 살림을 해요.

그러니까 한시라도 빨리 들어와 배우라고 나 죽기 전에.

왜 자꾸 죽는다 그래.

내가 이러고 오 년을 더 사냐 십 년을 더 사냐.

못됐다. 그렇게 말하지 마요.

야 못됐다고 하냐 엄마한테.

말을 못되게 하니까.

이년이.

이순일은 곶감을 다 먹고 빈 봉투를 한줌이 되도록 구겼다. 이 곶감을 수정과에 띄우려고 샀는데 부엌에 일이 너무 많아 계피 끓일 짬도 내지 못해 이렇게 야금야금 다 먹고 말았다며 한숨을 쉬었다. 이순일의 부엌, 거기엔 항상 일이 넘쳐 편수 냄비며 스테인리스 함지 따위가 양념이 묻은 채 쌓여 있었다. 이순일은 거기서 그 집 사층과 오층, 두 가정에서 먹을 음식을 만들었다. 필로티 구조로 일층에 주차장을 둔 오층 단독 빌라인 그 건물은 한영진의 시가 재산이었다. 이순일과 한중언은 맞벌이하는 장녀 부부의 살림과 육아를 도우러 삼 년 전 그 집 사층으로 들어갔다. 이순일은 아파트 경비원으로 일하는 한중언의 아침식사를 차리려고 새벽에 일어났다가 그 상을 치우기도 전에 오층으로 올라가 두번째 아침상을 차리고, 다섯 살, 세 살인 손주들의 어린이집 등원을 도운 뒤엔 구정물과 기름얼룩으로 더러워진 앞치마를 벗을 틈도 없이 아래위층을 오가며 두 집 가사를 돌보았다. 이순일은 낮에 한세진에게 전화를 걸어 내가 움직임이 예전만 못해 식사를 준비하고 상을 치우고 빨래를 너는 일만으로도 하루가 다 간다고 말하곤 했다. 네 형부가 뭘 맛있게 먹질 않는다, 입이 짧아 병아리 눈물만큼 먹고, 기껏 아침을 차리면 쓱 보고 지 입에 다디단 것만 몇 점 먹고, 아니면 컵라면이나 뜯어 먹고 쌩하니 나간다, 이 나이에 사위 집에서 이렇게 눈치를 보며 살 줄은 몰랐다고 이순일은 한탄했다. 그런 얘기를 이순일은 한세진에게만 했다. 한영진에게는 할 수 없는 이야기였고 한만수는 너무 멀리 있었다. 한세진은 가끔 이순일의 피로에 책임을 느꼈지만, 그 집 구석구석에 쌓이고 있는 엄마의 피로와 엄마의 후줄근한 크록스 샌들 같은 것이 자기의 무능 탓 같은 순간도 있었지만, 대개는 그 이야기들을 그냥 들었다. 그래 엄마, 그래요, 하면서.

그들은 아홉시 조금 넘어 산 인근에 도착했다. 한세진은 매년 가는 길인 군부대로 진입하는 시멘트 길에서 벗어나 넓은 논으로 이어지는 흙바닥으로 차를 몰아갔다. 조그만 탑처럼 생긴 건물 뒤편의 그늘진 자리에 숨기듯 차를 세웠다. 슬레이트로 만든 엉성한 문짝이 달린 건물이었는데 농기구를 보관하는 창고인 것 같았다. 한세진이 그걸 바라보고 있는 동안 이순일은 그날의 일행과 통화했다. 아저씨들이 벌써 산으로 올라갔다는데. 이순일이 불안한 기색으로 전화를 끊으며 말했다. 마중나오겠대.

한세진은 차에서 내려 트렁크를 열고 산으로 가져갈 짐을 챙겼고 이순일은 양말을 한 겹씩 덧신은 뒤 등산화를 신었다. 두 사람은 경운기 바퀴 자국으로 움푹움푹 팬 흙바닥에 서서 바로 앞에 펼쳐진 논을 바라보았다. 드문드문 서리로 덮인 논바닥은 짙은 색이었고 그 논 너머에 산이 있었다. 내려온대요? 내려온대. 이 넓은 데 어디로 내려온대. 내려온대. 한세진과 이순일이 그런 대화를 나누며 오십여 미터 떨어진 산자락에 멍하니 눈을 두고 있을 때 한 손에 낫을 든 남성이 덤불 사이로 나타나 그들을 향해 팔을 흔들더니 논을 건너오라고 손짓했다. 이순일이 성묘 일정을 묻기 위해 연락하는 옛 이웃사촌, 김근일이었다. 이순일과 한세진은 벼 밑동만 남은 논을 가로지르기 시작했다. 그들이 논을 건너는 동안 김근일이 낫으로 잔가지와 덤불을 끊어내며 길을 내고 있다가 인부들이 벌써 위에서 작업하고 있다는 소식을 알렸다. 이순일이 깜짝 놀라 물었다. 이렇게 일찍이요?

아유 아홉시면 여기선 일찍도 아니야. 우린 새벽에 올라왔어.

따라오라며 그가 앞장섰다. 한세진은 마른풀에 신발 바닥을 비벼 진흙 덩어리를 떼어낸 뒤, 김근일이 방금 제치고 들어간 덤불을 바라보았다. 거긴 경사가 급한 비탈이었다. 엄마가 여기로 올라갈 수 있을까? 한세진은 좌우를 둘러보며 경사가 더 완만한 곳을 찾아보려고 했지만 눈에 띄지 않았다. 김근일은 벌써 멀리 갔는지 자취도 없었다. 한세진은 어깨에 걸고 있던 배낭과 종이가방을 바닥에 내린 뒤 이순일을 향해 돌아섰다. 여러 차례 위태롭게 미끄러져가며 이순일을 밀어 덤불 너머로 보낸 뒤 짐을 도로 챙겨 비탈을 올라갔다. 가을 산이었다. 사람 발길이 좀처럼 닿지 않아 낙엽들이 떨어진 그대로 삭고 있는 바닥은 푹신했는데 마른 나뭇가지들이 이따금 그 속에서 부러지며 발목을 찔렀다. 큰 나무에서 떨어진 씨앗에서 발아해 그늘에서 자라고 있는 작은 나무들이 방심할 수 없는 간격으로 가지를 뻗고 있었다. 한세진은 깔고 앉으려고 챙겨온 무릎 담요를 글러브처럼 왼손에 감았다. 이순일이 지나가기 좋도록 그걸로 가느다란 나뭇가지들을 누르거나 밀어내며 앞서 걸었다. 멀찍이 앞서가던 김근일이 줄곧 뒤처지는 모녀를 챙기러 비탈을 도로 내려왔다가 다시 앞서갔다. 곤색 점퍼를 입은 그의 등짝과 반백 머리가 나무 사이로 보이다 말다 했다. 한세진과 이순일은 그를 완전히 놓치면 가만히 서 있다가 낫으로 나뭇가지를 치는 소리를 듣고 방향을 잡아 다시 올라갔다. 묘 근처에 이르러서야 전에 본 듯한 지형을 알아볼 수 있었다.

봉분은 이미 파헤쳐 사라졌고, 그 자리엔 길쭉하고 좁고 깊은 구덩이가 있었다. 입자가 고운 주홍색 흙이 구덩이 가장자리에 더미로 쌓여 있었고 그날의 파묘꾼으로 고용된 인부 둘 중 한 사람이 장화를 신은 채 구덩이에 들어가 삽질하고 있었다. 구덩이의 깊이가 그의 키만했다. 한세진은 이순일의 얼굴이 상심, 그리고 티내지 못할 짜증으로 일그러지는 것을 보았다. 아니 아저씨들, 나 우리 할아버지한테 제사 먼저 드리려고 했는데. 이순일이 명랑한 어조로 탓하자 흙더미 곁에 웅크리고 앉아 구덩이 속의 작업을 지켜보던 인부가 말했다. 우리가 술 한잔 올렸어.

이따가 모시고 내려가서 올려요 아줌마. 화장할 때.

그들은 오전 여섯시에 산으로 올라왔으며 지금 세 시간째 땅을 파고 있다고 말했다. 한 사람은 장화를 신었고 다른 한 사람은 농협 마크가 톡톡한 자수로 들어간 모자를 썼다. 둘 다 이순일과 비슷한 또래의 노인이었다. 빽이 푹 꺼진 얼굴은 균일하게 햇볕에 그을렸고 체구는 작고 말랐으며 삽을 능숙하게 다루었다. 그들은 불필요하게 힘을 쓰지 않기 위해 가급적 적은 면적으로 땅을 파고 있는데 유골이 여태 나오질 않는다며 방향을 잘못 잡은 것은 아닌지를 걱정하고 있었다. 오전 아홉시 오십분이었다. 관솔이 나와야 한다고 김근일이 말했다. 시신만 넣고 소나무 가지로 덮었어. 당시엔 그랬어. 부자들만 관째 묻었지 안 썩는 돌관만. 그러나 그거 다 낭비에 소용없다고, 나무가 결국 돌도 뚫는다고 김근일은 덧붙였다. 장화를 신은 인부가 지표로 올라오고 모자를 쓴 인부가 구덩이로 내려갔다. 삽질이 이어졌다. 이순일은 지팡이를 짚고 구덩이 주변을 서성이다가 한세진이 짐을 내려놓고 앉아 있는 소나무 아래로 왔다. 한세진은 이순일이 바닥에 앉는 것을 도왔다. 그들은 구덩이 쪽을 바라보며 인부들과 김근일이 나누는 대화를 들었다.

땅속이 온통 잔뿌리야.

소나무지?

소나무지.

소나무니까 잘리지. 아까시였어봐.

그건 질기고 이건 연하지.

소나무 뿌리가 연하지.

오래전에 네 아버지하고 여기 온 적 있었다고 이순일이 말했다. 버스를 타고, 그때는 도로가 제대로 포장이 안 돼, 차창 밖이 보이지 않을 정도로 흙먼지가 이는 길을 몇 시간이고 왔다고, 지금처럼 여기로 편하게 올라오는 길도 없어서 능선을 타고 이리저리 돌아서 마침내 묘에 다다랐는데, 절할 때 보니 네 아버지가 저만큼 떨어져서 뒷짐을 진 채 굳이 돌아서 있더라, 그래 어처구니가 없어서, 거기서 뭘 하느냐고 이리 와서 절 올리라고 말했더니 처가 쪽 산소엔 벌초도 하지 않는 법이라고 잡소리를 하기에 너무 당혹스럽고 열받아 그걸 말이라고 하냐고, 얼른 절 올리라고 역정을 냈는데 그걸 듣고도 뒷짐지고 서 있더라며 그뒤로 야속하고 징그러워 같이 오자고 하지 않았다고, 네 아버지와 동행한 것은 그것 딱 한 번으로 그쳤다고 이순일은 말했다.

이순일은 엉덩이 밑에서 작은 솔방울을 빼낸 뒤 밀가루 반죽이라도 되는 것처럼 그걸 쥐었다 놓았다 하다가 서쪽 비탈을 향해 던졌다. 솔방울이 나무 사이로 톡, 소리를 내며 사라졌다. 저쪽이 갈골이라고 이순일은 말했고 그건 한세진도 아는 바였다. 가본 적은 없었지만 매년 저쪽이 갈골이라고, 들었으니까.

갈골엔 이순일이 물려받은 산이 있었다. 이순일이 어렸을 적에 사망한 아버지 것이었으나 임자 없는 산으로 신고되어 국가 재산에 속할 뻔했다가 인근 노인들의 증언으로 되찾은 산. 이순일은 그 산을 남편인 한중언의 명의로 등록했고 한중언은 그 산을 한만수에게 물려줄 계획이었다. 한중언은 세금 내는 것을 잊지 않았고 문서를 소중하게 간직했으며 매년 여기저기에 전화를 걸어 그 산의 가치가 올랐는지, 얼마나 올랐는지를 알아보았다. 사람이나 장비가 드나들기 어려워 부동산 가치랄 것이 거의 없고 팔고자 내놓아도 살 사람이나 기관이 없어 거래 자체가 어려운 산이었는데 그것 하나를 한중언은 자부로 간직하고 있었다. 아들에게 물려줄 산이 있다.

한만수는 경기도권에 속한 대학 영문과에 들어가 띄엄띄엄 장학금을 받으며 학사과정을 마친 뒤 구직활동에 들어갔는데 면접에서 번번이 미끄러졌다. 한영진을 제외한 가족이 한집에 모여 살 때였는데, 한세진은 당시의 한만수를 기억했다. 길고 좁은 몸통에 좀 헐렁

해 보이는 양복을 걸친 채, 면접을 마치고 돌아온 그대로 쪼그리고 앉아 늙은 개의 머리를 하염없이 쓰다듬던 뒷모습 같은 것을. 그애는 이제 뉴질랜드에 있었고 전문 직업인 자격증을 따는 데 필요한 수업을 듣고 있었다. 과정을 전부 마치고 나면 바로 취업할 거라고, 벌이가 꽤 괜찮은 직업이라고 한만수는 누나들에게 말했다. 한세진은 먼 데 있는 막내에게 가끔 용돈을 보냈다. 한영진은 학비를 보탰다. 그 정도의 도움으로는 완전한 해결이 어려운 학비며 생활비를 버느라고 노동을 중단한 적이 없었지만 어쨌거나 거기에서 한만수는 여기에서처럼 낙담에 잠겨 있지는 않은 것 같았다. 그애는 잘 적응한 것 같아. 한만수에 대해 말할 때 한영진은 그렇게 말하곤 했고 한세진도 그렇게 생각했다. 한국에서 숨쉴 틈도 찾지 못하고 풀죽어 지내던 막내는 이제 자신이 속한 사회에서 좋은 사람으로 살고 있는 것 같았다. 스카이프나 카카오 영상통화를 통해 표정을 보고 목소리를 들으면 알 수 있었다. 한만수는 누나들에게 착실하게 소식을 알려왔고 미래 자신이 일할 직종에서 열심히 아르바이트를 해 훌륭한 평판을 쌓고 있다고 말했다. 그는 십오 개월이나 이십사 개월 단위로, 캐드버리 초콜릿과 콤비타 벌꿀 캔디와 마누카 꿀을 사서 한국으로 돌아왔고 한영진의 집이나 그 아래층에서 삼 주쯤 머물다 갔다.

그애가 갈골의 산을 물려받기 위해 한국으로 돌아올 것 같지는 않다고 한세진은 생각했다. 도토리 한 알 줍지도 못할 산을 가지고 그애가 뭘 할까. 그애가 아니라도 누구든 그걸 가지고 뭘…… 구덩이 속에서 김이 올랐다. 햇볕이 구덩이를 향해 직사로 쏟아지고 있었는데 누군가 더운물을 부은 것처럼, 그 쨍하고 차가운 빛 속으로 김이 오르고 있었다. 파묘 때 김이 오르면 예사롭지 않다던데. 이순일이 걱정하는 기색으로 말하자 구덩이 곁에서 팔짱을 끼고 서서 작업을 지켜보던 김근일이 흔한 일이라고 대답했다. 땅속이 따뜻해서 그렇다. 여기가 양지라서. 이순일은 지팡이를 짚고 일어나 김근일의 곁으로 갔다.

안 나와요?

안 나오네. 꺼먼 흙이 나와야 되는데.

깊이도 묻었나봐.

그렇지 뭐.

……노인네 불쌍하게 고생만 하다가 갔는데.

옛날에 고생 안 한 노인 있나. 요즘은 먹으면서나 고생하지. 옛날엔 먹지도 못하고 고생했다.

한세진은 흙이 몇 삽 더 구덩이 밖으로 나온 뒤 색이 다른 흙덩어리들이 나오는 것을 보고 소나무 아래에서 일어났다. 퍽퍽하게 부서지는 붉은 흙이 아니고 노랗고 거무스름하게 덩어리진 흙이었다. 검은 나뭇조각처럼 보이는 것들이 그 속에 섞여 있었다. 구덩이 밖에서 교대를 기다리던 파묘꾼과 김근일이 흙을 뒤져 뼈를 골라냈다. 이순일이 그 주변을 서성이다가 그들이 뒤지고 남긴 흙에 남은 뼈가 없는지 다시 뒤졌다. 꺼먼 건 다 가져가. 김근일이 말했다. 아무튼 꺼먼 건 다 가져가.

낙엽으로 덮이고 솔방울이 박힌 흙바닥에 흰 인견 보자기가 펼쳐졌고 그 위에 뼈가 모였다. 비교적 온전하게 남은 정강이뼈 두 점과 코코넛 껍질 같은 두개골 조각과 공깃돌만한 작은 조각들. 몇 점 없었다. 깊이 팬 땅을 도로 덮기 전에 이순일은 동전 하나를 구덩이 속에 던졌다. 파묘꾼들이 가장자리에 쌓인 흙더미들을 구덩이로 쓸어넣었다. 한세진은 이순일과 나란히 서서 그들이 매우 빠르고 효율적으로 땅을 덮는 과정을 지켜보았다. 그들은 봉분도 구덩이도 사라진 평평한 땅에 나무모를 심었는데 한세진이 보기에 그것은 소나무인 것 같았고 햇볕이며 사방이며 너무 노출된 장소에 꽂혀 조만간 스러질 것처럼 보였다.

—

한만수는 뉴질랜드로 간 지 일 년 뒤에, 백인 할아버지와 친해졌다고 소식을 알려왔다. 노인이 엄청난 장서가이고 그가 직접 만든 요리를 나눠 먹기도 하고 주말엔 캠핑을 같이 가기도 한다며 사진을 보내왔는데 한만수와 노인이 오클랜드에 있는 노인의 집에서 찍은 사진이었다. 방과 방을 연결하는 복도에까지 책장을 넣어 모든 선반을 책으로 채운 실내였다. 살집이 좀 있어 보이고 수염을 약간 기른 노인이 코듀로이 바지에 아가일 스웨터를 입은 모습으로 한만수의 곁에서 웃고 있었다. 한만수는 지난번 귀국 때 그 백인 할아버지가 한만수의 모친인 이순일에게 주는 선물을 가지고 왔다. 크리스마스 무렵이었다. 한만수의 귀국을 반기고 연말을 같이 즐겁게 보내려는 가족 모임이 한영진의 집에서 열렸다.

조금 늦게 도착한 한세진이 거실로 들어섰을 때 이순일은 다른 가족들에게 둘러싸여 소파에 앉아 있었다. 타원형의 꽤 큼직한 도자기 접시 하나를 무릎 위에 올리고, 그걸 떨어뜨릴까 염려하는 것처럼 무릎을 오므린 모습이었다. 이순일이 수줍은 듯 미소 지으며 소중하게 무릎에 올리고 있는 접시의 용도는 샐러드를 담는 것이었고 점토를 대충 주물러 만든 것 같은 모양새였는데, 오클랜드 노인이 물감으로 직접 그렸다는 포도송이와 넝쿨이 유약을 바른 바닥에 고불고불 그려져 있었다. 얘, 이거 봐라. 이순일이 두 손으로 접시를 붙든 채 한세진에게 말했다. 그 할아버지가 이거 줬대, 나 주라고. 한세진은 접시를 집어 그림을 들여다본 뒤 뒤집어 바닥을 보았다. 매우 두껍고 무거운 접시였다. 한영진이 그걸 다시 보고 싶다고 손을 내밀었다. 한세진은 접시를 한영진에게 넘긴 뒤, 노인의 두 번째 선물이라는 납작한 깡통을 받아 열어보았다. 허브캔디 깡통 바닥에 검은 스펀지가 깔려 있었고 약간 색이 바랜 듯한 금 펜던트가 들어 있었다. 나치 독일의 홀로코스트에서 살아남았다는 어느 할머니의 유품이라며 한만수가 오클랜드 노인의 프레젠트 메시지를 전했다. 어머니는 위대하다, 당신은 위대하다.

가족들이 선물을 살펴보며 메시지의 발신자를 궁금해하는 사이에 이순일은 면구스럽다는 듯 소파에서 일어나 부엌으로 갔다. 한세진은 이순일이 앞치마를 목에 걸면서 뺨을 엄지로 문지르는 것을 보았다. 솥에서는 김이 올랐고 고기전과 야채전은 기름종이를 깐 소쿠리에 쌓여 있었으며 실처럼 가늘게 썬 지단이 들어간 잡채도 있었다. 배고픈 사람들을 위해 음식이 풍성하게 준비된 저녁이었다. 그들은 제사 때 사용하는 상 두 개를 붙여 거실에 긴 식탁을 만든 뒤 거기 음식을 차리고 실컷 먹었다. 아 그리웠어, 한만수가 활짝 웃으며 말했다. 이게 너무 그리웠어.

당신은 위대하다.

한세진은 그 메시지를 듣고 처음엔 어리둥절했는데 그다음엔 미간에 살짝 뿔이 돋는 듯한 느낌으로 화가 났고, 그게 뭐였는지, 왜 그것이 모욕감과 닮았는지, 자기가 왜 그런 걸 느꼈는지를 나중에 생각해보았다. 아마도 한만수의 한국어 때문인 것 같다고 한세진은 생각했다. 한만수는 그것을 영어로 들었을 텐데 그래서인지 말투가 좀 영어였지. 홀을 쥔 왕이 그것을 하사하듯 그애는 엄마에게 그렇게 말했지.

그날 이순일은 부엌과 거실 사이를 오가며 그즈음 어느 때보다도 생기로웠고 그 자리에 모인 누구보다도 분주했다. 그렇게 바쁜 와중에 이순일이 자주 볼을 붉히며 무언가를 생각하고 있다는 걸, 한만수가 전한 메시지를 되새기며 금방이라도 눈물을 떨굴 것 같은 상태라는 걸 한세진은 알았다. 저녁을 먹고 난 뒤 한만수는 성실하고 바람직한 이주 노동자로서 오클랜드 지역 뉴스채널과 인터뷰를 했다며 핸드폰에 저장된 영상을 가족들에게 보여주었다. 방송사 로고가 박힌 화면에서 한만수는 서글서글하게 웃으며 말했다. 나는 내 나라에서 찾지 못한 가능성과 기회를 여기에서 찾아냈다. 파써빌러티. 오퍼튜너티. 한만수는 인터뷰에서 그 말들을 반복해 사용했다. 그래 바로 그렇지. 한세진은 접시와 쟁반이 쌓인 아일랜드 식탁 너머에서 그릇을 닦기 위해 소매를 걷으며 생각했다. 저애가 끝내는 여기로 돌아오지 않을 작정이라고 해도 그게 저애 탓은 아니야.

그날 저녁에 한만수는 오클랜드 노인을 비롯해 직장에서 만나곤 하는 사람들이 최근 한국의 정치, 사회적 상황에 대단히 관심을 보이고 있다며, 다가오는 토요일에 촛불집회가 열리는 서울 도심으로 나갈 거냐고 한세진에게 물었다. 한세진은 그럴 계획은 아니었지만 네가 가겠다면 동행할 수 있다고 대답했다. 그주의 토요일은 2016년…… 12월 17일이었다. 한세진은 토요일 근무를 마치고 광화문으로 갔고 교보문고에서 동생을 만나 광장으로 올라갔다. 한만수는 그 많은 사람을 보고 감탄하며 끊임없이 핸드폰을 머리 위로 치켜들어 사진을 찍었고 한세진에게 그것을 건네며 주변이 잘 나오게 자기를 찍어달라고 부탁했다. 한세진은 세종문화회관 앞 계단을 빈틈없이 메운 사람들을 배경으로 한만수의 사진을 몇 장 찍었다. 한만수는 핸드폰을 도로 넘겨받아 사진을 확인하더니 종이컵에 꽂은 촛불을 마이크처럼 턱 밑에 들고 있는 사진을 골라 오클랜드 친구들에게 전송했다.

그들은 집회가 완전히 마무리되기 전에 열에서 빠져나와 레스토랑으로 갔다. 스낵처럼 바삭하게 구운 마늘 절편을 얹은 파스타와 게살이 들어간 크림파스타를 먹었다. 이런 것은 뉴질랜드에서 매일 먹지 않느냐고 한세진이 조금 어색해하며 묻자 한만수는 그렇지 않다고, 아르바이트하는 곳 주방에서 남은 음식을 선 채로 먹거나 식비를 줄이기 위해 버터도 없이 숙소에서 빵을 먹거나 한다며 누나 덕분에 근사한 곳에서 정식을 먹는다고 기뻐했다. 한만수와 한세진은 와인 리스트가 적힌 메뉴판을 뒤적이면서 와인을 골라보려다가 단념하고 메뉴판을 한쪽으로 치웠다. 뉴질랜드는 노인과 여성이 살기 좋은 나라야, 한만수가 말했다. 엄마 모시고 와서 좀 길게 있다 가. 그래, 그래. 거기 사람들이 요즘 한국하고 한국인에 관심이 많아, 촛불 때문에 다 놀라워해. 한세진은 갈색으로 구워진 마늘 절편을 포크로 떠먹으며 광장 구석에 모여 있던 노인들에 대해 말했다. 그들 중 누군가는 LPG 가스통을 들고 거리로 나온다고, 노인들이 무슨 생각으로 그러는지를 모르겠다고, 그러지 말았으면 좋겠다고 한세진이 말하자 한만수는 그건 그 사람들의 권리라고 대꾸했다. 그 사람들에게도 본인들의 정치적 견해를 말할 권리가 있잖아. 그걸 누나가 하지 말라고 할 수는 없지. 한만수는 파스타 면을 포크로 건져 후룩 먹은 뒤 한세진에게 말했다.

아무튼 누나는 정치적으로 좀 편향되었어.

뭐?

쏠려 있다고 한쪽으로.

한세진은 어리둥절해 한만수를 보다가 왜 네가 그렇게 생각을 하느냐고 물었다. 한만수는 그런 질문을 받을 줄은 몰랐다는 듯 한세진을 보더니 음, 하고 눈을 굴렸다. 누나는 매일 팟캐스트를 듣잖아.

—

한세진과 이순일은 비탈에 남았다. 그들은 뒤처졌다. 통증 때문에 걸음이 불안정한 이순일에게는 산을 오르는 것보다 내려가는 과정이 더 험난했다. 이순일은 한 번에 반 발짝씩 움직이면서, 화장(火葬)을 준비하겠다며 먼저 산을 내려간 아저씨들을 너무 놓칠까 걱정했다. 그들 손에 뼈를 맡기는 게 아니었다고 후회했다. 야 우리가 직접 가지고 내려갈걸. 그 아저씨들이 또 맘대로 해버리면 어떡하냐 내가 도착하지도 않았는데. 조바심으로 허둥대며 내려가느라고 두어 번은 아슬아슬하게 낙상을 면했다. 쓰러진 나무와 얽힌 나뭇가지와 너무 가파른 사면을 피하며 내려가다보니 목적지에서 점점 벗어나고 있는 것 같기도 했다. 한세진은 묵직하게 등을 누르는 배낭을 맨 채로 앞서 걸었다. 도시의 아스팔트 평면이나 인공적인 빗면에 익숙한 눈으로는 산비탈을 보는 것 자체가 익숙하지 않아 방향을 짐작하기 어려웠다. 이윽고 그들은 어디로도 발을 내밀기 어려울 정도로 풀줄기와 나뭇가지가 엉킨 덤불 속으로 들어섰다. 뭘 하니 너는 지금. 이순일이 혀를 차며 앞으로 나섰다. 이순일은 앞서 가면서 방해가 되는 가지들을 손으로 잡았다가 놓았는데 그때마다 뒤를 따르는 한세진의 이마며 눈언저리를 향해 가느다란 가지들이 회초리처럼 날아왔다.

그들은 산자락에서 아까시나무 군락을 만났다. 아직 어린나무들이었다. 한 그루 한 그루 연필처럼 곧고, 얇은 가지에 괴상할 정도로 큼직하게 돋은 가시들은 강철 같은 색을 띠고 있었다. 이순일은 질색했지만 한세진은 그게 아름다워서 잠시 넋을 잃고 보았다. 어느 솜씨 좋은 손이 흑연을 사용해 공들여 그린 그림 같았고 어딘가 다른 차원과의 경계를 알리는 복잡한 무늬 같기도 했다. 아까시나무 군락 너머에, 그들이 산에 오르기 전에 건넌 논이 있었다. 가시

돋은 가지들 때문에 거길 통과해 나아갈 길은 없었다. 그들은 군락을 우회해 이순일이 발을 딛고 내려갈 만한 비탈을 발견했고, 그리로 내려갔다.

논을 거의 다 건넜을 때 한세진은 공기를 맹렬하게 태우고 있는 토치 소리를 들었고 불냄새를 맡았다. 파묘꾼들과 김근일이 화로에 넣은 뼈를 토치의 불길로 태우고 있었다. 이순일과 한세진이 가까이 다가가자 그들은 거의 다 되었다고 말했다. 대부분 나뭇조각이고 뼈가 얼마 없어 예상보다 일찍 일을 마칠 수 있겠다고. 화로 주변으로 회백색 재가 날렸다. 이순일은 말하지 않았다. 일하는 사람들의 비위를 상하게 하지 않으려고 괜히 웃는 것도 그만두고, 입을 꾹 다문 채 화로 주변을 서성거렸다.

벼 밑동만 남은 논바닥에 조금 기울어진 채로 놓인 화로는 높이가 오십 센티미터쯤 되는 깡통이었고 그을리고 녹슬어 검붉었다. 검댕이며 재가 눌어붙은 석쇠 한 장이 화로에 얹혀 있었고 재를 덮어쓴 조각 몇 점이 그 위에서 새파랗게 타고 있었다. 김근일이 긴 집게를 쥐고 화로 곁에 서 있다가 불길 속으로 집게를 넣어 조각을 집었다. 그는 그게 뼛조각인지, 뼛조각이라면 충분히 탔는지, 부술 수 있을 정도로 무르게 되었는지를 살펴본 뒤 화로 곁에 놓인 돌절구에 넣었다. 두번째 세번째 조각도 그렇게 절구로 들어갔다.

거긴 갈대가 길게 자라 사람들 눈에 쉽게 띄지 않을 곳이었다. 부대 초소에서도 거기서 무슨 일이 벌어지는지 관찰하기가 쉽지 않을 거라고 한세진은 생각했다. 추수가 끝나 겨울을 기다리고 있는 드넓은 논 어디에도 사람은 보이지 않았다. 그래도 이 근방엔 사람이 산다, 한세진은 생각했다. 그들 중 누구도 오늘 오전에 우리가 저 산에서 가지고 나온 것을 모를 것이다. 토치 소리가 잦아들고 불이 꺼졌다. 파묘꾼들이 화로를 정리하는 동안 김근일이 돌절구와 공이를 들고 갈대 뒤로 돌아갔다. 한세진과 이순일은 논바닥에 다급히 돗자리를 펼치고 배낭에서 접시를 꺼냈다. 갈대 너머에서 들려오는 공이질 소리를 들으며 음식을 접시에 덜었다. 사과와 배, 차갑게 식은 고기볶음과 야채전과 북어를 각각 도자기 접시에 담고, 맑은 술을 조그만 유리잔에 담았다. 꼬마버스 타요와 친구들이 노랗고 파랗게 프린트된 비닐 돗자리에 제사상이 마련되자 이순일은 지팡이를 논바닥에 내려두고 한세진의 부축을 받으며 절했다. 이순일은 한세진에게도 절을 올리라고, 할아버지 잘 가세요, 하라고, 손녀와 그 딸 하는 일이 부디 잘되게 해달라 빌라고 말했지만 한세진은 아무것도 빌지 않고 절을 올리면서, 그쪽 방향엔 그의 뼈가 이미 없다는 것을 생각했다. 마지막 반절을 올리고 고개를 들었을 때, 한세진은 김근일이 절구를 거꾸로 기울여 가루를 털어내며 갈대 뒤에서 나오는 것을 보았다.

그들은 그 자리에서 삯을 치르고 헤어졌다. 이순일은 우리가 살아 있을 적에 또 볼 수 있을지 모르겠다며 김근일과 악수를 나눈 뒤 코를 조금 훌쩍였다. 차로 돌아가는 길에 이순일이 신은 등산화 밑창이 진흙 바닥에 들러붙어 떨어져나갔다. 그로부터 몇 걸음 더 걷지 않아 나머지 한 짝의 밑창도 떨어져나갔다. 한세진과 이순일은 황당해 신발의 상태를 살피다가 딱 한 번 사용하고 내버려두어 겉보기엔 새것 같았지만 고무창이며 접착된 부분이 이미 삭았다는 것을 알았다. 흙바닥에 깊이 박혀 떼어내기도 어려워 보였으므로 그들은 밑창 두 개를 그대로 두고 서둘러 그 장소를 떠났다.

금요일 저녁에 한만수가 철원에 잘 다녀왔느냐고 묻는 영상전화를 걸어왔다. 한만수가 머물고 있는 도시는 자정이었다. 새로 이사한 집에 베드벅이 있어 고생하고 있다고, 감기몸살에도 걸렸다며 플리스 담요를 어깨에 두르고 있었다. 한만수는 근래 영주권을 신청했고 결과를 낙관하고 있었다. 영주권이 나오면 조금 더 안정적인 주거 공간을 마련할 생각이니 그때 놀러오라고, 엄마랑 큰누나랑 와서 한참 있다 가라고 한만수는 말했다. 그래, 그래. 한세진은 남의 논 입구에 신발 밑창 두 개를 버려두고 왔다고 말했다. 그걸 그냥 두고 왔다고? 남의 논에다, 그걸 버렸다고? 한만수는 질색을 하면서도 엄마답다고 한참 웃은 뒤 누나가 수고했다, 수고가 많다고 말했다. 그래도 누나, 너무 엄마가 하자는 대로 하지는 마.

그런 거 아냐.

너무 효도하려고 무리할 필요는 없어.

효?

그것은 아니라고 한세진은 답했다.

그것은 아니라고 한세진은 생각했다. 할아버지한테 이제 인사하라고, 마지막으로 인사하라고 권하는 엄마의 웃는 얼굴을 보았다면 누구라도 마음이 아팠을 거라고, 언제나 다만 그거였다고 말하지는 않았다.

| 작가노트 |

• • •

「파묘」는 『年年歲歲』의 첫번째 소설입니다. 두번째 소설을 7월에 썼고 지금은 세번째 소설을 쓰고 있습니다. 이 작업을 올해 안에 마치고 연초엔 네번째 소설을 쓸 계획입니다. 다섯번째 소설을 쓸 수 있을까, 가끔 생각합니다. 사람들은 이 이야기들을 가족 이야기로 읽을까? 가끔은 그런 것이 궁금하기도 합니다. 매일 운동하고 있습니다.

집단기억의 정체성을 향한 일곱 가지 시선

김화영(불문학자·문학평론가)

단편 「파묘」는 근래에 보기 드문 고전적 문체와 구성을 갖춘 빼어난 작품이다. 문체와 구성이 '고전적'이라 함은 불필요한 장식과 기교를 배제한 가독성 높은 문장으로 행동을 서술하되 통일된 시공간 속에서 인물, 정황을 간결하면서도 사실적으로 묘사하는 동시에 비교적 단순한 하나의 주제에 집중하여 자연스러우면서도 지극히 정교한 구성으로 독자를 설득하여 뜻밖의 암시와 여운으로 감동을 자아낸다는 의미이다.

오늘날 우리의 많은 단편소설들이 그 주제의 간단한 요약을 지난하게 할 정도로 자유롭고 열린 구조를 보여준다면, 「파묘」는 대체로 제한된 시공간의 틀 속에서 하나의 일관된 행동을 서술하는 닫힌 구조를 선보인다는 점에서 오히려 새롭다.

우선 이 작품의 제목 '파묘'는 그 단순 간결함으로 하여 '묘'하게 매혹적이다. 단 두 음절로 압축된 표제는 앞선 파열음의 폭발력을 뒤이은 생사 혹은 장묘 문화의 암시 쪽으로 연동시킴으로써 벌써부터 어떤 사회적인 동시에 형이상학적 문제 앞으로 독자를 불러세운다. 흔히 작품의 제목은 세 가지 기능을 가진다. 첫째는 다른 작품과 구별시켜주는 식별 기능이고 둘째는 내용 지시 기능, 그리고 마지막으로는 대중 유혹 기능이다. 첫째 기능은 모든 작품의 제목에 고루 해당되지만 두번째 기능은 독자의 관심과 시장성, 좋게 말해서 파격과 독창성을 추구하는 오늘날의 소설들에 있어 점차 세번째 기능에 밀려 소외되는 경우가 많다. 그런데 「파묘」는 내용 지시 기능에 지극히 충실하다는 점에서 '고전적'이다.

'파묘'의 사전적 의미는 "옮기거나 고쳐 묻기 위하여 무덤을 파내는 행위"다. 장묘 의식은 매장을 시작으로 벌초, 성묘 등을 거쳐 개장, 이장을 위한 파묘까지 하나의 사이클을 이룬다. 그러나 이 작품에서 '파묘'는 흔히 말하는 개장이나 이장을 위한 무덤 파기가 아니라 문자 그대로 파묘, 즉 무덤을 파서 아예 말소해버리는 최종적 행위라는 점에서 사회학적일 뿐만 아니라 존재론적인 지점으로 향한다.

이 작품은 "군사분계선 근처" "최전방"에 위치한 "할아버지" 무덤의 파묘 과정을 바라보는 일곱 가지(이순일, 한중언, 한영진, 한세진, 한만수, 김근일, 파묘꾼) 서로 다른 시선을 통해 분단 상황 이후 칠십여 년에 걸친 한국인의 삶의 어제와 오늘, 나아가 정체성의 문제를 표상하고 있다.

서술된 '시간'은 파묘를 실시하는 "추석 지난 뒤, 땅이 얼기 전",

더 정확하게는 "11월 둘째 주" 어느 날 아침 여섯시부터 "오전" 동안으로 한정되어 있다. 행동이 전개되는 '공간' 역시 파묘를 위하여 두 인물이 이동 왕복하는, 도시의 "이순일이 사는 집"으로부터 파묘 현장인 "철원군 갈말읍 지경리. 거기 어디쯤"까지로 단순화되어 있다.

파묘를 주동하는 인물은 "이순일"이고 "한세진"은 이순일에게 자신의 자동차로 교통편 및 동행과 보살핌의 수고를 제공함으로써 보조적 역할을 담당한다. 주목할 만한 사실은 이 소설의 화자가 서술의 시점을 번갈아 차지하는 두 인물, 즉 이순일과 한세진이 모녀 관계라는 사실을 뒤늦게, 그것도 "한세진의 형부" 혹은 "한세진의 언니인 한영진"과 같은 간접적인 방식으로 드러낼 뿐만 아니라, 등장인물을 시종일관 장녀, 차녀, 장남, 남편 등 혈연 혹은 가족 관계가 아닌 저마다의 성명(한영진, 한세진, 한만수, 한중언)으로 지칭하고 있다는 점이다. 이것은 종래의 전통적 가족 관계가 거의 한몸과 같은 혈연 공동체로부터 저마다 성과 이름으로 대표되는 독립된 개인으로 분화 해체되어가는 과정을 드러냄과 동시에 앞서 지적한 서로 다른 '시선' 혹은 태도와 입장의 변별적 주체임을 드러내는 방식이기도 하다.

파묘를 포함한 전통적 장묘 문화는 사실상 부계혈통 중심의 부권제에 기초한 가족구성원의 정체성과 깊은 관련이 있다. 이 점과 관련하여, 파묘를 주관하는 인물이 남성이 아닌 여성이며, 파묘의 대상인 무덤에 묻힌 인물이 한 세대를 건너뛴 이순일의 "할아버지"라는 사실, 그리고 특히 분묘의 위치가 "군사분계선 근처" "최전방

부대가 자리잡은 산속"이라는 점은 주목할 만하다. 이 사실은 이 작품의 가장 중요한 주제의 하나인 한국전쟁, 즉 분단 상황, 시대 변화에 따른 정체성의 재편 혹은 붕괴와 직접적인 관련이 있다.

이순일은 어떤 인물인가? 파묘 시점에 나이가 "일흔둘"이라면 그녀는 1946년 전후에 출생한 세대로 추정된다. 그녀는 무덤 자리인 지경리보다 더 위쪽 "갈골"에서 출생하여 "여섯 살", 즉 한국전쟁중에 "부모와 사별"하여 할아버지 손에 맡겨져 자라다가 "열다섯", 1960년대 초에 김포 친척집으로 와서 시장 일을 돕는 중 중매로 한중언과 결혼했다. 요컨대 전쟁의 직접적 피해자로서 뿌리 뽑힌 고아의 상징과도 같은 이순일의 입장에서 보면 "할아버지"는 자신의 어린 시절 생명 유지의 유일한 버팀목이었을 뿐만 아니라 그녀의 정체성을 담보하는 "뿌리"이므로 파묘의 대상이 되고 있는 그 무덤은 그 정체성이 물화된 '기억의 장소'인 것이다. 이순일이 "매년 낫으로 길을 내며 거기로 올라가는 이유"를 가족 중에서 유일하게 "이해"하는 한세진은 이렇게 규정한다. "엄마에게는 거기가 친정일 것이다. 그 묘가." 그런데 이순일은 이제 그 무덤을 "파묘해 없애기로" 결정한다. 거동이 불편하여 지팡이에 의지하는 나이에 이르자 "자기가 죽고 나서는 아무도 찾아가지 않을 무덤"이라고 판단하기 때문이다. 파묘는 그녀에게 자신의 죽음, 나아가 한 세대의 퇴장과 함께 찾아오는 정체성의 소멸을 의미한다

이번이 "마지막"이기 때문에 그녀는 최선을 다하여 제례 음식을 준비했고 그 음식들을 "스티로폼이나 은박 말고, 진짜 접시"에 담아 정성을 다했으며 할아버지께 "제사 먼저 드리려고 했는데" 이미 파

묘꾼들이 구덩이를 파놓았기 때문에 얼굴이 "상심, 그리고 티내지 못할 짜증"으로 일그러졌으며, 깊이 팬 묘혈을 도로 덮기 전에 "동전 하나"를 구덩이 속에 던졌고 산비탈을 어렵사리 내려와 논바닥에 돗자리를 깔고 "한세진의 부축을 받으며 절했다." 그러나 어머니의 권유에 못 이겨, 그러나 "아무것도 빌지 않고 절을 올리면서" 차녀 한세진은 "그쪽 방향엔 그의 뼈가 이미 없다는 것을 생각했다." 파묘 지휘자 김근일이 갈대밭 뒤에서 절구에 분쇄한 뼛가루를 털어내며 나온 것은 정작 그뒤였다. 이순일의 "뿌리"는 이제 먼지가 되어 허공에 흩어진다.

이순일에게 파묘가 정체성의 붕괴와 깊은 관련이 있지만, 다른 가족 구성원들에게는 사정이 전혀 다르다. 이순일의 남편 한중언은 물론, 이씨가 아닌 한씨 성의 자녀들에게 무덤의 주인은 얼굴도 본 적이 없는 "외증조부"이므로 상대적으로 거리가 먼 외척이다. 한중언은 "딱 한 번" 마지못해 성묘를 왔지만 "처가 쪽 산소엔 벌초도 하지 않는 법이라고 잡소리"를 하며 "저만큼 떨어져서 뒷짐을 진 채 굳이 돌아서" 있었다. 세대를 달리하는 장녀 한영진의 경우 성묘에 대하여 "거기 뭐가 있다고 매년 기를 쓰고 가느냐" 하는 식의 무관심한 입장에 있어서는 한중언과 동일하지만 거기에 더하여 그녀는 이순일에 대하여 경제적으로 우위에 있다. 이순일은 삼 년 전부터 "한영진의 시가 재산"인 "오층 단독 빌라"의 사층에 거주하며 오층의 "맞벌이하는 장녀 부부의 살림과 육아"를 책임지는 도우미로서 "이 나이에 사위 집에서 이렇게 눈치를 보며 살 줄은 몰랐다고" 한탄하는 처지다. 어느 의미에서 한영진은 경제적 권력 차원에서 무관심의 "권리"를 갖춘 셈이다.

한편 "한중언의 장남이자 한씨 집안의 막내"인 한만수는 "너무 어리거나 길을 몰라서" 성묘길에 동행한 적이 없었고 지금은 뉴질랜드에 거주하고 있다. 그는 엄마의 '신세한탄'에 귀를 기울이기에는 "너무 멀리 있었다." 그는 그곳에서 "가능성"과 "기회"를 찾았기에 한국으로 돌아오지 않을 것이다. 그는 가족의 현실에 개입하지 않고 한 발 물러서서 '객관적으로' 바라보는 방관자로서 어느 면 가치중립적이다. 그래서 일시 귀국한 그는 "촛불집회"에서 광장을 메운 광장을 메운 사람들을 "배경"으로 사진을 찍고 "종이컵에 꽂은 촛불을 마이크처럼 턱 밑에 들고 있는 사진을 골라 오클랜드 친구들에게 전송"한다. 그의 모든 행동은 현실을 간접화한다. 그래서 이순일이 상속받아 남편 한중언의 이름으로 등기해둔 "갈골"의 산을 물려받기 위하여 "한국으로 돌아올 것 같지는 않다." 그는 한국인의 정체성으로부터 이탈한 존재다.

이순일의 자녀들 가운데 유일하게 파묘행에 동반하는 차녀 한세진은 장녀 한영진의 무관심과 장남 한만수의 방관자적 태도와 달리 소극적인 방식으로나마 '연민'을 통해서 어머니를 "이해"하고 '공감'한다. 그녀는 할아버지를 만난 적이 없지만 "사진을 통해" 알고 있고 매년 "그에게 간단한 안부를 묻는 정도의 심정으로 성묘길에 동행"한다. 그녀는 "가끔" 이순일이 피루에 "책임을 느"끼고, 그 피로가 "자기의 무능 탓" 같은 "순간"도 있었지만 엄마의 신세한탄을 "그냥" 들어주는 관대함과 동시에 냉정함, 그리고 "내 집에서 나 사는 게 살림이지"라고 선언할 정도의 신세대 특유의 독립성을 갖추었다.

"할아버지"의 얼굴을 알지 못하는 젊은 세대와 달리 "이웃사촌"인 김근일, 그리고 "이순일과 비슷한 또래의 노인"들로 "지경리 인근에 사는 농부"들인 두 파묘꾼은 비록 "삯"을 받고 작업의 지휘와 노동력을 제공하지만 "먹지도 못하고 고생했"던 칠십여 년 전 과거의 시간과 "군사분계선 근처" 마을의 공간, 즉 일정한 집단기억을 이순일과 공유했다는 점에서 동일한 정체성에 닿아 있다고 할 수 있다. 그래서 그들은 "오전 여섯시에 산으로 올라"와 "세 시간째 땅을 파"는 작업에 몰두하고 "흙을 뒤져 뼈를 골라내"고 "인견 보자기"에 뼈를 모으고 깡통 화로에 "뼈를 토치의 불길로 태우는" 파묘 작업에 적극 가담하며 한마음이 된다. 특히 그들의 파묘 과정은 공적인 개장 허가를 받아 수행되는 공공연한 장묘 행사가 아니라 휴전선 부근 최전방이라는 특수한 환경에서 비공식적으로 해결하는 은밀한 작업이라는 점에서 이 세대 특유의 불안정한 어둠을 함축한다. 그들이 "봉분도 구덩이도 사라진 평평한 땅"에 "조만간 스러질 것" 같은 나무모를 심어놓고 현장을 떠난다거나 김근일이 돌절구와 공이를 들고 "갈대 뒤"로 돌아갔다가 돌절구를 거꾸로 기울여 가루를 털어내며 "갈대 뒤"에서 걸어나오는 것을 목격한 한세진은 생각한다 "이 근방엔 사람이 산다." "그들 중 누구도 오늘 오전에 우리가 저 산에서 가지고 나온 것을 모를 것이다." 사십여 년 전, "시신만 넣고 소나무 가지로 덮"어 매장한 무덤은 한 세대의 정체성마저 소멸시키는 그 파묘 행사에 있어서까지도 타자의 눈을 피하여 은밀히 숨겨야 할 만큼 정당성을 갖지 못하는 것일까?

작가는 작품의 중심 행동인 파묘와 직접적인 관련이 없어 보이는, 뉴질랜드의 "백인 할아버지"가 한만수를 통하여 이순일에게 보내는 "선물" 두 가지를 등장시킨다. 하나는 음식을 담는 큼직한 도자기 접시이고 다른 하나는 "나치 독일의 홀로코스트에서 살아남았다는 어느 할머니의 유품"인 "금 펜던트"다. 이 엉뚱한 선물들의 상징성의 해석은 간단하지 않다. 혹시, 외국에서 온 이 두 가지 "선물"은 앞서 파묘 후 이순일이 제례를 위하여 애써 준비해간, "묵직하게 늘어지며 왈그락 소리를" 내는, 그러나 "조심하면 깨지지 않는다"는, "도로 가져올 그릇", 그리고 팬 땅을 도로 덮기 전에 구덩이 속으로 던져 넣은 "동전"(이 두 가지 오브제는 이순일 개인의 것이다)과 대응하는 오브제들로 기능하는 것은 아닐까? 외부에서 온 이 "선물"들은 "어머니는 위대하다, 당신은 위대하다"라는 거창한 메시지와 더불어, 정체성의 붕괴와 함께 허망한 것이 되어버린 이곳의 두 오브제에 새로운 상징적 의미를 불어넣는 기능을 맡을 수도 있을 것이다. "바쁜 와중에" 이순일이 큼직한 도자기를 무릎 위에 올리고 "그걸 떨어뜨릴까 염려하는 것처럼 무릎을 오므린 모습"을 보인다거나 "자주 볼을 붉히며 무언가를 생각하고", 또한 "한만수가 전한 메시지를 되새기며 금방이라도 눈물을 떨굴 것 같은 상태"를 보이는 것은 그와 관련이 있지 않을까? 그러나 이런 의미 부여, 혹은 정체성의 회복은 그것이 외부에서 주어지는 "선물"이라는 점에서, 그 광경을 바라보는 한세진에게 강한 '자각'을 불러일으킨다는 점에서 문제적이다. 그녀는 "살짝 뿔이 돋는 듯한 느낌으로 화가 났고" "모욕감"을 느낀다. 한만수가 "홀을 쥔 왕이 그것을 하사하"는 듯 엄마에게 메시지를 영어의 말투로 전했던 것이다.

소설은 새로운 세대를 대표하는 한세진의 메시지로 마무리된다. 파묘가 완료된 뒤의 금요일 저녁, "영주권"을 신청했다는 한만수가 영상전화를 걸어온다. 가치중립적이고 '객관적'임을 자처하는 국외자 "장남"이 새로운 세대의 정체성을 선언하듯 말한다. "너무 효도하려고 무리할 필요는 없어."

한세진은 지난 세대에 대한 자신만의 연민과 공감의 "생각"을 갖고 있지만, 자신의 정체성이 어두운 과거에 이어져 있음을 인정하지만, 마음의 중심에 차오르는 침묵의 여운으로 미래에 숙제를 남긴다.

> "효? (……) 그것은 아니라고 한세진은 생각했다. 할아버지한테 이제 인사하라고 마지막으로 인사하라고 권하는 엄마의 웃는 얼굴을 보았다면 누구라도 마음이 아팠을 거라고, 언제나 다만 그거였다고 말하지는 않았다."(174쪽)

최은미

운내

작가노트

있는 말들

리뷰 **김경욱**

끝내, 운내

최은미

2008년 『현대문학』 신인추천에 단편소설 「울고 간다」가 당선되어 등단. 2014년, 2015년, 2017년 젊은작가상, 대산문학상 등 수상. 소설집 『너무 아름다운 꿈』 『목련정전(目連正傳)』, 장편소설 『아홉번째 파도』, 중편소설 『어제는 봄』이 있다.

운내

운내에 갈 때 나는 트럭을 타고 갔다. 유리 지게를 싣고 다니는 크지 않은 포터 트럭이었다. 나를 운내까지 태우고 갔던 어른은 당시 이십팔 세로 코를 삼키는 분이었다. 유리가 실려 있지 않음에도 트럭을 천천히 운전하셨고 터널이 나오면 어깨를 오므리면서 코를 끌어당겨 먹으셨다. 국도변으로 원조 간판을 단 식당들이 나타났을 땐 내게 갈비를 좋아하냐고 물으셨다. 주차장이 넓고 유리창이 큰 식당들이었다. 나는 가금류는 곧잘 먹었지만 소와 돼지는 좋아하지 않았다. 운내에선 두 달을 머물렀다. 운내에 있는 동안 나는 별다른 건 맛보지 못했고 며칠에 한 번 가금류의 알 정도를 먹을 수 있었다. 짭짤하고 질긴 것, 씹자마자 부서지는 단것들이 먹고 싶을 때면 두고 온 가족들을 생각했다. 운내에 있던 여러 날, 나는 내가 어려서부터 정기적으로 먹고 자란 것들을 생각했다. 엄마는 달

콤한 걸 쥐여줄 때면 크고 작은 죄책감을 심어주는 분이었다. 나는 12개입 초코파이 한 통을 먹으면 12개입 초코파이 한 통만한 죄책감을 느낄 줄 알았다. 나는 죄책감의 질감과 크기와 냄새와 열량을 알았다. 그때 나는 지금보다 똑똑했다.

가격표를 읽고 있는 승미를 봤을 때 그러므로 나는 놀라지 않을 수 없었다. 나는 그때까지 운내에 가본 적이 없었지만 운내가 갈비로 유명하다는 건 알고 있었다. 트럭이 국도변의 갈비촌을 빠져나왔을 때 다 왔구나, 생각했고 긴장감을 느꼈는데도 깜빡 잠이 들었다. 깨어 보니 트럭은 묘목밭 사이를 달리고 있었다. 밭에 깔린 비닐 위로 작은 나무들이 줄지어 서 있었다. 곧이어 맨가지에 은색 몽우리들을 매달고 있는 키 큰 나무들이 나타났다. 평지 위에서 나무들이 한참 이어졌다. 채소가 아니라 나무가 심긴 밭을 본 건 그때가 처음이었다. 어른이 트럭 창문을 내려주셨을 때 나는 거름냄새에 섞인 꽃냄새를 맡았다. 희끗하게 비껴가는 빛들을 보았으므로 안쪽 나무 어딘가에선 벌써 꽃이 피고 있다고 생각했다. 트럭은 경사진 밭길을 올라 작은 언덕 위에 섰다.

저만치 나무밭 끝으로 집이 보였다.

나를 운내로 보내기 전 엄마는 말씀하셨다. 벽은 유리로 되어 있고 지붕은 기와로 되어 있는 집이라고 하셨다. 그곳이 산주님 집이라고 하셨다. 나는 차 창문 위에 있는 손잡이를 슬그머니 움켜쥐었다. 언덕 위에서 숨을 고른 트럭은 기와유리집 앞으로 순식간에 내려갔다.

미닫이 유리문에 공처럼 붙어 있던 손잡이가 기억난다. 상점이 찻집처럼 보인다고 생각했던 것도. 어떤 여자애가 진열대 앞에 서 있는 걸 봤을 때 나는 저애가 승미로구나, 생각했다. 나를 운내로 보내기 전 엄마는 강조하셨다. 산주님을 산주님이라고 부르라 하셨다. 할머니라고 부르지 말라 하셨다. 운내에 가면 승미가 있다고 하셨다. 친하게 지내라 하셨다. 승미. 승미가 황토색 베개를 들어올리더니 가격표를 읽었다. "천연 약초 베개, 정가 팔만원." 방석의 가격도 읽었다. "육각 수정 방석, 정가 삼만원." 승미는 계속 읽었다. "순면 기 내의, 정가 만오천원." "편백나무 지압봉, 정가 만원."

정가. 그것은 정당한 값, 혹은 정상 가격이라는 뜻으로 '정까'라고 읽어야 했다. 하지만 승미는 너무도 진지하게 정가를 '정가'라고 읽었다. 재가 승미로구나, 나는 중얼거렸다. 정가를 정가라고 읽는 저 멍청한 애가 승미로구나.

*

그로부터 두 달 뒤, 나를 운내에서 데려가면서 엄마는 물으셨다. 승미와 무엇을 했느냐고. 나는 끝말잇기를 했다. 운내를 떠날 때, 나는 이제 다신 운내에 가지 못하게 될 거라고 생각했다. 실제로도 나는 그후로 다시는 운내에 가지 못했다. 하지만 지금도 운내는 갈비가 유명하다. 그리고 나는 여전히 운내에 가던 첫날을 떠올리는 것을 좋아한다. 그때로 시간을 되감고 또 되감는 것을 멈출 수가 없다. 갈비촌에 닿기 전 한참을 지나왔던 평야와 너른 논 한중간에

뜬금없이 서 있던 나무들. 묘목밭에서부터 이미 오줌이 마려웠지만 참을 만하다고 생각했던 것과 밭 언덕에서 트럭 창밖으로 기와유리집을 처음 내려다보던 때도 잊을 수 없다. 한눈에도 여러 채가 이어진 복잡한 집이었지만 나는 그날 일기에 '집 한 채'라고 썼다. 상상했던 것보다 낡고 작아서 별로라고 쓰면서도 실은 나무밭 전체를 뜰로 거느린 세상에서 제일 넓은 집이라고 생각했다. 트럭에서 내릴 때, 발이 닿지 않아 머뭇머뭇하다 점프를 했다. 막 피어나고 있는 불칸 목련을 보았고, 유리문까지 걸어가면서 어떤 냄새를 맡았다. 종이를 태운 냄새. 화장품 뚜껑 냄새. 바나나가 익어버린 냄새. 초냄새. 농냄새. 볼펜 똥냄새. 맵고 화하며 씁쌀하고 단 냄새에 뭐 하나가 더 얹어진, 그런 냄새였다. 승미와 나는 그 냄새를 운내라고 이름 붙였다. 우리는 툭하면 코를 싸쥐고 말했다. 아, 운내 나.

그곳 운내에서, 승미와 나는 끝말잇기를 한다.

정가도 못 읽는 멍청한 승미에게 나는 어쩌다 이런 단어를 말하고 만다. "트럭." 승미는 운동화 코로 땅을 긁으면서 "럭, 럭……" 중얼거린다. 나무밭 곳곳에서 사람들이 은색 꽃봉오리를 채취하고 있다. 내가 다른 데를 볼 때마다 승미가 나를 탐색하는 것이 느껴진다. 나는 나보다 키가 크고 다리가 긴 승미를, 나보다 머리카락이 짧고 나처럼 가슴이 평평한 승미를 쳐다본다. 럭비공이나 럭셔리 같은 예측 가능한 단어가 나오면 역시나 실망하게 될 거라고 생각하면서. 혹시 몰라 공원이나 리본 같은 단어는 준비해놓는다. 나무밭에서 일하던 사람들이 하나둘 돌아가는 것이 보인다. 나는 지루해하다 "아직 멀었어?" 묻고, 그때 승미가 고개를 들고 나를 본다.

"럭키세븐."

*

대중실이라 불리는 본채 거실엔 산주님의 정원이 있었다. 산주님이 천연 가습기라 칭하는 정원이었다. 자연석을 잇대서 만든 수반은 크고 자연스러웠고 솔방울을 매단 노송과 세트였다. 물레방아 세트도 가능했지만 산주님은 소나무를 택했다고 하셨다. 높낮이가 다른 조롱박 수로를 타고 물이 소리를 내며 흘러다녔고 수반 가장자리에선 토막 행운목이 잎을 틔웠다. 소나무 아래에는 알전구가 달린 미니 석등이 서 있었는데 밤이면 불이 들어왔다. 수반 바닥을 채운 잔돌들 위로는 새끼손가락만한 인조 물고기 두 마리가 떠 있었고 행운목 위에선 개구리 토우 인형이 기타를 쳤다. 실리콘 수초들이 소용돌이치듯 향해 가는 수반의 정중앙엔 배를 내밀고 서서 오줌을 갈기는 남자아이 동상이 서 있었다.

밥은 매끼 정원 옆에서 먹었다. 아침은 산주님과 승미와 나 셋이 먹었고 점심과 저녁엔 종종 다른 어른들이 합류했다. 산주님은 정원 얘기를 즐겨 하셨다. 수반 바닥에 깔린 건 그냥 자갈이 아니라 록산 크리스털이라고 하셨고 수반의 물 또한 그냥 물이 아니라 파동 육각수라고 말씀하셨다. 밥이 맛있느냐고도 잊지 않고 물으셨다. 승미는 다른 건 잘 먹었지만 노른자가 새는 계란프라이를 힘들어했다. 식사 때는 규칙이 있었는데 식사중에는 물론 식사 전과 후로 한 시간 동안은 물을 마시면 안 되었다. 국과 찌개는 꿈꿀 수 없었고 물도 삼다수나 수돗물은 마실 수 없었다. 우리는 작은 생수병 하나에 이천원인 레민다만을 마실 수 있었다. 레민다는 파동 육각수였다.

산주님은 또한 승미와 나에게 약초 베개를 내주셨다. 외피는 국산 삼베 백 프로, 내용물은 감국과 참숯과 결명자와 약쑥과 상엽이 들어간 바로 그 정가 팔만원짜리 베개였다. 일반인들이 산주님의 기와유리집에 머물기 위해선 몇 계절씩 대기를 걸어놓아야 했다. 레민다도 약초 베개도 모두 값을 지불한 사람들한테만 제공되는 제품이었다. 산주님은 승미와 내게 이 모든 걸 무상으로 내주셨다. 그렇기에 우리는 더더욱 기와유리집의 규칙을 지켜야 했다. 그게 예의라고 엄마는 말씀하셨다.

저녁 밥상에 합류하는 남자 어른은 뒤채에 상주했고 군복 우와기를 걸치고 다녔다. 당시 오십구 세로 승미와 나를 아가라 부르셨다. 밥상 앞에선 피떡 얘기를 즐겨 하셨다. 침묵의 살인자이자 만병의 근원이며 죽음으로 가는 지름길, 그게 바로 혈관에 끼는 피떡이라고 하셨다. 모든 문제는 다 피에서 비롯된다고 거듭 말씀하셨고 병을 널리 알리라 하셨다. 어른은 동생 얘기도 즐겨 하셨다. 산주님이 없을 때, 어른은 틈만 나면 동생 얘기를 하셨다. 산과 들을 뛰어다니며 운내에서 함께 자란 이야기였다. 어른은 동생을 그 아이라고 칭하셨다. 그 아이에게 칼싸움과 총싸움을 직접 가르치셨고 그 아이가 냇가에서 허우적댈 때 구해주셨으며 그 아이와는 사과 한 쪽도 늘 나누어 먹으셨다. 대체로 좀 운내 나는 얘기들이었지만 승미와 나는 끝까지 들었다.

기와유리집의 본채는 세로획이 긴 기역자 구조였다. 대중실에서 꺾어져들어간 긴 획에는 일인실 수련방들이 이어져 있었다. 승미와 나는 그 방들 중 대중실과 가까운 방 하나씩을 썼다. 수련방의 벽면엔 검은색 점 하나가 찍혀 있었는데 그걸 지구라고 말해준 건 승미였다. 수련방에 머물다 가는 사람들은 그걸 지구라고 생각한다는 것이었다.

오랜 시간이 지난 뒤, 그러니까 유난히 운내 생각이 나는 오늘 같은 봄날에도, 내가 벽에 점을 찍고 앉아 그걸 지구라고 생각하고 있게 될 줄은 그땐 짐작조차 하지 못했다. 이 방법은 마음연마원이라는 수련 단체에서 시작된 수련법으로 당시 기와유리집이 연마원의 정식 분원이었는지 아닌지는 알 수 없다. 검은 점과 지구라는 착상, 죽은 상태로 지구 밖을 빠져나와 지구를 바라보는 거라는 설정은 유사하다. 수련자는 살아온 과거를 시간순으로 떠올리며 과거를 시각화해야 한다. 지워지지 않는 과거의 어떤 장면들, 섬광 같은 기억들은 물론 잡히지는 않으나 없는 것은 아닌 기억들까지 모두, 모두 시각화해 차례차례 지구에 버려야 한다. 기와유리집의 상점 한쪽에 쌓여 있던 소책자에는 그 방법이 자세히 기술되어 있었는데 기억을 선명히 불러내는 과정을 사투에 빗댔던 것이 기억난다. 시각화를 잘해야 거기 얽힌 감정까지 완전히 버릴 수 있음을 강조했다. 감정이 기혈을 막아 병이 된다는 얘기가 한참 이어지다 글은 이런 문장으로 마무리되었다. '그러나 이 수련법의 궁극적인 목적이 질병 치료에 있는 건 아니다.' 나는 그 문장을 흉내내 일기에 쓰곤 했는데 이거야말로 질병이 있는 사람들을 기와유리집으로 끌어오는 핵심 화법이 아닐까 당시에도 생각했던 것 같다.

약초 베개를 베고 자는 건 쉽지 않았다. 엎드리거나 옆으로 누우면 뺨이 쓸렸고 고개를 조금만 돌려도 마른잎 부서지는 소리가 났다. 천장을 보고 누워 움직이지 않아야만 가까스로 잠들 수 있었다. 자려고 누우면 어떤 날은 귓바퀴가 서늘할 정도로 눈물이 흘렀다. 집이 그리웠다. 엄마와 아빠와 동생, 내 방과 마당, 학교 친구들. 올해 중으로 가족들 모두 운내로 이사를 올 예정이었기 때문에 나는 다만 먼저 온 것일 뿐이었다. 엄마는 말씀하셨다. 중학교 입학을 수월하게 하기 위해선 운내의 초등학교를 졸업하는 게 좋겠다고. 그럼에도 나는 내가 왜 운내에 있는 건지 솔직히 잘 이해하지 못하고 있었다. 엄마의 말씀대로라면 운내는 내가 십대의 대부분을 보내야 하는 곳이었지만 나는 그곳이 내가 계속 살 곳이라는 실감을 할 수 없었다.

지구가 찍혀 있는 일인실 방에 정가 팔만원짜리 베개를 베고 누워서 나는 손톱을 물어뜯듯이 끝말잇기를 했다. 베개. 개미. 미신. 신청. 청소. 소풍. 소풍이라는 단어가 나오면 처음부터 다시 시작했다. 지구. 구분. 분자. 자전거. 거미. 미소. 소풍. 다시 소풍이 나오면 끝말잇기를 접어두고 허공에 초성들을 띄웠다. ㄴㄴ ㅇ ㅇㄴㅇ ㅇ ㄱㅈ? 그래도 결국엔 소풍날이 되었고 나는 그날로 달려가기 위해 단어를 이어온 거라는 생각에 빠지면서 소풍날에 대한 시각화에 골몰했다.

나무로 둘러싸인 아담한 잔디밭. 잔디밭 이쪽 출발선에 나는 친구들과 함께 서 있다. 저쪽 끝에는 엄마들이 서 있다. 몇 개의 장애

물을 통과해 엄마들한테 가서 안기는 게임이다. 코끼리 코 열 바퀴를 돌고, 줄에 매달린 과자를 따먹고, 종이를 펼쳐 곱셈 문제를 풀어야 한다. 출발 신호와 함께 나는 열심히 코끼리 코를 돈다. 어질어질해진 채로 과자를 향해 달려간다. 점프를 해서 과자를 따먹는다. 비슷비슷한 속도로 친구들도 과자를 따먹는다. 과자가 생각보다 맛있어서 나는 잠깐 멈춰 서서 맛을 음미한다. 친구들이 곱셈 문제 쪽으로 달려가는 게 보인다. 그런데 줄에는 과자가 남아 있다. 그것도 많이. 친구들이 곱셈 문제도 다 풀고, 저쪽에서 팔을 벌리고 있는 엄마들한테로 가서 안길 때까지도, 나는 입을 벌리고 허겁지겁 과자를 따먹는다.

눈을 감고 누워서 소풍날을 떠올리다보면 왜 나 혼자 운내로 오게 되었는지 이해할 것 같기도 했다. 운내에 간 초기에, 나는 그런 방법으로 잠을 청했다. 사실 그게 실제 일어난 일인지 상상 속 장면인지는 지금도 불확실하다. 하지만 그때 따먹던 과자가 실에 꿰어 매달기 좋은 버터링 쿠키였던 것과 과자가 자꾸 코나 뺨에 부딪쳐 나를 조바심나게 하던 느낌, 그리고 과자를 다 따먹고 도착한 나를 바라보던 엄마의 눈빛만은 실제처럼 선명하다. 실망감과 두려움을 담고 나를 보던 그 눈빛 말이다.

*

소풍날을 떠올리지 않고도 잠이 들 수 있게 된 건 승미와 처음 끝말잇기를 한 날, 그러니까 '븐'으로 시작하는 말을 끝내 떠올리지 못한 날 이후부터였다. 나는 그때까지 누구에게도 끝말잇기를 져 본 적이 없었다. 풍부한 어휘력은 내 자부심의 원천이었다. 나는 이제 승미를 신경쓰지 않을 수가 없었다.

바야흐로 꽃철이었다. 기와유리집의 꽃철은 수련방은 비수기이고 나무밭은 성수기인 때를 뜻했다. 지금도 운내의 초봄을 떠올리면 내가 일기에 적었던 '바야흐로'나 '목련 천국' 같은 말이 떠오른다. 나무밭에서 봉오리 상태로 채취된 목련은 대부분은 약재로 나가기 위해 은색 겉껍질째로 포장됐고 일부는 꽃차용으로 건조됐다. 목련 철이었으므로 기와유리집과 나무밭 어디에서나 팔 토시에 그늘막 치마모자로 얼굴을 감싼 사람들을 볼 수 있었다. 수련방에 들어갈 차들은 따로 분리해 손질하고 말리고 끓였는데 판매용이 아닌 한에서 승미와 나도 손질을 거들 수 있었다.

꽃차 수작업을 하는 어른들은 승미와 내가 앉은 쪽을 향해 "니가 승미니?" 물었고—놀랍게도 둘 중 누가 승미인지 볼 때마다 헷갈려 했다—"걸음마하던 애기가 벌써 처녀 태가 나네"라며 세월을 한탄하는 말을 주고받았다. 목련 꽃봉오리는 은빛 솜털로 덮여 있어 커다란 버들강아지 같기도 하고 동물의 꼬리털 같기도 했는데 껍질을 벗겨내면 흰 봉오리가 나왔다. 봉오리째 말릴 것들은 그대로 불을 지핀 황토방으로 들어갔지만 꽃 형태로 말릴 것들은 손으로 꽃잎들을 하나하나 펴야 했다. 수련방 문을 열면 뒤뜰의 건조기 채반 위에서 꽃잎들이 노랗게 말라가는 게 보였다. 주방 뒤꼍의 대형 들통에선 내내 차가 끓었다. 산주님이 승미와 내게 권하는 건 겉껍질째로 끓인 약차였는데 사람들은 그걸 신이화차라고 불렀다.

'화장품 냄새가 나는 매운 차.' 당시 일기엔 신이화차 맛이 그렇게 적혀 있다.

꽃잎이 건조되고 약차가 끓던 기와유리집의 뒤뜰은 자체로 작은 정원이었다. 수련방 앞 툇마루에 나와 앉으면 막 잎이 커지기 시작한 비비추와 히아신스, 둥글게 다듬어진 병꽃나무를 볼 수 있었다. 주방 뒤곁에서 번져온 약차 훈김이 뒤뜰의 식물들과 뒤섞여 운내 특유의 냄새를 만들었다. 아침에 입고 나간 점퍼를 벗어 들고 학교에서 돌아오면 승미가 그 안에서 나를 기다리고 있었다. 심심해서 몸이 꼬인 승미가.

나와 달리 승미는 자신이 운내에 온 이유를 정확하게 이해하고 있었다. 승미는 이전에 까진 적이 있었다. 계속 까질까봐, 승미의 엄마는 승미를 운내에 보냈다. 승미는 나처럼 운내의 학교로 전학을 한 게 아니어서 일 년을 꿇는 중이었고, 나처럼 운내에 살 운명이 아니라 집으로 돌아갈 운명이었다. 마루에 걸터앉아 레민다를 조금씩 버리고 있는 승미는 그러나 전혀 까져 보이지 않았다. 끝말잇기를 이기지 않으면 내 관심을 끌지 못할 거라는 걸 간파하는 통찰력까지 보였으므로 멍청하다고 보기도 이젠 힘들었다. 승미는 다만 허공을 보며 이렇게 말할 뿐이었다. "아, 운내 나." 심심했냐고 물으면 돼했다고 했다. "뭐?" "돼했다고." "……" "뭔가 돼–했어." 어떤 날은 쓰리쓰리하다고 했다. 승미는 돼할 때보다 쓰리쓰리할 때가 좀더 많았는데 머리가 아파도 쓰리쓰리했고 잠이 안 와도 쓰리쓰리했고 해가 져도 쓰리쓰리했다. 그때 승미는 쓰리쓰리했다.

운내에서는 남는 게 시간이어서 우리는 거의 매일 나무밭에 나가 고무줄놀이를 했다. 줄 한쪽 끝은 목련나무 기둥에 묶고 한쪽 끝은 진 사람이 잡고, 자기가 줄을 잡을 차례가 되면 승미는 내가 빨리 죽으라고 노래를 빠르게 불렀다. 딱따구리구리마요네즈, 마요네즈케찹은맛있어, 인도인도인도사이다, 사이다사이다오땡큐. 그래도 나는 잘 안 죽었다. 하지만 〈가을 길〉만 나오면 트랄랄랄라에서 꼭 죽었다. 돌다가 엎어져서 죽고 줄에 닿아서 죽고, 어둑어둑해질 때까지 우리는 고무줄을 바꿔 쥐며 나무밭에서 땀을 흘렸다.

붉은 계통 목련은 차로도 약재로도 쓰이지 않아서 사방에서 활짝 핀 적목련들을 볼 수 있었다. 백목련도 모두 몽우리를 따는 건 아니어서 나무밭이 산이었을 때부터 있던 오래된 산목련들은 그대로 꽃이 피었다. 목련나무에 흰 꽃이 피어 있는 게 보이면 우리는 괜히 반가워 그 아래로 달려가보곤 했다. 나무밭 어귀에서 흰색 포터 트럭을 보는 날도 있었다. 포터 트럭이 유리 지게까지 싣고 있다면 그건 코를 먹는 어른이 목련나무 사이를 거닐고 있다는 뜻이었다. 어른은 은색 봉오리 두 개를 양쪽 콧구멍에 끼우고 입으로 숨을 쉬면서 나무 사이에 서 있곤 했다. 주말이면 기와유리집에 와서 정원의 물소리를 들으며 산주님과 우리와 함께 밥을 먹었다. 밥 먹을 땐 코 먹는 소리를 내지 않았다.

목련 꽃봉오리 한 줌 한 줌이 다 돈이라고 했다. 백 프로 국산, 백 프로 수작업, 농약 제로, 유통 마진 제로. 산주님의 신이화로 콧병에 효과를 본 사람들은 다른 신이화는 찾지 않았다. 오직 산주님의 신이화, 이 운내의 밭에서 자란 목련만을 찾았다. 아파트에 사는 도시 아이들은 죄다 비염에 아토피였고 그 아이들의 부모들도, 그 아이들이 다니는 한의원도 모두 산주님을 필요로 했다. 치마모자를 쓴 어른들은 말했다. 산주님이 목련 사업만 했다면 운내에서 제일 가는 부자가 되었을 거라고. 하지만 산주님은 목련이 벌어준 돈으로 다른 일을 좀더 벌이셨다. 지구가 찍힌 방을 만든다든가 하는.

*

손에 잡힐 듯이 그려진다. 지구에 다 갖다버릴 수 있을 만큼 대단히 선명하다. 학교에서 돌아오면 적갈색 소반 위에 지우개 가루가 흩어져 있었다. 그것은 승미가 만든 것. 가루들을 손등으로 쓱쓱 밀어버리고 나는 소반 위에서 깜지 숙제를 한다. 교자상 다리를 펴면 나던 딱, 소리. 소리가 안 나면 덜 펴진 것이다. 둥근 스텐 쟁반은 꽃무늬가 거의 지워져간다. 은색 쟁반을 볼 때마다 자동적으로 '쟁반같이 둥근달'을 떠올리는 건 어려서부터의 내 습관이다. 끝말잇기처럼 친구들 누구도 더는 하지 않는 나만의 습관. 스트라이프가 들어간 반스타킹은 엄마가 나를 운내로 보내면서 새로 사주신 것. 세 켤레 모두 무릎을 지나 올라올 만큼 길다. 밴드가 짱짱해서 허벅지에 자국이 남는다. 그 무렵 내가 자주 입던 티셔츠의 가슴 부분엔 리본 줄 두 개가 달려 있었다. 아침에 묶고 나가도 점심쯤 내려다보면 리본이 항상 풀려 있었다.

승미와 자주 사먹던 건 포도맛 폴라포.

샴푸 칠한 머리를 양동이에 담그면 칙— 소리가 났다. 나는 그 소리가 무서웠다. 나를 운내로 보내기 전 엄마는 주의 주고 또 주의

주셨다. 갑자기 생리가 시작되면 어떻게 대처해야 하는지. 나는 그때에서 이 년은 더 있다 생리를 하지만 하루도 불안하지 않은 날이 없다. 매일 마음의 준비를 한다.

그리고 그것이 오던 느낌. 생리보다도 더 무서운 그것이 온다. 밥상 앞에서만은 그것이 오지 않기를 빌고 또 빌지만, 그것은 하지 말아야지 결심하면 더 하게 되는 것. 내게서 나오지만 내 것이 아닌 것.

그것은 모음으로 먼저 온다. 으. 아니면 이. ㅌ? 아니면 그. 각. 읏. ㅌ읏. ㅌ읏이 온다는 건 좋지 않다. 밥상 앞에서 온다는 건 더더욱 좋지 않다. 그것이야말로 세상에서 가장 돼하다.

하지만 내게 그것이 와도, ㅌ읏이 와도, 누구도 알은체하지 않는다. 딸꾹질처럼 소리로 오는 것인데도 아무도 들은 체하지 않는다. 산주님은 정원 얘기를 하시고, 군복 우와기 어른은 피떡 얘기를 하시고, 코를 먹는 어른은 코를 참는다. 나는 투명 인간이 된다. 나도 나의 ㅌ읏을 모른 체한다. 의식하는 순간 ㅌ읏은 더 멈추지 않으므로. 나는 그냥 밥을 먹는다. 오줌을 갈기는 남자아이와 기타를 치는 개구리한테 의미 없는 눈길을 주면서, 다시 고개를 숙이면서, 밥만 먹는다. ㅌ읏이 온 나를 쳐다보는 건 승미뿐이다. 나보다 한참 어린 내 동생도 내게 ㅌ읏이 올 때 쳐다보면 안 된다는 걸 아는데 승미는 나를 본다.

둘만 있게 된 방에서 어느 날은 이런 걸 묻는다.

"울고 싶어? 때려줄까?"

"아니."

"ㅌ웃은 어떨 ㄸ 와?" "……그냥 좀, ……돼할 ㄸ?" "ㅌ웃은 ㅇ ㄸ ㄱㅂㅇㅇ?" "ㄱㄴ ㅈ, 쓰리쓰리해." "꼬ㅈ어 줄ㄲ?" "ㅅㄷ고." "고수" 그러면 어쩔 수 없이 말을 이어야 한다. "수박" "박수" "수육" "육수" "수저" "저수, 지" "지갑" "갑빠" "……" "……" "……빠-더" 그러곤 침묵. 승미는 거기서 침묵한다.

운내에 있는 동안 가족들이 보고 싶지 않은 날은 하루도 없었다. 동생도 학원에 가고 엄마 아빠도 일하러 나갔을 시간을 골라 나는 집에 종종 전화를 걸었다. 지역번호와 함께 우리집 전화번호를 누르면 벨소리가 울리기 시작한다. 수화기에 귀를 대고서 나는 우리집 전화기가 울리고 있을 그 익숙한 공간을 그려본다. 전화기는 엄마가 흰색 레이스로 직접 뜬 둥근 깔개 위에 놓여 있겠지. 그 옆에는 볼펜을 세워서 꽂도록 되어 있는 메모장 케이스가 있을 거야. 엄마의 레이스 뜨개는 탁자보와 냉장고 덮개로도 이어진다. 냉장고의 훼미리주스병 안에는 시원한 보리차가 가득 들어 있다. 벽에 붙어 있는 옷걸이 꼭지, 방바닥 무늬. 벨소리가 울리는 동안, 나는 숨소리도 내지 않고 앉아서 그렇게 집의 구석구석을 마음껏 그리워했다. 그러다 누군가 전화를 받으면 깜짝 놀라서 전화를 끊었다.

나는 승미가 식구들한테 몰래 편지를 쓰고 있다는 걸 알고 있었다. '사랑하는 아빠에게'로 시작하는 편지를 썼다 지우고 썼다 지웠다. 승미가 편지지에 쓰는 말들은 거의 저감색 소반 위의 지우개 가루가 되었다.

그리고 나는 승미의 엄마를 생각한다. 제대로 본 적도 없는데, 나는 지금도 승미의 엄마를 자주 생각한다. 승미 엄마도 가끔 내 생각을 할까?

승미의 엄마와 내 엄마는 육촌지간으로 이모 조카 사이였지만 한 살 차이였다. 둘은 어린 시절에 종종 어울려 놀았다. 어른들 앞에서 내 엄마는 승미의 엄마를 이모, 하고 불렀지만 둘만 있을 땐 언니라고 불렀다. 둘은 방학 때 어느 친척 어른 집에서 며칠을 함께 놀게 된다. 그분은 승미 엄마 쪽과 좀더 가까운 친척이다. 어느 날 갑자기 사고로 남편을 잃은 여자이자 어린 세 아이와 보상금과 함께 세상에 남은 여자. 보상금이 위험에 처하자 돈을 모두 던져 산을 사버린 여자. 그리고 그 산의 주인이 된 여자. 콧병으로 숨을 못 쉬는 아이 때문에 애를 끓이다 목련이 돈이 될 것을 직감한 여자. 그러나 궁극적인 목적이 질병 치료에 있지는 않은 여자.

두 소녀는 친척 어른의 묘목밭에서 뛰어놀던 추억을 간직한 채 성인이 되고 결혼을 하고 아이를 낳는다. 엄마는 말씀하셨다. 승미의 돌 때 한 번, 내 돌 때 한 번 서로의 집에 다녀갔었다고. 두 여인은 그후로 사는 게 바빠 만나지 못하고 종종 전화 통화만 한다.

어느 날 승미의 엄마가 고민을 말한다. 내 딸이, 까졌어. 내 엄마도 고민을 말한다. 내 딸은, 날 힘들어 해.

그러다 둘은 문득, 어린 시절 좋은 추억으로 남아 있는 그곳 운내를 떠올리는 것이다. 산이 밭으로 다 다져지기 전, 그야말로 묘목뿐이던 터 끝의 작은 슬레이트 지붕 집. 그러나 이젠 변변찮은 동기간들이 일자리를 찾아 기웃댈 만큼 품이 커진 집. 어른 아이 할 것 없이 병든 사람들이 묵다 간다는 산주님 품으로, 캠프 보내듯이 우리를 보내기로 한 것이다.

승미와 내가 그 방에 가보게 된 건 운내 때문이었을까.

상점. 대중실. 수련방. 주방. 그런 것들이 모여 있는 기역자 본채에서 뒤로, 좀더 뒤로 이어져 있는 샛길을 따라 우리는 어느 날 그곳에 갔다. 나는 그 방의 풍경을 떠올릴 수 없다. 몇 개의 단어들로, 운내로, 당시의 일기로 그곳의 윤곽을 재구성할 수 있을 뿐이다. 침대. 투명 컵. 권총형 펌프. 전신도. 피. 똥. 우리는 이것저것을 만져보았을 것이다. 다 처음 보는 것들이었으니까. 승미가 말한다. 볼펜이 똥 쌌네, 아 똥냄새. 안 웃기거든, 내가 말한다.

그러고 나서 승미와 나는 아무 말도 안 하고 우리가 만든 정적 속에서 한참을 서 있었다. 트럭 밖으로 발을 뻗을 때 일대에 자욱했던 그것, 아니, 거름냄새와 꽃냄새가 엉켜 있던 나무밭에서부터, 아니, 국도변의 갈비촌에서부터 이미 맡았던 냄새, 그러니까 운내, 라고밖에는 할 수 없는 냄새의 진원지가 왠지 여기일 거라는 느낌에 사로잡혔기 때문이었다. 뭐라고 말을 할 수가 없는데 무슨 말이든 하지 않으면 안 될 것 같은, 그런 이상한 분위기 때문이었을까. 그렇게 서 있다 승미는 갑자기 자신의 비밀을 털어놓았다.

승미가 말했다. 자신은 자연수에서 분수 빼는 게 이해가 안 된다고. 그러니까 4 빼기 9분의 5를 어떤 식으로 해야 하는지 모르겠다는 것이었다. 어디에 말도 못하겠고 그게 너무 고민이라는 것이었다. 분수의 덧셈과 뺄셈은 4학년 수학이었다. 그걸 모른 채로 열세 살이 된다는 건 솔직히 말이 안 됐다. 내가 믿지 못하자 승미는 자신의 송곳니를 보여주었다. 빠지고 다시 난 이가 아니라 아직 안 빠진 이라고 했다. 내가 뻥치지 말라고 하자 어쩔 수 없다는 듯 승미가 말했다. 자신은 사실 열한 살이라고.

키도 다리 길이도 얼굴도 눈빛도, 누가 봐도 열세 살인 승미의 고민은 그것이었다. 자신이 열한 살인 것. 이 년 전부터 계속 열한 살인 것. 언제까지 열한 살일지 알 수 없는 것.

*

"사혈이 뭐예요?"

밥상 앞에서 승미가 물었을 때가 기억난다. 내게 ㅌ읏이 오기 시작할 때처럼 밥상 위로 아주 잠깐의 정적이 고였다 흩어졌다. 산주님이 우리를 건너다보셨다. 기와유리집 곳곳에 투병 수기, 체험 수기라는 말이 붙은 소책자가 있으며 우리가 충분히 그걸 읽을 수 있다는 걸 그제야 깨달은 듯한 표정이셨다. 군복 우와기 어른이 품속에서 볼펜을 꺼내자 산주님이 어른을 쳐다보셨다. 제지하듯 서늘하게 쳐다보셨다. 산주님은 머리가 하얗게 세고 눈가와 입가가 자글자글하셨다. 목과 손등에 거죽만 붙어 있어 그때 우리의 눈에 산주님은 백이십 세처럼 보였다. 눈빛만은 외모와 달리 백 세 이하처럼 보였는데 복잡한 기운이 담겨 있어서인지 오십대 후반으로까지도 보였다.

군복 우와기 어른은 산주님 눈길을 모른 체하면서 볼펜 끝에 침을 끼워 우리한테 보여주셨다. "아가, 손 따본 적 있지?" 손 따면 체기가 내려가듯 나쁜 피가 빠져나오면 몸이 좋아지는 것, 그게 사혈이라고 어른은 말씀하셨다. 만져보라며 사혈 침이라 불리는 볼펜을 건네주셨다. 승미와 나는 산주님 눈치를 보며 사혈 침을 만져보고 눌러보았다.

군복 우와기 어른은 밥을 먹고 나면 본채 뒤뜰에서 꼭 체조를 하셨다. 모르는 사람이 보면 그냥 허우적거리는 것 같아 보여도 체계와 계통이 있는 체조라고 말씀하셨다. 꾸준히 하면 골격을 진정시키고 마인드를 컨트롤할 수 있다고 하셨다. 어른은 어깨가 벌어지고 키가 땅딸했다. 머리카락이 새까맸는데 이빨은 거의 없었다. 그리고 산주님한테 곧잘 깐죽대셨다. 군복 우와기 어른은 기와유리집에서 산주님을 산주님이라고 부르지 않는 유일한 어른이었다.

"그 아이가 말이다, 그놈이 마음이 아주 여려빠진 아이였다."

어깨를 돌리는 동작을 하면서 어른이 동생 얘기를 했다.

"동네에서 싸움을 거는 애가 있으면 말이다, 한 대 패주는 게 아니라 이러구," 어른은 허공을 껴안는 시늉을 했다. "이러구 꽉 껴안고서 놔주지를 않았다. 그게 그 아이가 싸우는 방식이었지. 거미 한 마리도 못 죽이는 새가슴이었다. 여동생들한테도 성질 한 번 안 내고. 동생들이 두 오빠 중에 그 아이만 좋아했을 정도였지. 내가 탈영을 했을 땐 말이다."

"어르신 탈영하셨었어요?" 승미가 묻자 어른이 고개를 끄덕거렸다. "영창 사셨겠네요?" 내가 묻자 어른은 고개를 저었다. "나는 아직 부대로 돌아가지 않았다. 나는 아직 안 잡혔어." 어른은 병꽃나무 기둥에 등을 툭툭 치다가 툇마루로 다가와 앉았다.

"우리 살던 시골집이 저 계곡 너머에 있는데 말이다, 컴컴한 저녁에 군화 소리가 착착착착 들리면 아, 헌병대가 또 날 잡으러 왔구나, 하면서 숨었지. 사람들은 말이다, 탈영병이 군복 우와기를 걸치고 다닐 거라곤 상상을 못한단다."

"네에……"

"복귀하지 않는 내 마음을 알아준 것도 그 아이가 유일했다. 나는 말이다, 지난 삼십여 년을 감옥을 탈출한 죄수처럼 살아왔다. 탈영병 신세인 장남을 대신해서 그 아이가 동생들 거둬 먹이고, 부모님 살펴드리고, 결혼하고 나서도 형을 잊지 않고, 그 없는 살림에 마산에다 오피스텔도 하나 얻어줬다. 거기서 기 수련을 만나면서 그나마 내가 사람 구실하고, 이 정도라도 컨트롤하면서 살 수 있었다. 그런데…… 하늘이 얼마나 무심한지 아니? 하늘은 꼭 그런 애만 먼저 데려간단다."

어른은 금세 슬픈 얼굴이 되었다. 어른이 동생 얘기 끝에 슬픔에 잠기면 승미는 화제를 돌렸다. "밥 먹을 때 왜 물을 먹으면 안 되나요?" 어른은 그동안 이런 걸 묻는 사람이 없어서 안타까웠다는 듯 음식은 불의 성질이다, 물과 만나면 몸에서 합선이 된다, 설명하셨다. 밥과 물을 따로 먹어야 오장육부에 좋다는 말씀이었다. 어른은 오장육부에 관심이 많았다. 어른은 탈영병 신세라 결혼은 꿈도 꿀 수 없었다. 오장육부의 생명력을 되찾고 젊음을 연장해 "소음인 여자와 사랑"하는 것. 그것이 어르신의 꿈이었다. 소음인 여자만 자신을 사랑해준다면 살면서 겪은 모든 핍박과 괄시를 다 보상받을 수 있을 것 같다 하셨다. "왜 하필 소음인 여자예요?" 우리가 묻자 어른은 말씀하셨다. "얌전한 고양이, 그게 바로 소음인 여자다." 그러면서 나인지 승미인지 허공인지 모를 곳을 이러구, 이러구 쳐다보셨다. 교자상을 접고 있으면 허리께를 슬쩍 꼬집으며 궁금한 게 더 없냐고 물어보셨다. 왕이 눈가리개를 하고 허공을 휘젓다 후궁을 껴안는 사극을 보고 나선 우리한테 당신의 눈을 가려보라 하셨다. 우리가 못 들은 척하자 어른은 멋쩍은 듯 쓸쓸하게 웃었다. 빈 레민다 병을 남자아이 고추에 갖다대고 파동 육각수를 받아서는 방으로 돌아갔다. 어디서 주워들었는지 승미는 이런 말을 했다. "세상에서 가장 ㄷㅎ 게 늙기 직전의 남자라던데." 우리는 키득거렸다. 어쩐지, 얼굴이 ㅈㄴ ㅌ 쏠리더라니.

*

기온이 오르면서 붉은 목련들이 아래로 떨어져내렸다. 나무 아래로 변색된 꽃잎들이 쌓였고 사방에서 꽃이 썩는 냄새가 났다. 나는 반스타킹을 발목까지 말아 내려 신었다. 이제 승미는 내가 하교하기만을 기다리고 있지 않았다. 내가 학교에 가 있는 동안 상점 한쪽에 틀어박혀서 사혈 책들만 파고들었다. 내가 오면 자신이 알게 된 것들을 얘기하는 데 여념이 없었다. "어혈을 빼면 생혈이 돈대." 나를 붙잡고 승미는 이런 식의 얘기를 했다. 자연수에서 분수 빼는 걸 이해 못하는 애가 복잡한 용어들을 줄줄 읊었다. 혼자 딱히 할 게 없어서 나도 승미와 함께 상점에서 책들을 뒤적이며 오후 시간을 보냈다.

청북 청주 46세 김진숙, 사혈로 당뇨를 완치하기까지. 강원 원주 52세 박성환, 고혈압과 뇌졸중에서 나를 구원해준 사혈. 경남 창원

63세 이철령, 병원에서도 포기한 간암, 응급 사혈 그 이후.

사혈 체험 수기에는 그런 소제목들이 붙어 있었다. 거기엔 관절염과 통풍과 허리디스크와 만성신부전과 비만과 천식인 사람들이 몸에서 피를 빼냄으로써, 나쁜 피와 병든 피와 죽은 피를 즉각 빼내버림으로써 어떻게 몸과 마음을 고쳤는지가 나와 있었다.

승미는 우리가 갔던 그 방이 짐작대로 사혈방이 맞을 거라고 생각하고 있었다. "해골 전신도가 있었잖아. 그게 바로 예순한 개의 혈자리가 표시돼 있는 사혈도였어." 사혈 침으로 혈자리를 찌르고 부항 컵에 압력을 주어 피를 빨아내는 것. 그 방에 있던 것들이 다 사혈을 위한 것이 틀림없다고 승미는 말했다. 그렇게 하면 젤리 같은 핏덩어리가 투명 부항 컵에 가득 들어찬다고 했다. 등과 배는 물론이고 정수리와 관자놀이와 코와 목에서도 피를 뺀다고 했다.

승미는 말했다. "피를 빼내버린 사람들은 하나같이 이렇게 생각해. 다시 태어난 것 같다. 새 삶을 얻었다."

쉬이 그림이 그려지지 않는 얘기였지만 승미의 말을 듣자 그동안 아리송하게 남아 있던 몇몇 장면들이 이해가 될 듯도 했다. 산주님을 찾아와 손을 부여잡으며 그토록 고마워하던 사람들. 도착하는 선물 꾸러미들. 뒤채 어딘가로 걸어가던 수련방 사람들. 그들 식사에만 제공되던 육회와 소 지라. 기와유리집 어딘가에서 본 빈 알부민 약통.

수련방에 묵거나 나무밭에서 일하는 사람들이 아니더라도 기와유리집엔 외부인들이 수시로 찾아왔다. 신이화를 직접 보고 구입하러 오는 사람들도 있었지만 산주님께 인사를 드리거나 상담을 청하러 오는 사람들도 꽤 됐다. 운내는 8사단 주둔지라 산주님의 손님 중엔 군 간부들도 있었다. 높은 군인들이 보이는 날은 기와유리집이 조금 시끄러워졌다. 그들이 돌아가고 나면 군복 우와기 어른은 아프다며 바닥을 굴렀다가 채반들을 걷어찼다가 산주님을 고래고래 부르다가 하면서 생ㅈㄹ을 하셨다. 그런 날이면 산주님은 수련방에 들어가 지구를 바라보며 한참을 나오지 않았다.

기와유리집에서 누구보다도 수련방에 많이 머무는 어른은 사실 산주님이었다. 지구에 잘 안 버려지는 게 있는 거라고 주방 어른들은 말씀하셨다. 그러니까 도무지 시각화가 안 되는 과거의 어떤 순간이 있다는 것이다. 일꾼들과 수련자들 식사를 함께 맡고 있는 주방 어른들은 산주님과의 인연이 십오 년은 족히 넘은 사람들이었다. 순수하게 일만 하는 어른들은 아니어서 침 몸살엔 뭐가 좋다더라, 부항 물집엔 뭘 발라야 좋다더라, 피 부족엔 뭘 먹어야 한다더라 하는 얘기들을 주고받았다. 주방 뒤꼍에 콩나물과 취나물 함지를 놓고 둘러앉은 주방 어른들의 말씀 속에서 우리는 '산주님이 습부항을 걸어주셨다'가 '산주님이 나쁜 피를 빼내주셨다'와 같은 말이라는 걸 알게 되었고 산주님 나이가 아직 예순이 안 되었음을 알게 되었다. 산주님은 당시에 정말로 오십대 후반이었던 것이다.

뒤뜰과 주방 뒤꼍을 오가다보면 부항 얘기만큼 많이 들려오는 것이 산주님이 산을 사게 된 이야기였다. 주방 어른들은 그 이야기를 추임새까지 넣어가며 질리지도 않고 주고받았다. 산주님이 홀로 되셨을 적에, 로 시작되는 그 이야기에 우리는 매번 붙들렸다. 산주님이 홀로 되셨을 적에, 일터 사고로 남편을 잃고 혼자 남으셨을 적에, 아이들이 세 살 여섯 살 아홉 살이라 앞이 캄캄하셨고, 저것들을 데리고 어찌 살아야 하나 넋만 놓고 있던 어느 날, 운내의 옆 읍에 살던 시어머니가 찾아오셨다.

아가, 하며 시어머니가 손을 잡는데 아들 잃은 어머니 얼굴이 어찌나 상했는지 둘은 부둥켜안고 한참을 울었겠지. 울음이 잦아들자 시어머니 말씀하시길, 니 아버지가 아들 보내고 무릎 통증이 더 심해졌구나, 수술을 해야 하는데 너도 알다시피 우리가 돈이 없다. 그래서 산주님은 남편 보상금 일부를 떼어 수술비로 드렸지. 또 몇 달 있다가 이번에는 시부모가 같이 찾아와서는, 아가, 니 첫째 시누이가 시집을 간다, 말하니 산주님은 보상금을 떼어 결혼 비용을 댔지. 둘째 시누이 결혼 비용까지 댄 뒤 살 방도를 찾고 있는데 아가, 우리가 이번에 변소를 안으로 들이기로 했다, 아가, 우리가 비닐하우스에 피망을 심어볼까 한다, 이러는데, 그 집안이 원래 ㅈㄷ 없는 집안이라 며느리가 쥐고 있는 아들 목숨값이 생전 듣도 보도 못한 돈이었던 거라. 그 집에 사람 구실 못하는 장남이 하나 있는데, 죽은 동생이랑 우애가 얼마나 좋았는지, 이 형이 견디지를 못해. 지 제수가 지 동생 목숨값으로 고기 사고, 샴푸 사고, 애들 반바지 사주고, 하드 사주고, 로션 찍어 바르는 꼴을 제정신으로 볼 수가 없는 거지. 지나가던 철물점 사장이랑 인사만 해도 트집 트집 그런 ㄱ트집이 없고, 참다못한 산주님이 저 아래 까마득한 마산이라는 데에, 오피스텔을 하나 얻어주고 기 사범을 붙여줬지.

그런데 이 형이 멀리 가서 생각해보니 잠이 안 오는 거지. 없는 집안에 태어나 어려서부터 죽자고 고생만 하다 죽은 내 동생, 제수가 그 돈 몽땅 챙겨들고 딴 놈한테 재가라도 하면, 애먼 놈만 좋은 일 시키고, 생각할수록 야마가 돌고 잠이 안 오는 거지. 일 년도 안 돼 다시 운내로 기어들어와서는, 지 부모 산소에 가서 한참을 엎드려 울다가, 제수랑 조카들이 운내를 뜨지나 않을까 어슬렁어슬렁, 죽은 동생 집을 맴도는 거라. 그러다간 술을 먹고 쳐들어와서는 어떤 놈 어딜 빨아줬느니 망측한 말을 해대니, 산주님이 꼭지가 돌아버린 거지. 그래서 산을 사버린 거지. 동전 하나까지 긁어서 산을 사버린 거지.

그게 바로 산주님이 산 산 이야기.

*

승미가 사혈 책을 뒤적이는 걸 본 산주님은 우리에게 사혈 대신 청혈이라는 말을 던져주셨다. 숟가락 청혈 요법이라는 강좌 소개 팸플릿을 상점 중앙에 놓아두신 것이었는데, 숟가락으로 긁으면 피가 맑아진다는 요법이었다. 이름만으로도 부담스러움이 느껴지는 사혈보다는 여러 가지가 나아 보였지만 이미 사혈의 극적인 서사를 맛본 승미의 관심을 끌지는 못했다. "이건 숟가락만 있어도 되고 간단하네." 그러면 승미는 말했다. "사혈도 완전 간단해. 부항기 세트 사서 집에서 그냥 할 수도 있는 거더라고." "진짜?" "응. 알부민만 잘 챙겨 먹으면서 빼면 돼." 살 빼는 얘길 하듯 승미는 말했다. "헌혈하고 나서 초코파이 먹는 거랑 비슷한 거네?" 물으면 또 이렇게 말했다. "그거랑은 비교가 안 되지. 사혈은 엄청 빼는 거야."

우리는 방에 눕고 나서도 피 얘기를 툭툭 이어갔다. 내가 승미의 방으로 넘어가거나 승미가 내 방으로 넘어와 뒹굴거렸는데 그러다 보면 주방 어른들이 불 꺼라, 불, 하는 소리가 들렸다. 절집만큼은 아니었지만 기와유리집은 일찍 소등을 하는 규칙이 있었다.

"학교에서 체육 했더니 피곤해죽겠어. 좀 긁어봐." 장난 반으로 숟가락을 건네고 엎드리면 승미는 뜻밖에도 선선히 긁어주었다. 뒷목, 팔뚝, 종아리, 허벅지. 티셔츠를 올리고 등도 긁어주었다. 그러고 있으면 소름이 돋으면서 오줌이 마려운 느낌이 들었고 그다음엔 졸음이 왔다.

코 먹는 어른이 평일인데도 기와유리집에 온 날은 낮부터 기름 지지는 냄새가 났다. 고기와 생선 찌는 냄새, 닭 삶는 냄새, 탕국 냄새. 군복 우와기 어른의 행동이 왠지 모르게 당당해지고, 처음 보는 여자 어른 둘이 검은 옷을 입고 기와유리집에 왔다. 촛대의 호위를 받으며 병풍을 등지고 있는 한 남자 어른의 사진을 보았을 때 우리는 그분이 그분임을 알 수 있었다. 어렸을 때 냇가에 빠져 죽을 뻔한 적이 있는 분. 싸움 거는 친구가 있으면 때리는 대신 꽉 껴안고 놔주지 않던 분.

군복 우와기 어른의 지휘 속에서 코 먹는 어른이 술을 따르고 절을 하는 게 보였다. 산주님은 제사상에서 멀찍이 떨어져 앉아 벽에 등을 기대고 먼산을 바라보셨다. 향불냄새와 촛농냄새를 맡으며 우리는 주방 어른들 사이에 앉아 남은 전을 주워먹었다. 일찍 소등을 안 해도 되는 게 좋아서 뜰 여기저기를 돌아다니다 와보니 어느새 제사는 끝나고 어른들이 음복을 하는 게 보였다. "저쪽에, 이마 톡

붉거진 애가 산주님 큰딸, 머리 긴 애가 작은딸." 주방 어른이 꽃차 어른한테 하는 얘기를 들으며 승미와 나는 제사상에서 나온 단것들을 뒤적거렸다. "하나는 은행 다니고 하나는 엘지에서 경리하잖아. 둘이 아주 잘 벌어." "근데 저 냥반은 조카딸들한테 왜 저렇게 살벌해?" 꽃차 어른이 물었다. "그 얘기 모르나? 원한이 있잖아." "원한?" "큰애가 옛날에 지 큰아버지를 찔렀어." "찔러?" 기와유리 집에선 꽤 유명한 얘기인 듯 주방 어른이 말을 이었다.

"중학생 때쯤이었나? 저애가 지 동생들 손을 양손에 하나씩 딱 틀어쥐고, 연내리에 있는 헌병대를 찾아갔잖아. 우리집에 탈영병이 있습니다, 하고." 승미와 나는 먹는 걸 멈추고 귀를 세웠다. "혼자서 안 가고 동생들 대동하고 간 걸 보면 저애가 그때부터 똑똑했어." "그래서 어떻게 됐어요?" 승미와 내가 동시에 물었다. "잡혀갔지. 잡혀가긴 갔는데……" 군복 우와기 어른은 헌병대에 잡혀가 오 개월쯤 근무를 한 뒤 바로 풀려났다. 풀려나자마자 산주님 집으로 쳐들어갔음은 물론이다. 어른은 조카를 세워놓고 물었다. 대체 왜 그랬니? 어떻게 그럴 수가 있니? 니가 원하는 게 뭐니? 이마가 톡 불거진 중학생 딸은 큰아버지를 쳐다보며 이런 말을 남겼다.

"우리의 소원은, 통일이에요."

주방 어른과 꽃차 어른이 소쿠리를 치며 명언이네, 명언이야, 웃던 것이 기억난다. 검은색 투피스를 입은 산주님의 큰따님이 이쪽으로 걸어오셨다. 옥춘을 빨아먹고 혓바닥까지 새빨개진 우리를 보더니 돈 만원씩을 주셨다. 산주님은 두 딸에게 제수 음식을 싸서 들려 보내고 막내아들의 포터 트럭에 신이화 달인 물을 실어보냈다. 기와유리집 사람들 앞에선 늘 위엄이 있던 산주님이 왠지 자식들만은 어려워하는 것 같아 보이던 게 기억난다. 군복 우와기 어른이 병풍 앞에 앉아 흐느껴 우는 소리가 그날 밤은 늦도록 기와유리집을 떠다녔다. 동생의 사진을 안고 미안하다, 미안하다, 어른은 오랫동안 울었다.

승미가 내 방으로 건너와 옆에 누웠다. 불을 끄고 나란히 누웠지만 잠이 오지 않았다. 승미도 아마 그 말을 생각하고 있었을 것이다. 산주님이 자식들에게 먹을 걸 실어보내기 전에, 큰따님이 우리한테 와 용돈을 주기 전에, 큰따님의 명언을 듣고 우리가 웃고 난 직후, 대중실에서 들려왔던 소리. 군복 우와기 어른은 어느새 취해서 산주님인지 조카들인지 기와유리집 전체를 향해서인지 모를 소리를 내뱉었다. 불법, 약점, 이런 단어를 떠올리게 하는 말들. 여기서 죽어 나간 사람들 한번 읊어볼까, 제수씨? 부항 뜨고 열나서 병원 갔던 최씨, 패혈증으로 이틀 만에 죽은 거. 피 부족으로 쓰러져 바로 골로 간 박씨. 응? 다들 쉬쉬하는 거 내가 한번 찔러볼까?

승미가 팔을 괴면서 내 쪽으로 돌아누웠다. 승미의 숨에서 끈끈한 옥춘 냄새가 났다. 긁어줄까? 승미가 물었다. 수련방 창호 밖으로 방보다 옅은 어둠이 흘러다니는 게 느껴졌다. 나는 고개를 끄덕였다. 윗옷을 다 벗어봐. 나는 티셔츠를 끌어올려 목 밖으로 빼냈다. 대중실 쪽의 흐느낌 소리는 끊어질 듯 계속 이어졌다. 나는 눈을 감았다. 차갑고 뾰족한 것이 몸에 닿았다. 승미가 내 등줄기를 긁어내려갔다. 금방이라도 오줌이 나올 것 같아서 나는 몸을 움찔거렸다. 좋아? 응. 얼마만큼? 나는 숨을 깊게 들이쉬었다. 30개입

키세스 초콜릿 한 봉지만큼. 겨드랑이를 지나 팔뚝 안쪽을, 허리를 지나 골반과 허벅지를, 여기도 좋아? 응. 얼마만큼? 투게더 아이스크림 한 통을 앉은자리에서 다 퍼먹은 것만큼. 몸이 나른하게 가라앉았고 나는 피가 맑아지기 시작했다. 몽롱해지는 내 귀에 대고 승미는 속삭였다. 여기가 승골혈이야. 여기는 천주혈. 잘 기억해, 알았지? 넌 똑똑하잖아. 여기는 양강혈. 여기는 대장유혈.

승미의 목소리가 지금도 귓가를 간질인다. 그대로 자면 돼. 생각하지 말고 잠들어. 내가 너 해줄 테니까. 지금은 내가 너 해줄 테니까. 승미는 조심스럽고도 끈기 있게 밀어붙인다. 나를 설득해간다. 그다음날도 그다음날도 나한테 해준다. 너도 긁어줄까? 물으면 고개를 저으면서. 승미는 말한다.

내 피는 긁는다고 맑아지고 그런 피가 아니야.

*

그리고 우리는 반바지를 사러 갔다. 큰따님이 주고 가신 만원으로 우리는 반바지를 사기로 했다. 승미가 봐둔 것이 있다고 했다. 군청색 반바지인데 색감이 너무 예쁘다는 것이었다. 버스를 타고 시내에 가서 승미가 말한 옷가게로 들어갔다. 군청색 반바지는 보이지 않았다. 흰색, 핑크색, 하늘색, 검은색 반바지는 있었지만 군청색은 없었다.

승미가 하늘색 바지를 들더니 말했다. "이거야. 색깔 예쁘지 않냐?"

"뭐야, 하늘색이잖아." 내가 말했다.

"군청색 보고 웬 하늘색." 승미가 말했다.

나는 어이가 없었다.

"너 군청색 몰라? 군청. 남색. 네이비. 군청색은 거무튀튀한 거잖아. 이건 파랑에 흰 물감 섞으면 나오는 하늘색이고."

"너 내가 열한 살이라고 무시하냐? 우길 걸 우겨. 파랑에 흰 물감 섞으면 나오는 게 군청색이지."

나는 기가 막혔다. 자연수에서 분수 빼는 걸 모를 때와는 차원이 다른 답답함이 몰려왔다. 옷가게 어른은 전화 통화를 하느라 우리한텐 관심이 없었다. 나는 일단 가게를 빠져나왔다. 세 정거장 거리를 뒤도 안 돌아보고 걸어갔다.

"야, 너 진짜 왜 그래?" 승미가 따라오며 소리쳤다.

그건 내가 하고 싶은 말이었다. "너는 왜 그러는데? 진짜 왜 그래? 하늘색을 보고 왜 군청색이래?"

"그거 군청색 맞아. 내가 쓰던 색연필이랑 크레파스에 다 군청색이라고 돼 있었어. 군청색을 군청색이라고 하는데 왜 그래!"

"아아아아아아악!"

명치가 폭발해버릴 것 같아서 나는 그 자리에서 소리를 질렀다. 매일매일 승미를 봐야 한다는 게 갑자기 미칠 것같이 느껴졌다.

"따라오지 마. 눈에 띄지 마. 딴 길로 가!"

나는 나무밭 샛길로 꺾어들었다. 승미 앞에서 웃통을 벗어올렸던 게 밀려오면서 속이 울렁거렸다. 목련나무들은 잎이 무성하게 돋아올라서 이젠 그게 목련나무인지 매화나무인지 구분도 되지 않았다. 승미는 씩씩거리며 계속 따라왔다. 뭔가 억울하다는 듯 발을 쿵쿵 구르며 쫓아왔다. 짜증이 나서 죽을 것만 같았다. 다 물리고 싶었다. 잠깐이라도 좀 꺼져버려. 꺼져. 꺼지라고!

승미의 발소리가 듣기 싫어서 나는 뛰다시피 걸었다. ㅇㅇㅇㅇ, 소리를 내며 고개를 저었다. 나는 몰라, 나는 몰라, 나는 중얼거리고, 나는 뛰어간다. 니가 어떤 세상을 살고 있는지 나는 몰라, 니가 어떤 시간을 살고 있는지 나는 몰라, 나는 하나도 몰라!

나는 나무 속으로 숨어든다. 달린다. 나무들이 다 듣도록 뱉어버린다. 나는 니가 내 깜지에 뭘 썼는지 다 알아. 너는 흰 종이엔 못 쓰지. 깜지에만 쓰지. 너는 소반에 딱풀을 세워놓고 찐덕한 왕자 놀이를 했어. 너는 까졌어. 나는 누가 널 깠는지 다 알아. 그래도 넌 사랑한다고 쓰지. 너는 구걸을 해. 너는 까졌어. 니 몸은 더러운 피가 가득해.

나는 내가 내뱉는 소리를 듣는다. 그 소리에 얼어붙는 건 승미가 아니라 나다. 그 소리에 다치는 건 승미가 아니라 나다. 나는 숨을 꺽꺽거리며 나한테서 튀어나오는 ㅌ웃을 듣는다. 목련나무들이 내 소리를 먹었다가 몇 배로 부풀려 뱉어낸다. ㅌ웃이 오면 돼하지도 쓰리쓰리하지도 않아. ㅌ웃이 오면 그냥 죽고 싶어. 그냥 딱 죽고 싶어. 승미가 뛰어와 나를 흔든다. 어깨를 움켜잡고 마구 흔든다. 내 이름을 부르며 나를 흔든다.

*

이제 그 차례가 되었다.

차례가 되었지만 나는 아직도 방법을 알지 못한다.

기와유리집에서 내가 시각화할 수 없는 유일한 공간. 나는 그 방을 가질 수도 버릴 수도 없다.

반바지, 군청색, ㅌ읏. 나무밭에서 승미한테 업혀들어간 그날에서 며칠 뒤, 운내에 간 지 두 달이 거의 되어가던 5월 어느 날에, 승미와 내가 그 방에서 오랫동안 잠들어 있었다는 것밖에는.

딱 한 번이면 돼. 승미가 말한다. 이번엔 니가 날 해줘. 볼펜을 들고 문장에 마침표를 찍는 것처럼, 딱 여덟 곳만 찔러줘. 나는 승미의 눈을 본다. 그러면 우리는 비기는 거겠지. 나는 천천히 고개를 끄덕인다.

나는 기꺼이 설득된다. 이제 승미는 죽은 피를 뽑아내고 새롭게 태어날 것이다. 나는 그걸 안다. 이제 승미는 몸에 새 피를 채우고 새로운 단어를 이을 것이다. 나는 그것을 알 수 있다. 이제 승미는 열한 살에서 벗어날 것이다.

우리는 한잠 자고 일어날 것이다. 승미의 몸에 생혈이 채워지는 동안 나는 옆 침대에 누워 승미를 기다릴 것이다. 승미는 알부민을 아주 많이 먹고 사혈방 침대에 엎드린다. 우리에겐 충분한 거즈가 있다. 볼펜이 있고, 컵이 있고, 커튼이 있다.

나는 승미에게 해준다.

잠이 들기 전 승미는 잠이 오는 목소리로 이런 말을 한다.

"나, 방에 불 켜두고 온 것 같아."

*

나는 깨어났다. 깨어나서 눈을 떴을 때 내 옆엔 엄마가 있었다. 그곳은 운내였다. 조롱박 수로를 타고 흐르는 물소리가 들렸다. 대중실 유리벽으로 햇볕이 어른거렸다. 모든 게 그대로였다. 약초 베개도 교자상도 오줌 싸는 남자아이도 개구리 토우 인형도. 잠깐 잠이 들었다 깨어난 운내는, 그러나 무언가가 달라져 있었다. 나는 그게 무엇인지 알 수 없었다. 공기처럼 그것이 얼굴을 덮쳐온다는 것을 느꼈을 뿐, 어딘가에서 올 하나가 풀려버린 것을, 종이가 울어버린 것을, 아주 중요한 조각 하나를 잃어버린 것을 알지 못했다.

ㅇㅁ, ㅅㅁㄴ?

나는 대답을 들을 수 없었다. 엄마는 내가 차에 타기를 원하셨고, 내 앞에 쿠키가 담긴 접시를 내미셨다. 쿠키는 믿을 수 없을 만큼 시커멨고 접시를 다 덮을 만큼 커다랬다. 그 속엔 두드러기 같은 초코칩이 엄청나게 박혀 있었다. 나는 토했다. 나는 나무밭으로 내달렸다. 나는 찾았다. 나는 이름을 불렀다. 나는 뛰었다. 나는 휘저었다. 나는 소리쳤다. 나는 허우적거렸다. 나는 넘어졌다. 나는 깨졌다. 나는 기어올랐다. 나는 쥐어뜯었다. 나는 실렸다. 나는 도망쳤다. 나는 찾았다. 나는 불렀다. 나는 만졌다. 나는 먹었다. 나는 했다. 나는 썼다. 나는 지웠다. 나는 찢었다. 나는 맡았다. 나는 썼다. 나는 버렸다. 나는 믿었다.

나는 믿었다. 나는, 승미가 병원에 들렀다 집으로 돌아갔다는 말을 어느 날 믿어버렸다. 굳게 믿어버렸다.

그때로부터 얼마의 시간이 지났는지 나는 정확히 알지 못한다. 이십 년? 삼십 년? 오십 년은 아닐 것이다. 산주님이 아직 백 살이 되지 않은 건 확실하다.

그 봄 직후 산주님은 수련방을 폐쇄하셨다. 어떤 시술 사고가 나도 방을 닫는 일이 없던 산주님은 우리가 떠난 즉시 기와유리집을 닫아버리셨다. 오랜 시간이 지난 뒤 당신이 또다른 기억자 집의 세로획 어딘가에 누워 계시리라는 걸 산주님은 아셨을까.

이곳은 운내가 아니다. 기와유리집도 아니다. 이곳엔 대중실이 있고 수련방이 있지만, 비공식적인 방 같은 건 없다. 이곳은 마음연마원의 정식 분원이다. 나는 연마원 본부가 있는 속리산에 가서 분기별로 한 번씩 분원장 교육을 받고 온다. 일 년에 한 번 회계 감사도 받는다. 수련생은 열세 명씩만 받는다. 열다섯 칸의 방 중 비는 방은 두 칸이며 그중 한 곳에 산주님이 계신다. 기저귀를 차고 빨대로 밥을 먹으면서.

나는 엄마와는 일 년에 두 번 만나며 산주님과는 매일 만난다. 산주님은 이곳에서 죽게 될 것이다.

산주님이 나를 찾아오셨을 때가 기억난다. 학교를 졸업하고 휴대폰 대리점에서 일을 하고 있을 때, 산주님이 나를 찾아오셨다. 근십 년 만에 보는 산주님은 정말로 할머니가 되어 있었다. 산주님은 내 얼굴을 물끄러미 바라보셨고, 내게 나무밭의 반을 주겠다고 하셨다. 반은 아마도 승미네에 주려 하셨을 것이다.

내가 엄마한테 붙들려 운내를 떠나던 그때 산주님은 이미 아셨다. 내가 운내에서 벗어나지 못할 것을 아셨다. 내가 ㅌ웃을 물리치지 못할 것을 아셨고, 내가 엄마와 화해할 수 없을 것을 아셨다.

내가 산주님의 뜻을 거절하자 산주님은 그것밖에는 할 수 있는 일이 없다는 듯 내게 계속 돈을 보내오셨다. 지금 나무밭의 실질적인 소유주가 누구인지 나는 알지 못한다. 나는 이마가 불거진 어른과 몇 번 차를 마셨다. 아픈 산주님을 이곳으로 모셔온 건 내 뜻이었다. 자식보다 내가 편한 그 마음을 나 또한 모르지 않으니, 나는 다만 산주님의 머리맡에 록산 크리스털을 놓아드리고 불편하시지 않도록 지구를 천장으로 옮겨드릴 뿐이다. 힘든 일은 모두 간병인이 한다. 산주님과 나의 사이는, 뭘 해도 덜 미안하고 뭘 하지 않아도 덜 서운하며 뭘 보여도 덜 창피하고 뭘 들어도 덜 원망스럽다.

아직 운내에 살면서 목련 농사를 하는 건 코 먹는 어른이다. 그는 딸 하나 아들 하나를 두었는데 자식들이 아빠를 닮아 둘 다 중증 비염이다.

군복 우와기 어른은 칠순이 되던 해에 피떡이 경동맥을 막아 생을 달리하셨다.

승미의 엄마는 내 엄마와 연을 끊으셨다.

엄마는 나에 대한 두려움을 끝내 버리지 못하셨다.

나는 한 달에 한 번 꼴로 폭풍처럼, 식욕에 진다. 창자가 끊어지도록 진다. 나는 당을 극도로 끌어올릴 수 있는 것들을 찾아 헤매며, 많은 밤 당에 취해 비틀거린다. 허리가 퍼진 지 오래이지만 수련을 하는 데 아직 문제가 되지는 않는다. 내 엄지발가락에는 길이가

이 센티쯤 되는 털들이 자란다. 돼한 밤이나 쓰리쓰리한 밤, 돼한 동시에 쓰리쓰리한 밤이면 나는 내 몸에서 나는 것들을 자로 재본다.

계란은 완숙만 먹는다.

해가 좋은 봄날에는 수련방 문을 활짝 열고 산주님을 일으켜드린다. 등 쿠션에 기대앉은 산주님 옆에서 나도 정원의 꽃들을 바라본다. 산주님도 나도 운내에는 갈 수 없으나 거기에 잊지 못할 한 시절을 두고 온 것도 사실이어서, 운내엔 지금 어떤 꽃이 한창이겠지, 생각을 안 하기는 힘들다. 그 꽃들은 내 정원에서도 만발한다. 봄을 가장 먼저 알려주는 푸릇푸릇한 비비추 잎들과 보라색 꽃을 숨기고 있는 꼿꼿한 히아신스. 5월이면 붉은 꽃이 피어나는 병꽃나무. 백목련을 대신해 심은 백화 라일락에선 흰 꽃이 피고 산주님 보시라고 심은 불칸 목련은 매해가 장관이다.

그리고 나는 키가 아주 큰 산목련 한 그루를 알고 있다.

산으로 산책을 나갈 때면 그 나무 아래에 서본다. 키가 큰 목련나무 아래에 서서 위를 올려다보면, 목이 아프도록 꽃과 하늘을 올려다보면, 우듬지가 빙글빙글 돌아 나도 모르게 나무 기둥을 껴안게 된다. 그러고 있으면 나는 내가 트랄랄랄라에서 죽던 것이 떠오르고, 승미는 어떤 어른이 되었을까로 생각이 이어진다. 왠지 승미는 울 때 뺨을 닦지 않고 턱을 닦는 여자가 되었을 것 같아, 생각한다. 다 울고 난 뒤에야 눈물을 닦는 여자. 그러니까 좀 청승맞은 여자. 잘 있다가 갑자기 시계에 귀를 대보는 여자가 되었을 것도 같다. 오래 자는 사람의 심장에 귀를 대보듯이 시계에 귀를 대보는 여자. 어쩌면 짧고 외로운 낮잠을 자는 여자가 되었을지도 모르겠다. 깨고 나면 여기가 어딘지 한참을 생각해야 하는.

열세 살이었을 때 나는 운내에 간 적이 있었다.

지금 이곳엔 열다섯 칸의 방이 있고 나는 그중 하나를 항상 비워둔다. 비가 오든 눈이 오든 낮이든 밤이든, 나는 그 방에 불을 켜둔다.

있는 말들

작가노트를 쓰려고 「운내」의 메모 노트를 꺼내보았다. 소설을 쓰다보면 구상 단계에서부터 중심에 있었고 쓰는 내내 그 소설을 추동했지만 막상 소설에는 쓰지 않게 되는 문장들이 있다.

운내에 간 두 여자아이에게 나는 다른 어떤 것보다도 끝말잇기를 하게 하고 싶었다. 고무줄놀이를 하다가도 하고, 교자상을 접으면서도 하고, 방에서 뒹굴거리다가도 하고. 그렇게 틈만 나면 단어를 잇다 한 아이에게 이 말을 하게 하려고 했다. "이 세상에 그런 단어는 없어."

세상에서 분명히 통용되고 누군가들은 누리고 있지만, 누군가에겐 존재하지도 실감되지도 않는 단어. 그 한 단어를 세워놓고 거기로 소설을 달려가게 하려고 했다. 하지만 나는 그 하나를 정할 수 없었다. 수많은 단어 중 하나를 찾아내 의미를 부여하고 두 여자아이에게 온 힘을 다해 그 단어를 부정하게 한다 해도, 이 소설에서만큼은, 점잖게 자리를 튼 언어에 많은 에너지를 내주는 나 자신을 참아주기 힘들 것 같았다.

그러는 사이 아이들은 이미 저만큼에서 자신들만의 말을 나누고 있었다. 아이들의 말에 귀를 기울일수록 메모 노트에는 어제는 몰랐던 단어들이 생겨났다. 좀처럼 화자의 목소리에 밀착할 수 없어 첫 문장으로 되돌아가야 할 때마다 이 세상에는 없지만 내 인물들에게는 있는 말들을 생각했다. 말이 되어 나오지 않는 말들. 말의 꼴이 아닌 말들. 할 수만 있다면 나는 이 소설의 모든 문장을 그런 말들로 정신없이 채우고 싶었다.

「운내」를 쓰는 내내, 내가 소설의 형식을 위해 동원해온 것들로는 이 인물들을 감당할 수 없을 거라는 생각에 시달렸지만, 어쩌면 소설에 기댈 수 있어서, 기대고 있기 때문에, 그 말들을 견딜 수 있는 거라고 생각했다.

「운내」의 마지막 문장은 1989년 KBS에서 방영된 〈지옥의 외인부대〉 속 보리스라는 인물의 대사에 빚을 졌다. 그는 어떤 두려움 때문에 잘 때도 늘 방에 불을 켜두는데 죽기 전, 추락하는 전투기에서 이런 말을 한다. "돌아가면 내 방에 불을 꺼줘."

소설에 등장하는 수련법은 마음수련원의 수련법을 참고했다. 수련법 이외의 다른 설정들은 마음수련원과 관련이 없다.

끝내, 운내

김경욱(소설가)

심사장을 뒤로하자마자 역시나 후유증이 밀려들었다. 낫 놓고 니은 자를 떠올리는 까막눈 주제에 문학적 저울질이라니. 동료 작가이기 전에 한 명의 독자로서 찾아 읽던 쟁쟁한 이름들 앞에서는 더더욱. 그러니 결과가 불만스러울 일은 없었다. 내 몫의 예심작으로 만났던 대상작에 관해서라면 마지막까지 본심 테이블에 남아 있겠구나, 짐작 못하기가 더 어려웠다.

지구상에 단 하나뿐인 스타일의 완성본. 어두운 진흙 속에서도 환한 연꽃을 빚어내고, 그 연꽃들로 염화미소 주름진 세속의 얼굴 하나 모자이크해내는 솜씨가 마침내 궁극의 초식을 선보였다. 아기부처가 낭송하는 화엄경의 단편 버전이랄까. 강호의 파천황적 은원조차 이 작가를 거치면 바늘구멍을 명치에 품은 채 조용히 반짝이는 단추가 되고 말리라. 끝인 듯 끝인 듯 잇대어지는 마하바라연골

작법. 말갛게 고아낸 사골탕을 몇 솥단지나 비워야 저렇게 쓸 수 있을까.

그럼에도 나는 불쑥불쑥 다른 시나리오를 펼쳐 보이는 평행우주 속 자신을 발견하곤 했다. 최후의 한 편으로 호명받지 못한 제목들이 금빛 팡파르의 주인공이 되는, 저만치 나란한 시공간. 특히 마음을 어지럽힌 작품 중 하나가 「운내」였다.

한마디로 강렬했다. 강렬하긴 한데 뭐가 어떻게 강렬한지, 불도장 같은 문장들이 지나간 자리에 어떤 화인이 남는지, 두 마디 이상 이어가려면 입이 떨어지지 않았다. 야릇한 작품이었다. 너무 익숙한 소설 아닌가 싶다가도 완전히 새로운 소설로 다가왔다. 인력으로 어쩌지 못하는 검은 운명의 사슬이 세대에서 세대로 물림되는 형국은 거의 샤머니즘적 분위기마저 풍기는가 하면, '산주님'이 일구어낸 마음 연마의 터전은 최첨단 에코페미니즘의 향토판 세트처럼 느껴졌다. '나'와 '승미'는 자아상 확정을 위해 통과해야 하는 거울단계의 짝패 같으면서도 혀 위에서 녹는 '옥춘 냄새'처럼 끈끈한 동성애적 에로스를 발산하고 있었다. 도화선이 짧게 타들어가며 내뱉는 소리처럼 폭발적이라고 하기엔 또 장고를 아끼지 않는 한 판 행마처럼 빽빽했다. 꼭꼭 접어넣었다가도 금세 또 펼치고야 마는 편지처럼 혼란스러울 수밖에. 심사장으로 향하는 길 앞자리에 품었으면서도 정작 응원의 목소리는 변변히 못 낸 이유였다.

빚진 마음으로 리뷰를 자청한 곡절은 여기까지. 이제부턴 입 밖에 내지 못했던 독후감이 꽃밭을 축복하는 벌처럼 붕붕거리는 평행우주 이야기.

심사작들과 마주해야 했던 올여름 내내 나는 수시로 드러눕곤 했다. 한 편 한 편 정독할 때마다 이전의 몸과 마음으로 돌아가지 못할 거라는 두려움 혹은 쓸쓸함을 곱씹으며. 아무리 편하고 느긋한 자세로 읽어도 마지막 문장까지 완주하고 나면 머리부터 발끝 사이 어딘가가 덜그럭거렸다. 덜미가 서늘해지기도 했고, 무릎이 서걱거리거나 심장이 저릿해질 때도 있었다. 소설이 쓰였을 부위와 과정에 포개지는 방식으로.

증상은 매번 달라도 엔트로피가 증가한다는 사실에는 예외가 없었다. 언어의 엔트로피를 줄여가야 하는 소설이라는 구조물의 축조와는 정반대 방향. 본능적으로 균형을 지향하는 자연에게 공짜란 없다. 얻는 만큼 잃고, 뭉치는 만큼 흩어진다. 몸 상태만 체크해도 머리맡 원고가 어떻게 생겨먹은 물건인지 대강 감지할 수 있었다. 발바닥이 후끈거린다면 축지법으로 펼쳐낸 이야기. 눈이 침침하다 싶으면 천리안으로 포착해낸 이야기. 간이 뻐근해오면 소주병을 마이크 삼아 읊조린 이야기.

「운내」의 경우엔 현기증이 일었다. "내 피는 굵는다고 맑아지고 그런 피가 아니야"라는 소리를 태연히 뇌까리는 여자애와 그애의 '까'진 피를 볼펜심으로 '사혈'하는 또다른 여자애의 반성장("그때 나는 지금보다 똑똑했다.") 스토리. "어른 아이 할 것 없이 병든 사람들이 묵다 간다는 산주님 품으로, 캠프 보내듯" 떠넘겨진 두 아이의 엇갈린 명운이 전모를 드러낸 순간 나는 필요 이상으로 피를 잃은 사람처럼 어지럼증에 빠져들었던 것이다. 붉은 피를 끓여서 쓴 검은 이야기. 주화입마를 모면하려면 일독 후 반시간 내 선지해장국을 곁들인 운기조식이 긴급히 요망되는 비릿한 정념의 소설.

선부른 판단이었다. 다시 읽어보니 「운내」의 주인공은 그곳에 머문 두 달을 회상하는 '나'도, "정가를 정가라고 읽는 저 멍청한 애" 승미도 아니었다. "어느 날 갑자기 사고로 남편을 잃은 여자이자 어린 세 아이와 보상금과 함께 세상에 남은 여자. 보상금이 위험에 처하자 돈을 모두 던져 산을 사버린 여자. 그리고 그 산의 주인이 된 여자. 콧병으로 숨을 못 쉬는 아이 때문에 애를 끓이다 목련이 돈이 될 것을 직감한 여자. 그러나 궁극적인 목적이 질병 치료에 있지는 않은 여자", 소외되고 짜부라진 모든 것을 태산처럼 품어주는 산주님마저도 아니었다. 진짜 주인공은 모계 신화적 공간 운내, 아니 그곳 특유의 냄새, "종이를 태운 냄새. 화장품 뚜껑 냄새. 바나나가 익어버린 냄새. 초냄새. 농냄새. 볼펜 똥냄새. 맵고 화하며 쌉쌀하고 단 냄새에 뭐 하나가 더 얹어진, 그런 냄새"였다.

이를테면 이런 것. 갈비와 목련꽃차, 치유와 죽임, 유리벽과 기와지붕, 혈연과 연대, 청혈과 사혈, 탈영병과 높은 군인, 점과 지구…… 대극의 것들이 서로 먹고 먹히는 힘으로 스스로를 완전연소시키며 유전하는 이 우주의 무정한 섭리. 계란을 '가금류의 알'이라 부르는 문명 이전 혹은 너머의 영혼을 산의 후계자로 단박에 알아보는 치밀한 카오스. 아니 아니 언어로는 포획되지 않아 '돼하'고 '쓰리쓰리해'서 'ㅌ읏'으로밖에 '시각화'되지 않는 무엇. "비가 오든 눈이 오든 낮이든 밤이든" 불을 켜두는 빈방. 그 열다섯째 방으로 깃들기를 기다리는 무엇. 가망 없는 기다림 속에서 견뎌야 하는 무엇. 인생이라는 올무로도, 운명이라는 거미줄로도 가둬지지 않는 어떤 에너지. 거두어 먹이는 손으로 거둬들이는, 거둬들이는 바로 그 손으로 거두어 먹이는 대모신(大母神)적 포스.

온몸의 피가 선뜻해지지 않을 수 없었다. 뜨겁고 비릿한 소설이, 정념으로 질주하는 소설이 아니었다. "나는 몰라, 나는 몰라, 나는 중얼거리고, 나는 뛰어간다. 니가 어떤 세상을 살고 있는지 나는 몰라, 니가 어떤 시간을 살고 있는지 나는 몰라, 나는 하나도 몰라!"라고 울부짖을 때조차 작가는 머릿속 착지를 놓치지 않고 있다. 대극의 것들이 이란성쌍둥이 자매처럼 달라붙어 서로의 피를 쓸어주는 저 운내에서는 뭐든 일단 한번 뒤집어보아야 한다.

나는 알아, 나는 알아, 니가 어떤 세상을 살고 있는지 나는 알아, 니가 어떤 시간을 살고 있는지 나는 알아, ㄴㄴ ㄷ ㅇㅇ!

무언가에 들린 듯 압도적인 목소리 심부에서 빈틈없이 맞물리는 톱니바퀴들. 이 커다란 정밀함에 어떤 수식어를 붙일 수 있을까? 가이아의 태엽시계? 경천동지초극세사불협파신공? 단편이라는 링 어디에도 잠시 숨 돌릴 코너는 허락되지 않는다. 들숨 한 번으로 검은 은하수를 건너가야 한다. 「어느 밤」처럼 환하게 정확한 소설과 달리 어둡게 정확한 소설이 감내할 수밖에 없는 운명일지도. 그래서 자꾸 돌아보게 된다. 이마가 환한 쪽으로 기울수록 더 돌아보게 된다. 군청색 깊숙한 어둠에 남은 한 그루 목련, 그 아래 우뚝 선 사람, 차갑게 끓는 피 다크네이비 블러드의 작가를. 기억할 만한 이야기란, 불길하게 매혹적인 디테일이란 의식과 무의식의 경계에서 발화되기 마련이니까. 하늘색과 군청색이 겹치는 붉은 선에서 타오르기 시작하는 법이니까.

내게 2019년 여름은 「운내」를 읽은 시간으로 기억될지도 모르겠다. 한번 더 펼쳐 들고 싶지는 않다. 피가 모자랄 것 같다, 세 번이나 읽어내기엔.

/

김금희

마지막 이기성

/

작가노트

그래서 갱신되는 마지막

리뷰 **신형철**

심미적 연대의 원예학

김금희

2009년 한국일보 신춘문예에 단편소설 「너의 도큐먼트」가 당선되어 등단. 2015년, 2017년 젊은작가상, 2016년 젊은작가상 대상, 신동엽문학상, 현대문학상 등 수상. 소설집 『센티멘털도 하루 이틀』 『너무 한낮의 연애』 『오직 한 사람의 차지』, 장편소설 『경애의 마음』, 중편소설 『나의 사랑, 매기』, 짧은 소설 『나는 그것에 대해 아주 오랫동안 생각해』가 있다.

마지막 이기성

그가 없던 출장을 만들어 도쿄행 비행기를 탄 것은 배추밭 때문이었다. 유키코가 "배추밭이 곧 없어진다고 해" 하며 인문동 맞은편 사진을 첨부해 이메일을 보냈고 얼마 뒤 그쪽 대학 동아리에서도 연락이 왔다. 그가 교환학생으로 도쿄에 가서 일구었던 그 밭은 유학 생활의 중요한 터닝 포인트라 할 수 있었다. 그것이 없었다면 아마 지금의 이기성은 없었을지 몰랐다. 그리고 그런 그가 없었다면 현재의 많은 부분이 없었을 거였다. 그가 부단히 보태서 마련한 아버지의 개인택시라든가. 아버지는 택시를 그만두면 정리해서 그에게 돌려준다고 했지만 그렇게 간단한 일은 아니었다. 회사택시를 해온 삼촌이 몇 해라도 개인택시를 몰아볼 생각으로 탐을 내고 있었으니까.

그러면 자기가 좀 희생해야 하나, 일생 남의 택시만 몰아온 삼촌의 소원을 모른 체하면 되는가 갈등하다보면 머리가 아팠다. 대체 이 나라 노인들은 왜 끝까지 아득바득하는지 모르겠다 싶었고, 그때마다 늙는 일이 두려워졌다. 모 기업의 문화재단에서 비교적 안정되게 생활하고 있는 그조차 이렇게 앞날이 아득하고 불안해지면 뭔가 잘못된 것이 아닌가 싶을 때마다 진보정당의 후원금을 올렸다. 물론 연말정산 혜택을 받는 십만원까지는 몇 단계가 지나야 할 만큼 처음의 후원 액수가 미미했지만 이런 스트레스가 계속되다가는 그 혁명에의 갈구가 언젠가 십만원을 돌파할 터였다. 물론 이르게 오지는 않겠지만. 그는 생활비가 떨어지면 나머지 날들을 오로지 계란 요리로만 버티는 금욕주의자였다.

유학 시절 유키코를 만날 때도 그들의 데이트는 주로 입장료가 없는 도쿄의 관광지들에서 이루어졌다. 유키코는 스스로 말하듯 청정한 대양의 땅, 홋카이도에서 왔기 때문에 냄새에 민감했다. 도쿄 곳곳에서 매번 견딜 수 없는 불쾌감을 감지했고 향냄새라도 맡으면 어디선가 나쁜 냄새가 난다고 중얼거렸다. 사실 깃짱, 오래되었다는 건 썩어가고 있다는 거야, 라면서.

우연찮게 '사건'을 함께 겪으며 가까워진 그에게 유키코는 처음부터 재일 코리안이라는 사실을 숨기지 않았다. '유실'이라는 한국 이름도 알려주었지만 부르지는 말라고 했다. 일본에서 한국계들은 흔히 그런다고. 그런데 그만은 아닌 것이, 언젠가 가부키초에서 술을 마시고 돌아오다가 유키코는 "나는 유키코를 고집한다. 유실과 유기는 분명 차이가 있으니까"라고 말하기도 했다. 자기 가족에게 세상은 유실보다는 유기에 가까운 행위를 했으며, 재일 코리안은 조국이 잃어버린 사람이라기보다는 조국이 버린 사람들이라 생각한다고.

유기는 일본 이름 '유키코(有紀子)'에 들어간 한자를 한국식 발음으로 읽은 것이었다. 그러면서 유키코는 잃어버린 것과 버린 것은 홋카이도의 키문 토오만큼이나 큰 차이라고 강조했는데 그가 키문 토오라는 단어를 알아듣지 못하자 머저리구나, 머저리야, 하는 말로 대화를 맺었다. 나중에 보니 홋카이도의 대형 칼데라 호수를 가리키는 아이누어였다.

유키코와 가깝게 지낸 2006년의 도쿄는 그가 느끼기에 상당히 압착되어 있는 듯한 인상이었다. '복합불황'이 장기화되어서인지, 극우 정치인이 도지사로 연임하고 있어서인지, 북한이 열도를 위협하고 있어서인지는 모르지만 위축보다도 더 확실히 눌려 있는 압착의 상태였다. 무심코 넘길 수 없는 불쾌한 소동들이 유학생 카페를 통해 자주 전해지던 시기이기도 했다. 방을 구할 때 집주인들이 한국인임을 알고 거부했다거나, 취객에게서 한국인을 비하하는 욕설을 들었다던가 하는. 하지만 그런 얘기가 들려와도 그는 동요하지 않았다. 그런 일들을 오늘 날씨가 좋지 않네, 차가 좀 막히네 하는 정도로 받아들이기 위해 노력했다. 원래 세상이 그렇게 굴러가니까, 그의 아버지가 입버릇처럼 말하듯 자동차 바퀴도 둥글고 지구도 둥그니까.

유학 와서 다른 사람보다 빨리 적응한 건 그런 삶의 태도 때문이었을지도 몰랐다. 그는 서울과 도쿄가 비슷하다고 느꼈고 그래서 자신의 내부에 있는 어떤 것이 전혀 흔들리지 않는 것을 경험했다.

마치 작은 어항에 든 물고기와도 같은 기분이었다. 자신은 다르지 않은 질감의 도시 속을 가만히 유영하고 다만 외부의 이동이 있을 뿐이었다. 학적의 변경과 국경의 변화, 언어의 교체 같은.

*

'사건'은 동양철학사 수업에서 답사를 떠났을 때 일어났다. 오사카를 방문해 일박 이일을 보내고 돌아오는 날, 그때도 유난히 자료에 욕심이 많던 그는 책을 사느라 뒤처졌다. 다른 일행이 모두 기차에 오르고 나서야 허둥지둥 플랫폼에 도착했다. 그는 자유석으로 끊은 티켓을 들고, 일본인 조교에게 전화해 몇 번 칸에 타야 하는가 물었다. 조교는 자신들은 4번 칸에 있는데 자리가 없으니 편하게 5번 칸에 타는 건 어떠냐고 했다. 그리고 몇 정거장 가지 않아 기차가 분리되어 5번 칸부터는 그로서는 한 번도 들어본 적도 없는 와카야마라는 소도시로 가야 한다는 사실을 알았을 때, 그렇게 일행을 놓치고 비행기 출발 시간이 지나 도쿄로 돌아가지 못하는 상황이 벌어졌을 때 그는 그런 모욕감 속에서야 이 도시가 일순 낯설어지는 느낌을 받았다. 다시 조교에게 전화했지만 받지 않았고 교수의 번호로 걸려다가 그 무뚝뚝한 원칙주의자처럼 보이는 얼굴이 생각나 멈췄다. 그때 누군가가 그의 등을 두드려서 돌아보니 같이 답사를 온 가네다 유키코라는 이름의 학생이 서 있었다.

둘은 다음 정거장까지 아무 말 없이 창밖만 보며 이동했다. 무슨 대화를 나누면, 그렇게 해서 동병상련이라고 할 만한 것을 나누면 어쩐지 더 낙담하고 불쾌해질 것 같았다. 다시 공항으로 가는 기차를 타고 나서야 둘은 짤막한 문답을 나누었는데, 일본에서 가장 맛있는 음식은 무엇인가 하는 심심한 대화였다. 유키코는 오래 생각하지 않고 옥수수라고 대답했다.

오사카에서 돌아온 그는 고민하다 담당 교수에게 사건을 알렸지만 "확인 결과 일본어가 서툰 한국 유학생이 잘못 알아들었다"라는 답변이 돌아왔다. 녹음을 하지 않았으니 증명할 수 없고 곤란했다. 문학부에는 한국 유학생이 조교를 무고했다는 소문이 퍼졌다. 물론 그의 말을 믿어주는 친구들도 있었다. 그처럼 초청 장학생으로 온 외국 학생뿐 아니라 일본인 학생 중에도. 학교 신입생들의 적응을 돕는 튜터 프로그램에서 만난 모리타 선배가 그랬다. 조교의 여자친구가 유키코와 같은 미학과라는 사실을 알려준 사람도 선배였다. 사정을 좀 알아보더니 같은 피해자인 유키코를 만나보라고 권했다. 그는 와카야마행 기차에서 만나 돌아올 때까지 함께한 시간을 떠올리며 유키코가 어떤 사람이었는가, 그러니까 그가 부탁하면 이 일에 나서줄까를 판단해보려 했지만 이상하게 뚜렷한 인상이 떠오르지 않았다. 서너 시간의 여정 동안 기억나는 건 유키코가 그가 들고 있는 윤동주 시집을 들춰보며 이 시들은 도쿄에서 쓰였다는 것을 알아요? 하고, 물론 일본어로 물었다는 정도였다. 그가 망설이자 모리타 선배 역시 "하긴 유키코도 자기 과에서 그다지 인기가 없다던데" 하며 발을 뺐다.

"왜, 평판이 어떤데요?"

그는 이 대학 학생들에게서 심심찮게 발견된다던, 학업 스트레스에 따른 정신적 문제에서, 재일 코리안 가운데 더러 있다던 야쿠자 조직원까지 상상하며 선배의 말을 기다렸다. 만약 그렇다면 자기 문제와 유키코를 엮어서 이슈화하기란 어려웠다. 더 이상한 사람으로 보일 테니까. 일본인 조교를 정말 무고하려는 사람으로. 선배는 잡혀 있던 손을 재빨리 빼듯 얘기를 중단하며 그건 말할 수 없겠어, 라고 했다.

"심각한 이유인가요? 그러면 도움을 청하기도 어렵지 않을까요?"

그가 우려를 늘어놓자 모리타 선배는 좀 숙고하다가 그래서가 아니라, 다만 쓰이는 단어가 훌륭하지 않아서 말하기가 그렇다고 했다.

"그 여학생은 친구를 화장실 변기로 데려가 쿠소를 보여주었다고 해."

쿠소…… 그건 일상에서도 욕설로 쓰여 되도록이면 조심해야 한다고 배운 일본어, 우리말로 하면 대변, 똥을 가리키는 단어였다. 당황한 그가 겨우 꺼낸 말은 자기 것을? 하는 진지한 물음이었다.

모리타 선배는 그것만으로도 어딘가 품위가 손상당하는 기분인지 인상을 썼다. 그리고 그렇지는 않았다고 일부러 그러는지 딱딱하게 대답했다.

"아무튼 만나봐, 도움을 청해."

유키코가 만날 장소로 정한 곳은 대학 근처의 카페 겸 식당 가스토였다. 값이 비교적 싸고 24시간 영업을 해서 도서관이 밤 열시에 문을 닫으면 남은 공부를 하려는 학생들이 몰려들었다. 유키코는 편의점 아르바이트를 하기 때문에 열한시나 되어야 만날 수 있다고 했다. 그러면 날짜를 옮길까 했지만 다른 날에도 언제나 자신의 '프리 타임'은 그때라고 해서 할 수 없이 그는 약속 시간보다 먼저 나가 유키코를 기다렸다. 교대자에게 사정이 있었다며 유키코는 자정이 다 되어서야 나타났다. 배가 고픈지 자기 몫으로 오므라이스를 하나 주문했고 그는 메뉴판을 한참 들여다보다가 오렌지주스를 시켰다. 음료는 무한리필이 가능하니까 얘기를 하다가 목이 탈 때 유용할 것 같았다.

그는 답사에서의 그 일이 이상하게 꼬여 곤란을 겪고 있다고 설명했다. 오해를 풀기 위해 유키코의 도움이 필요하다. 화가 나서가 아니라 이제는 안전하게 유학 생활을 마치기 위해서라도 결백을 밝혀내야 할 상황이라고.

하지만 유키코는 만나기 전 전화 통화에서도 잠깐 느꼈듯 반응이 뜨뜻미지근했다. 심지어 두꺼운 대학 교재를 여러 권 들고 식당으로 들어선 자기 친구에게 오늘부터 필사 공부! 하며 격려하기도 했다. 당황과 낙담으로 약간 정신이 혼미해지는 가운데서도 그는 이 일은 단순히 그 혼자만의 문제가 아니라 한국 유학생, 혹은 유키코 같은 재일 코리안, 더 나아가 도쿄라는 도시의 외국인들의 문제이고, 이제 그것을 마주보는 용기가 필요하다고 중언부언했다. 자기는 잘못 들은 것이 절대 아니고 일부러 소동을 일으키려는 의도가 아니다. 반드시 밝힐 것이다. 진실은 언제나 하나이니까.

마지막 말은 『명탐정 코난』에 나오는 유명한 대사인데도 유키코는 전혀 웃지 않았다. 미학 전공이라서 그런 인용에는 반응하지 않는 걸까 싶으면서 그는 위축되었다. 이윽고 오므라이스가 서빙되었고 대화는 끊겼다. 초조하게 할말을 찾던 그에게 유키코가 먹는 오므라이스의 계란 부침이 눈에 들어왔다. 일본의 '오므라이스'라고 하면 연상되듯 얇고 매끈하지 않고 프라이한 것처럼 두껍고 가장자리가 타들어가 있었다. 어차피 일이 다 틀렸다고 낙담하는 가운데에서도 그 계란의 형태가 신경 쓰였다.

그래서 그는 오므라이스가 왜 잘못되었는지, 돈 받고 팔기에는 왜 부당한지를 설명하기 시작했다. 생활비가 부족할 때마다 수십 가지의 계란 요리로 나머지 날들을 버텨온 베테랑답게, 그의 논지는 어느 주제보다 생생하고 조리 있었다. 유키코는 가만히 듣고 있다가 종업원을 불러 음식을 다시 만들어달라고 했다. 여태 문제가 있다고 해놓고는 막상 유키코가 그러자 그는 당황했다. 종업원도 난처해하는 기색이 역력했다.

"그런 요청은 왜 하는 겁니까?"

"이런 계란은 먹을 수가 없잖아요."

"맛이 이상합니까?"

"아니, 미적으로 문제가 있습니다."

종업원이 말을 잇지 못하고 그는 옆 테이블에 앉아 있던 지친 표정의 열공생들이 자신들을 바라보는 것을 느꼈다. 아무리 외워도 까먹는 해부학용어와 공업수학 공식들 속에서 낭랑하게 울려퍼진 오므라이스의 미적 문제란 얼마나 흥미진진한가. '가스등'이라는 일본어와 발음도 유사한 이 심야 식당을 채우는 희부윰한 피로감과,

출몰과 종적을 가늠할 수 없는 미래에 대한 은은한 불안과 짝패를 이루는 그 모호한 말이라니.

"그렇습니까?"

종업원이 그렇게 물으며 왜 그런지 자기를 바라보았을 때 그는 쥐죽은듯 이 년을 지낼까, 생각했다. 뭘 밝히고 자시고 할 것도 없이 겸허하게. 그렇게 자포자기 속으로 끌려들어가면서도 일단 유키코가 보고 있으니까 그는 고개를 끄덕끄덕해 보였고 종업원이 알겠습니다, 하며 접시를 주방으로 들고 갔다.

그렇게 식사와 식음의 시간이 끝나고 유키코에게서는 별다른 답을 듣지도 못한 채 둘은 자리에서 일어섰다. 음식값을 나눠서 내고 유키코가 거스름돈을 받아다 그의 손바닥 위에 히, 후, 미, 요, 이 같은 줄임말로 세면서 동전을 떨궜다. 그 얼굴이 지금까지 그의 호소를 들을 때와는 다르게 천진하고 맑아서 그는 은근히 부아가 났지만 마음을 누르고 그중 한 개를 돌려주며 다섯이 아니라 넷이라고 답했다. 그러자 유키코는 넷이 절대적으로 맞네요, 하더니 내일 여기서 또 만나자고 말했다. 항의서를 같이 쓰면 되겠습니다, 라고.

하지만 유키코는 조건을 하나 달았는데 이 문제에 있어 자신의 정체성 문제를 연관 짓지 않는다는 것이었다. 그가 이 일을 어떻게 해석하든, 자기와는 케이스가 다르다고 분명하게 선을 그었다. 그래서 글에는 인종차별에 대한 그의 확실한 입장이, 유키코의 경우에는 알 수 없는 이유로 같은 피해의 대상이 되었다는 애매한 항의가 담겼다. 교수와 조교에게서는 별다른 반응이 없었다.

*

도쿄에 도착한 그는 배추밭을 둘러보기 위해 대학으로 향했다. 동아리에서 보내온 이메일을 참고해보면 학내 한인 차별 금지의 상징이자 한국 학생들의 긍지였던 그 밭은 연내에 학교측에 의해 팸플릿 안내소로 바뀔 예정이었다. 동아리에서는, 안타깝지만 학교 당국의 결정을 받아들이기로 했다고 전했다. 시대의 변화에 따라, 라고 수용의 이유가 간략하게 설명되어 있었다. 다만 거기에 묻은 타임캡슐의 처리 방법을 선배들이 알려주었으면 한다고, 그러지 않으면 폐기할 수밖에 없겠습니다, 라고 쓰여 있었다. 그러니까 이메일은 양해를 구하거나 허락을 요청하는 것이 아니라 처분에 대한 통보였다.

한 로맨스 영화가 흥행하면서 그 당시 한국에서는 타임캡슐이 유행하고 있었다. 너도나도 무슨 행사만 있으면 땅을 파고 캡슐을 묻곤 했다. 지금 보면 그런 타임캡슐들이 과연 예정된 기한에 다 개봉될 수나 있을지 의문이었다. 아득한 미래에 현재인들이 퐁당퐁당 던지는 물수제비 격인 그것들은 과연 과거와 미래를 잇는 연속의 파문을 그려줄 것인가. 묻은 사람에게 있었던 당위와 낭만이 꺼낼 사람에게도 유지되어야 가능한 일이었다. 하지만 적어도 그는 도쿄에 와 있었다. 약속과 달리 너무 일찍 온 미래인이기는 했지만.

그 두 평짜리 밭은 그로서도 인생 최대의 공적 투쟁을 했던 특별한 장소였다. 하지만 한국으로 돌아간 뒤 떠올린 적은 거의 없었다. 그는 마치 유학 시절 전부를 폐기하고 싶은 사람처럼 도쿄와 거리를 두며 지냈다. 유키코와 가장 나쁜 경우로 헤어졌기 때문일지도 몰랐다. 그 나쁜 경우란 한 사람은 여전히 한 사람을 사랑하지만 한 사람이 한 사람을 더는 사랑하지 않는다는 것으로 누군가는 영원한 가해자로, 누군가는 영원한 피해자로 남는 구도였다.

그가 유키코에게서 마음이 정확히 왜, 어떻게 떠났는지는 끝내 다 설명할 수 없었다. 누군가를 향한 마음은 눈 오는 풍경처럼 온통 환하고 완벽한, 압도적인 충일함에서 시작하지만 일단 지워지기 시작하면 또 그것이 녹는 것처럼 불규칙하게 얼룩이 연쇄되며 진행되니까. 헤어질 무렵 유키코가 했던 오해처럼 유키코의 국적, 출신이 결정적이지는 않았다고 그는 지금도 장담할 수 있었다. 대화하다 일본어도, 영어도, 한국어도 통하지 않을 때면, 그렇게 어떤 한계와 맞닥뜨릴 때면 "그저 티슈 한 장의 차이야"라고 상대에게 말해준 사람은 언제나 그였으니까. 하지만 그 잠깐의 '이해할 수 없음'이 아무것도 남기지 않는 건 아니었다. 유키코는 가족 중 하나가 실패한 연애로 오랫동안 은둔의 시간을 보냈다는 사실을 씁쓸하게 상기하곤 했다. 너는 다르다고 상대 가족들이 말했다고 해, 너의 피에는 더러운 것이 있다고.

11월의 도쿄는 그가 기억하는 것처럼 송년 준비로 분주했다. 트리와 조명으로 도시 전체가 화려하게 빛나고 있었다. 그는 언젠가 이십대의 그가 걸었을 거리를 되짚는 기분으로 천천히 걸었다. 그리고 대학으로 가려던 발걸음을 돌려 오쿠보로 향했다. 유키코가 보낸 이메일에는 그곳 여행사 주소가 전자 서명으로 붙어 있었다. 이렇게 알리지도 않고 불쑥 찾아가는 것이 옳은지 알 수 없지만 회사의 대표전화와 이메일 빼고는 유키코의 연락처를 가지고 있지 않았다. 설렁탕집 옆의 작은 건물을 올라가자 '신성여행사'가 나왔다. 사무실 안에는 아무도 없었고 책상 명패들을 읽어보니 가네다 유키코라는 이름도 없었다. 잘못 찾아왔을까, 아니면 전 직장 주소일까. 그가 당황해하고 있을 때 출입구로 한 여자가 들어왔다.

"투어객이셔요? 신청은 다섯시가 마감이에요."

그가 유키코를 찾아왔다고 말하자 여자는 아, 하고 고개를 끄덕였지만 여전히 좀 의심스러운 기색으로 유키코는 오늘 야간 투어 담당이라서 사무실로 돌아오지 않는다고 했다. 그는 연락처를 물어보려다가 여기는 더구나 일본이니까 그런 걸 가르쳐줄 리가 없다고 생각했다. 포스트잇을 빌려 그의 연락처를 남길 수 있을 뿐이었다. 그가 메모지에 깃짱, 이라고 유키코가 부르던 이름을 오랜만에 적고 전화번호를 남기자 여자가 건네받으면서 풉, 하고 웃었다.

"죄송해요. 유키코 상의 강아지 이름과 같아서 그랬어요."

의아해하는 그에게 여자가 사과했다. 그리고 자기 말에 신빙성을 더하려는지 굳이 인스타그램에서 사진을 찾아 보여주었다. 그렇게 해서 알게 된 유키코의 계정에는 '유실'이라는 한글 이름과 함께 완고한 조소가, 성실한 가이드, 그리고 아마추어 미학자라고 자기소개가 쓰여 있었다. 그 어울리지 않는 세 개의 직업을 가진 유키코는 갈색 푸들종인 강아지를 안고 브이 자를 그려 보이고 있었다. 돌아서 나오는데 여자가 야간 투어는 저녁 일곱시에 도쿄타워에서 시작한다고 알려주었다.

"도쿄에 온 사람은 누구나 도쿄타워에 올라야 하잖아요. 가본 적 있으세요?"

"없습니다."

그는 그러면서 입장료가 있는 관광지는 거의 가보지 못했다는 생각을 잠깐 했다. 잘됐네요, 하며 여자는 고개를 끄덕였다.

"거긴 꼭 가봐야죠. 세상에서 가장 아름다운 타워잖아요."

그에게 유키코는 미학을 공부하는 예술학도라기보다는 아르바이트를 전전하는 도쿄의 흔한 이십대처럼 기억에 남아 있었다. 주로 주말에 만나서 그동안 어떻게 지냈어? 라고 하면 유키코는 아르바이트를 다녔다고 했다. 그리고 그에게 되물으면 그는 도서관에서 공부를 했어, 라고 하는. 그는 한국 대기업에서 해외 유학생들에게 주는 장학금을 받는 중이었으니까 그렇게 답할 수 있는 순간들이 잦았다.

장마가 있던 어느 여름날이 되어서야 둘은 비로소 예술과 가까운 장소라 할 수 있는, 대학의 미술관에서 만났다. 세찬 비가 그 오래된 건물을 완전히 덮듯이 내리면서 빗소리가 외부와의 단절을 만들어준 날이었다. 정말 세상에 그와 유키코만 있어서 둘의 사이를 불편하게 할 티슈만큼의 문제도 존재하지 않을 듯한. 그러면 새로운 언어 같은 것을 만들게 되리라고 이십대의 그는 상상했다. 한국어와 일어, 영어, 그가 외고에 다닐 때 전공했던 프랑스어와 유키코가 〈전함 포템킨〉의 자막을 수없이 돌려보며 익혔다는 러시아어, 아이누어로 된 홋카이도의 몇몇 지명들까지 모두 섞여든. 유키코는 대학 안에 있는 연못 이름이 유명 소설에서 왔다는 사실에 대해 알고 있느냐고 물었다. 그가 알고 있다고 하자 깃짱은 물론 그런 책들을 다 읽었겠지, 전공이 그러니까, 하고 고개를 끄덕였다.

"가끔은 깃짱이 서울 집에서 그런 걸 골똘히 읽는 장면을 상상해."

"나도 유키코가 홋카이도 부모님 집에 가 있는 걸 상상해."

"그럴 땐 어때?"

"뭐가?"

"내가 뭘 하고 있느냐고."

그의 머릿속에서 유키코는 언제나 피곤을 모자처럼 눌러쓴 채 어디론가 걷는 중이지만 그는 아주 편안하지, 라고 대답했다. 유키코는 이번에도 과제를 내지 않으면 정말 낙제할지도 모른다고 말했다.

"그러면 얼른 과제를 써야지, 도서관으로 가자."

등 떠미는 시늉을 했지만 유키코는 그를 따라 움직이지 않았다.

"뭘 쓰고 싶은지를 먼저 생각해야지, 뭘 쓰고 싶은데?"

"예술."

"그러면 간단하다. 컴퓨터를 켠다, 예술에 대해 쓴다."

그러자 유키코가 예술이 그렇게 간단한 줄 아느냐며 피식 웃었다.

"나는 가끔 모르겠어. 사람들이 뭘 아름답다고 느끼고 뭘 혐오스러워하는지. 그런 건 어쩌면 영영 모르게 되는 걸까."

밤의 도쿄타워는 야경을 보려는 관광객들로 무척 붐볐다. 서둘렀지만 일곱시가 넘어서야 도착한 그는 매표소가 있는 층에서는 유키코를 찾아내지 못했다. 가족들과 여행 온 중국인 관광객들과 함께 승강기를 타고 올라가는 동안 그는 유키코를 만나면 뭐라고 인사해야 할지 고민했다. 많은 사람들 앞에서 재회하면 유키코가 당황하지 않을지, 그러면 연락처만 주고 나와야 하는지, 아니면 말을 걸지 않고 지켜만 봐야 하는지. 승강기에서 내리자 환영 인사가 이어지고 사진사가 이 멋진 공중을 배경으로 사진을 찍으라며 중국인들을 조명 아래로 안내했다. 신주쿠대로를 조망할 수 있는 메인 전망대를 중심으로 서너 줄이 만들어질 만큼 사람이 많았다. 그들은 이상하게 대체로 동양인들이었고 유키코와 같은 동양인 여성을 안내자로 삼고 있는 경우도 많아서 그는 유키코를 잘 찾아낼 수가 없었다. 배낭과 모자, 듀티 프리라고 큼지막하게 적힌 쇼핑백과 여행사에서 일괄로 채워준 인식용 팔찌, 그리고 그 무리 가운데에 간편한 옷차림으로 마치 꽃잎 두 장처럼 섞여 있는 일본인 연인들 틈을 비집고 들며 이동할 뿐이었다.

전망대를 한 바퀴 돌았다가 다시 반대 방향으로 돌았지만 유키코는 없었다. 알록달록한 전구로 만든 하트 불빛과 조경수를 밝히고 있는 무더기 불빛 아래에서 그는 이제 어떻게 할 것인가 고민했다. 가방에서 여행사 유인물을 꺼내 야간 투어의 동선을 읽어보았다. 도쿄타워에서 시작한 두 시간짜리 투어는 로컬 식당들이 밀집한 유라쿠초 지역과 몬자 거리, 긴자를 지나 롯폰기에서 종료되고 있었다. 어느 식당을 가는지, 어느 숍에 들르는지는 당연히 나와 있지 않았고 다만 롯폰기라는 종료지를 써넣고 괄호로 "희망자가 있을 경우 모리아트미술관을 관람할 수 있습니다. 할인가 1600엔"이라고 표기해둔 것이 눈에 들어왔다.

*

'한마음'이라는 이름의 동아리는 항의서가 실패한 뒤 그가 찾은 곳이었다. 처음 들었을 때는 조총련계인가 생각했지만 그렇지는 않고 굳이 정의하자면 한국계 학생들의 권익을 보호하고 한류 문화에 대한 일본 학생들의 관심을 고취하려는 이런저런 목적의 느슨한 친목 동아리였다. 그런데 그가 가입할 때쯤에는 대학 내 공기가 좋지 않아 한국 유학생들이 겪는 차별과 곤란이 동아리에서 이슈가 되고 있었다. 동아리에서는 집단행동을 제안했다. 그는 그런 공개적인 행위까지는 하지 않으려다 며칠 뒤 생각을 바꿨다. 우연인지 알 수 없지만 그의 도서관 자리에 책에서 찢어낸 어느 페이지 쪼가리가 떨어져 있었기 때문이었다. 거기에는 몬모우, 문맹(文盲)이라고 적혀 있었다.

첫날 조용히 시작했던 시위는 의외로 열띤 상황이 되었다. 시위를 만류하는 학교 관계자들 이외에도 많은 이들이 이런 행동은 옳지 않다고 의견을 내며 지나갔다. 모리타 선배마저도 이거 마치 우리가 트리거가 된 기분이야, 라고 말할 정도였다. 드러나지 않고 수면 아래 잠겨 있던 감정들이 표출되는 데는 열 명 남짓의 시위대, 그들이 서 있는 인문동 앞의 작은 공터, 그리고 피시실에서 프린트한 유인물 한 장이면 충분했다. 그런 표출은 한쪽에서만 일어난 것이 아니라 한국계 사이에도 번졌다. 특히 학교 인트라넷에서 쟁점이 되었고, 일은 걷잡을 수 없이 커졌다. 그러자 유키코가 더는 못하겠다는 선언을 했다.

"이제 문제가 해결될 건데 왜 그러는 거야?"

사람들이 그의 억울함에 귀기울여주고 거기에 자신의 경험까지 얹어 동의해주는 활력에 취해 있던 그는 유키코의 행동에 당황했다.

"이런 식으로 문제를 키우는 건 우리에게 도움이 안 돼."

"도움이 안 되다니? 한국의 언론에서도 다루어준다고 했어. 왜 도움이 안 돼?"

"지금 네가 이렇게 문제를 키우는 건 우리를 위험으로 모는 거야. 너는 유학 생활이 끝나면 한국으로 가겠지만 우리는 아니야. 우리는 여기서 살아야 해."

그러면서 유키코는 아주 단호하게 처음부터 언급했듯이 자기 출신과 이 문제는 관련이 없다고 말했다. 그는 있는 현실을 인정하지 않으려는 유키코가 어리석어 보였다. 그래서 왜 자기 정체성 문제와 마주보지 않느냐고 했다. 유기니, 유실이니 하며 그저 풀풀 날아가는 슬픔과 우울로 반응하는 건 일종의 지체이고 감상일 뿐이라고. 그건 지력이 아니라 미감의 문제이기도 하기 때문에 유키코 같은 미학과 학생에게는 더 옳지 않다고. 유키코는 입술에 묻은 팝콘 부스러기 같은 것을 털어내듯 검지로 얼굴을 톡톡 치며 있더니 레이케쓰닌겐, 기에로, 하고 돌아섰다. 꺼져버려, 냉혈 인간, 이라는 말이었다.

유키코는 더이상 집회에 나오지 않았다. 그를 취재하러 온 한국의 기자는 유키코가 빠졌다는 얘기를 듣더니 납득하지 못하다가 끝내 기사를 내지 않았다. 동아리에서도 시위를 계속할지 갈등하기 시작했다. 그동안 해온 활동 방식이 아니라서 일본 학생들이 표나게 빠져나가고 있었다. 새 학기가 되자 그의 곁에는 집회 중간중간에도 법전을 뒤적이며 급한 공부를 해야 하는 모리타 선배와, 어쨌든 동아리 일이므로 건성으로라도 도와야 하는 동아리 회장이 있을 뿐이었다. 그리고 중간고사가 시작될 무렵, 정해진 시간에 나와보니 아무도 없이 그 혼자였다.

그는 그렇게 소강된 항쟁의 현장에서 특별한 흥분도 열의도 느끼지 못한 채 피켓을 들고 한 시간을 버텼다. 아직도 아버지가 택시 타는 손님들에게 자신의 외아들이 서울 유수의 대학을 간 것도 모자라 도쿄까지 유학 갔다는 묻지도 않은 정보를 제공한다는 어머니의 전언을 떠올리며.

"너네 아버지는 이제 너 장학금 준 그 회사 제품만 쓴단다."

"철강회사에서 쓸 게 뭐 있다고요?"

"시골집 수리하면서 철물점에 묻던데, 그 철판 메이드 인 포항 맞냐고."

그런데 그가 혼자가 되자 유키코가 인문동 앞에 다시 나타났다. 유키코는 그에게 합류하지도 그냥 모른 척 지나가지도 않은 채 맞은편에서 시간을 보내다가 사라졌다. 누구 구경하는 것도 아니고 그가 한마디해야겠다고 결심한 날에는 비닐봉지 가득 면장갑 같은 도구와 곡괭이를 가지고 나타났다. 그리고 말도 없이 그가 서 있는 자리 뒤편, 건물과 건물 사이, 잡초와 들꽃 따위가 듬성듬성 핀 손바닥만한 땅을 갈기 시작했다. 땅을 간다는 것 자체가 어떤 행위인지 실제로 본 적 없던 그에게는 그래서 더 놀라운 장면이었다. 이 무슨 신선놀음이란 말인가. 지금껏 자기는 지지자들도 다 떨어져나간 이곳에서 무관심의 모욕을 감내하며 하루하루 버텼는데 한가롭게 가드닝이라니.

역시 유키코는 점잖게 말해서 이해에 가당을 수 없는 사람이었다. 어이가 없어진 그는 유키코에게 말도 걸지 않고 며칠을 보냈다. 그러면서 유키코의 행위가 그를 향한 야유인지 아니면 정말 그가 서 있는 풍경을 보기 좋게—혼자 있으면 너무 신산하니까—꾸며주려는 행위인지 고민했다. 그리고 견디다 못해 그가 먼저 유키코에게 말을 걸었다.

"안녕, 유키코 잘 지냈어? 그런데 지금 뭘 하는지 물어봐도 될까?"

유키코는 못 들었는지 답이 없었다. 유키코의 답을 기다리며 서 있자니 현장은 정말 안온한 오전 열한시의 교정일 뿐이었다. 새가 날고, 깊고 깊은 교정의 숲에서 바람이 불 때마다 나무들이 흔들려 쏴아— 소리를 내는. 학생들의 컨버스 신발들이 경쾌하게 페이브먼트를 밟고 관광객들이 기념사진을 찍기 위해 종종걸음 치는.

"문제를 해결중이야."

유키코는 제법 고랑이 생긴 공터도 밭도 아닌 모호한 공간에서 노동을 멈추지 않으며 대답했다.

"어떤 문제를 어떻게 해결중인지?"

"될지 안 될지 모르지만 나는 여기다 배추를 심는 편이 너가 그렇게 멍청이처럼 서 있는 오전보다는 문제 해결에 도움이 되리라고 생각해."

배추를 심다니, 세상이 망하기 전에 심겠다는 사과나무도 아니고 배추를. 그는 적잖이 충격을 받았다. 사과나무야 기독교권에서 아담과 이브가 탐하는 바람에 인간이 오욕칠정을 다 겪으며 무참한 현실을 살게 되었다는 인류학적 맥락이라도 있지, 배추는, 대체 배추가 뭐란 말인가. 하지만 이상하게도 유키코가 배추라고 하자 일본에 와서 주로 간단하게 때우느라 챙겨 먹지 못했던 그 맛이 입안 전체에 느껴진 건 사실이었다. 그의 부모는 김치에 곁들임 채소를 넣지 않고 우직하게 배추 하나만으로 김치를 담그던 고장에서 오래전 서울로 올라왔는데, 세 들어 살던 주인집에서 화려만발하게 무채며 갓이며 배며 쪽파를 넣어 김장하는 장면을 보고 자신들이 도시에 왔다는 사실을 실감했다고 했다. 그 풍요와 사치 속에 도시살이의 맛이 있다는 것을.

택시가 잘될 때는 아파트를 늘리기도 했던 부모의 서울살이는 그러나 원했던 만큼은 아니었고 이제 모든 희망을 그에게 걸고 있었다. 그는 아예 처음부터 그 만발한 맛을 느끼며 성장했으니까. 유키코가 발음한 배추라는 단어는 그렇게 그를 깊은 상념에 빠뜨렸다. 오금을 톡 쳐서 무릎이 꺾이게 만든 셈이었다. 배추가 뭐라고, 그거야 무, 고추, 마늘과 함께 한국의 4대 채소로 중국에서 유래된 양귀비목 십자화과의 식물 아닌가. 그런데 그렇게 한번 축축한 방식으로 투쟁 의지가 꺾이자 그는 그냥 손바닥만한 햇빛을 맞으며 앉아 있고만 싶었다. 어디서 얻어 왔는지 겨우 여린 서너 잎을 틔우고 있는, 배추인지 뭔지 알 수 없지만 유키코가 열심히 심고 있는 모종들을 보면서, 겨우 스무 포기 정도 심고 나서는 발딱 일어나 오는 정말 필사 작업했다고 손을 탈탈 터는 유키코의 얼굴을 올려다 보면서.

그 배추밭은 당연히 사람들 눈에 띄었다. 공터에는 어느 날에는 배추가, 어느 날에는 다 뽑히고 장미 따위가, 또다시 어느 날에는, 유키코가 그러지는 않았지만, 싹 다 정리되고 공터가 되었는데 그러면 다시 유키코가 위풍당당하게 모종을 심으러 나타났다. 곡괭이와 면장갑을 들고, 사실인지 아닌지 모르지만 홋카이도 본가에서 공수했다고 주장하는 배추 모종을 들고. 그런데 사람들 마음이 이상한 것이 누군가들이 서서 소리치고 갈등하고 배척하는 것보다 그렇게 심어져 있던 푸릇한 것, 여린 잎들과 흙 같은 것이 손상될 때 더 견딜 수 없어 했다. 그래서 별수없이 특별해진 이곳을 모르는 사람은 이제 학내에 없을 정도였다. 유키코와 그가 심고 있으면 멈춰서서 구경하거나 이런저런 조언을 늘어놓기도 했다. 누가 그 밭을 엉망으로 만들고 있다는 제보를 받기도 했는데 유키코는 그런 얘기를 듣고도 확인하러 달려가거나 막아야 한다고 나서지 않았다. 내일 또 심지 뭐, 라고만 했다.

9월은 그렇게 투쟁의 가드닝이 이어지는 시간들이었다. 거기에는 구호도 피켓도 없어서 어떻게 보면 식물 애호가인 학생들이 학교의 빈 땅을 그냥 두지 못해 경쟁하듯 가드닝에 나서는 장면처럼 비쳤는데 그 옥신각신을 견디다못한 학교에서 어느 날 접근 금지선을 만들어버렸다. 붉은 선이 사방으로 쳐지고 '위험'이라고 쓰여 있었다.

교내에 갑자기 생겨난 금지와 통제의 선은 그 앞을 매일같이 지나던 한 물리학과 교수의 심기를 불쾌하게 했다. 대학 해체와 강당 해방을 외쳤던 전공투 세대답게 그는 이런 특정 장소의 결락을 아주 문제적으로 받아들였다. '빙하기 세대'라는, 무기력하고 내일 없는 존재로 명명되던 청년들이 도구를 들고 밖으로 나왔다는 것, 인간성에 대한 규정과 희망을 국적을 초월해 노동으로 사유하고 있다는 것은 반가운 일이었다. 그런데 학교가 통제선을 쳐서 모처럼의 활기에 찬물을 끼얹은 셈이었다. 교수는 학교측을 비난하는 긴 글을 교내 신문에 기고했다. 가장 강조한 부분은 학생들의 가드닝이 가지고 있는 그 느리고 비전문적이고 헛수고에 가까운 선택에 관한 것이었다. 그러나 예로부터 이러한 완고한 아마추어들의 예측 불가능성이야말로 고정된 세계를 뒤흔드는 도화선이 되었다고.

학교에서는 사건의 당사자들을 불러 조사를 시작했다. 유키코는 조사위원회에서 불러도 가지 않았다. 조교는 다시 생각해보니 자신이 5번 칸으로 안내하기는 했지만 그것은 4번 칸이 만원이었기 때문이라고 눈물을 글썽여가며 주장했다. 자신은 절대 레이시스트가 아니라고. 그렇다면 정말 기차 안이 만원이었는지가 결정적일 텐데 그 기준은 답사 참가자들 서로 달랐다. 그는 더이상 따지지 않고 학교측의 중재를 받아들였다. 그 일이 있었던 봄은 벌써 너무 멀어 까마득한 과거처럼 느껴졌다.

유키코가 더이상 곡괭이를 들고 등교하지 않고 배추도 심지 않는데도 그 공간은 내내 배추밭이라고 불렸다. 동아리에서는 아예 자기네 공간처럼 그 자리에서 행사를 열었고 타임캡슐도 묻었다. 학교에서는 굳이 제지하지 않았다. 신기하게도 가을이 깊어지자 정말 배추 하나가 주먹만하게 자랐는데 신경쓰는 사람은 없었다.

그가 유키코에게 마음을 고백한 것도 그곳이었다. 시험공부를 하다가 그 앞에서 만나 샌드위치를 나눠 먹고 있을 때였다. 배가 고팠는지 한창 섭취에 열중하던 유키코가 손가락으로 멀리 보이는 교내의 숲과 지금 그들의 발 앞에 놓인 땅을 이으며, 날아온다고 말했다. 아무것도 심지 않아도 저 숲에서 자라는 것들이 날아와 여기에 자리잡는다는 말이었다. 그러고 보니 사흘에 한 번씩 뒤엎고 갈아가며 필요 이상의 개간 작업을 한 공간에 이름을 알 수 없는 무언가들이 다시 자라고 있었다. 날아와서, 행로와 목적도 없이 날아와서 여기에.

그러니 그날의 사랑한다는 말은 그 살아 있는 것들의 이동만큼이나 자연스럽고 당연했다.

*

그는 롯폰기 힐스에 도착해 미술관 티켓을 끊으러 가는 길목에 자리잡았다. 그가 유학할 당시는 이 광활한 계획도시가 완성된 지 몇 년 되지 않은 시기였다. 마치 거대한 미래가 오는 듯했다고, 그는 기억했다. '롯폰기인이 됩시다'라는 캐치프레이즈를 내건 우주인 캐릭터들이 도시를 활보했고 정원에는 일본인 과학자가 컬럼비아호를 타고 가서 배양한 '우주 송사리'가 방사되었다. 그 송사리들은 우주에서 길러진 최초의 척추동물이라고 했다. 그도 유키코와 함께 보러 갔었는데 물결 아래 잠겨 얼룩얼룩한 음영으로 짐작될 뿐 정확히는 알 수 없었다.

배가 고팠지만 잠깐 자리를 비운 사이 유키코가 지나갈까봐 그는 허기를 견뎠다. 물론 희망자가 없다면 유키코는 여기에 오지 않을 것이었다. 미술관을, 그러니까 이 거대한 미래도시에서도 뭔가 예술을 누리고 싶어하는 관광객이 없다면. 맛집을 이어 가다가 마지막에 당고 같은 디저트로 마무리하고 유키코는 집으로 돌아가겠지. 지하철을 타고 걷고 뭔가를 사거나 모자를 쓰거나 벗거나 하면서 가면 그와 같은 이름의 강아지가 유키코를 맞이할 것이었다. 그가 한국으로 돌아가고 연락이 완전히 끊긴 다음에도 변함없이 계속되었을 유키코의 일상이 무겁게 마음을 눌렀다. 어쩌면 그와 유키코가 재회하는 것은 그렇게 그들이 일상을 유지해왔다는 사실을, 이별하고 나서도 꽤 이기적으로 살아냈다는 현실을, 확인하는 절차에 불과하지 않을까.

그는 돌아갈까, 잠시 생각했다. 하지만 목격자가 있지 않은가. 여행사에서 만나 도쿄타워가 세상에서 가장 아름답다고 말한 여자가 그의 연락처를 내일이면 유키코에게 전해줄 것이다. 그리고 연락이 오면 오는 대로 오지 않으면 오지 않는 대로 그의 삶은 어느 방향으로 조금 더 이동할 것이었다.

투어 종료 시간인 아홉시가 가까워지자 그는 말할 수 없이 긴장되었다. 잠깐 스치듯 사진으로 확인했던 유키코와 체구나 인상이 닮은 누군가가 지나갈 때마다 피하고 싶다는 마음과, 마주보고 싶다는 마음이 충돌한 채 초조하게 손을 맞잡았다. 그리고 아홉시 삼십분이 넘어 이제 미술관이 관람객을 받지 않는 시간이 되어서야 그는 오늘의 재회는 가능하지 않겠다고 생각했다. 오늘은 아무도 예술을 원하지 않았고 그도 누군가가 원하는 사람이 되지 못했다.

그뒤로 사흘 더 도쿄에 머물렀지만 유키코에게서는 연락이 오지 않았다. 그는 그동안 하릴없이 관광지들을 찾아다니며 시간을 보냈다. 오래전 그런 곳들을 다니며 유키코가 했던 불평들은 사실 슬픔 같은 것이 아니었을까, 생각하면서. 오히려 그것들이 낡아가는 장면에서 비감을 포착했기 때문에 가능한 거부감이 아니었을까 하면서. 그랬던 유키코가 이제 가이드가 되어 이 도시를 찾은 사람들과 함께 그런 곳들을 돌고 있다는 사실이 한편으로는 낯설고 한편으로는 당연하게 느껴졌다. 관광객들이 도착하고 떠나가는 루틴은 마치 흙을 여러 번 돋워 모종을 심던 손길처럼 끊임없이 유키코가 이 도시에 남아야 하는 사람이라는 사실을 상기시킬 것이기 때문이었다.

유키코에게서 전화가 온 건 마지막날 호텔에서 체크아웃을 한 뒤였다. 유키코는 이미 한국으로 돌아갔을 줄 알았다면서 아직 그가 도쿄에 있다는 데 당황해했다. 그는 자신을 부담스러워하는 유키코의 마음을 느꼈고 편하게 해주고 싶어서, 이미 공항으로 가는 기차에 올랐다고 대답했다. 몇 번 칸이냐고 유키코가 물었고 그가 네번째 칸이라고 하자 그러면 절대적으로 맞겠네, 하며 농담했다.

대화는 문제의 타임캡슐로 넘어갔다. 그는 유키코에게 이제 와서 뭔가를 한다는 게 어색해서 가보지도 않았다고 했다. 출장으로 와서 그런 시간을 낼 수는 없었다고.

"이해해."

"이해하지?"

"그래, 출장이라는 게 그렇잖아. 그리고 열었다가는 너는 정말 코가 썩어들어갔을 거야."

"왜?"

"내가 거기에다가 편의점 계란을 넣었거든."

"뭐?"

대체 누가 그런 음식물을 타임캡슐에 넣는단 말인가. 그는 유키코의 괴팍함을 다시 확인한 게 반갑기도 하고 어이없기도 해서 크게 웃었다.

"대체 그걸 뭣 하러 넣었어?"

"미래인들한테 오감으로 느끼게 해주려고."

"뭘?"

"과거가 만만치 않았다는 걸."

전화를 끊고 그는 타임캡슐을 열어볼 필요는 더욱 없겠다고 생각했다. 그는 거기에 유키코와 함께 찍은 폴라로이드 사진을 넣었는데, 그렇다면 몇 년간 계란이 상하면서 캡슐 안의 모든 것을 최대한, 아주 활발히 오염시켰을 것이다. 땅속 온도와 밀폐 상황 그리고 계란의 풍부한 단백질과 철분, 황. 하지만 그렇게 생각하면서도 그는 대학으로 찾아갔다. 유키코의 목소리를 듣고 나자 그것의 처분을 자기라도 확인해야겠다는 마음이 들었다.

교문 안으로 들어가자마자 그는 과거로 빠르게 회귀되는 것을 느꼈다. 그건 어디부터 어디까지 기억난다는 차원이 아니라, 그때의 모든 감각을 다시 입는 기분이었다. 배추밭에는 정말 공사가 시작되려는지 주의(!)라는 노란 푯말이 서 있었다. 그는 일단 땅을 툭툭 차보다가 손으로 좀 파내려갔다. 하지만 이천년대 기력 좋은 대학생들이 얼마나 깊이 묻었는지 어림없을 것 같았다.

하는 수 없이 그는 또 한마음 동아리회를 찾아갔다. 거기에는 놀랍게도 어딘가 모리타 선배를 닮은 일본인 학생이 하나 남아서 동아리 컴퓨터로 게임을 하고 있었다. 그에게 이메일 한 동아리 회장은 아니었지만 배추밭에 대해서는 자기도 알고 있다고 했다. 그가 저녁에 비행기를 타야 한다고 하자 학생은 고개를 차분히 끄덕이더니 어디론가 가서 삽을 들고 왔다. 두 개였고 자기도 돕겠다고 했다.

그와 데쓰야라는 이름의 학생은 묵묵히 땅을 파기 시작했다. 중간에 학생들이 데쓰야, 뭐해? 하고 묻자 그는 발굴중이야, 라고 대답했다. 처음에는 한국의 아이돌 그룹이나 관광지 같은 화제가 오갔지만 나중에는 힘이 들어서 그마저도 말이 끊겼다. 생수를 마시며 잠시 숨을 고르는데 데쓰야가 선배는 뭘 묻었습니까? 하고 물었다. 사실 묻을 때는 서로 비밀로 했지만 이제는 말해도 상관없을 것이었다. 그때의 모두는 이제 이 미래가 어떻게 되든 상관없는 것 같으니까. 사진이라고 하자 데쓰야가 여자친구의? 하고 약간 부끄러워하며 물었고 그가 그렇다고 했다.

"지금은 헤어졌겠지요?"

마치 모든 결말을 안다는 듯 데쓰야가 다시 묻는데, 그는 그 담담하고 순한 말투가 마음에 걸려 대답은 할 수 없었다. 그러다 마침내 탁, 하는 소리가 났다. 철물점에 의뢰해 만든 문제의 타임캡슐, 정확히는 철제 통이었다. 그는 혹시 계란이 썩고 있으면 밖에서도 냄새가 나고 당연히 어딘가 상한 흔적이 있지 않을까 생각했지만 적어도 표면적으로 통은 멀쩡하고 안전해 보였다. 그는 캐리어에서 원래는 유키코에게 주려고 사온 제주 섬 모양의 캔들을 꺼내 데쓰야에게 내밀었다. 데쓰야는 한사코 거절하다가 그가 부탁하자 그때야 정말 감사합니다, 하며 받아들었다.

"이제 돌아가도 됩니다. 열어보는 건 혼자 할게요."

그가 캡슐을 열었을 때의 상태가 걱정되어 그렇게 말하자 데쓰야는 그럴 수 없다고 했다. 하는 수 없이 그가 이 안이 얼마나 부패했을지, 유키코가 장난으로 집어넣은 망할 계란 때문에 우리가 어떤 혐오스러운 냄새를 맡게 될지를 설명하자, 데쓰야는 대단하네요, 라고 할 뿐 생각을 바꾸지 않았다.

그가 그렇게 원한다면 하는 수 없지, 하는 생각으로 쪼그려앉아 나사를 풀었다. 이제 슬슬 해가 지고 있어서 정말 공항으로 가야 할 시간이었다. 오늘도 비행기를 놓칠 수는 없으니까. 그리고 둘 다 숨을 멈추고 딸깍 하고 그것을 열었을 때 아무런 불쾌한 형체도 질감도 없었다. 동아리 부원들의 이름이 적힌 주머니들이 그냥 얌전히 놓여 있을 뿐이었다. 그가 가네다 유키코라는 주머니를 들었을 때 그것은 마치 공기 이외에는 아무것도 없는 듯 가벼웠다. 오래되면 계란이라는 것은 이렇게 흔적도 없이 사라지는 걸까. 그가 당혹스러워하며 손바닥 위로 주머니를 털었을 때 거기서 나온 것은 '가스토'라는 견출지가 붙은 오십 엔짜리 동전이었다.

*

도쿄에서 돌아와 바뀐 계절들을 겪으면서도 그는 동전을 어떻게 처리해야 할지 늘 생각했다. 그건 귀국길에 오르면서부터 시작된 고민이었다. 비행기에서는 유니세프 모금함에 넣어 재난 지역의 아이들을 도울까 생각하고 백화점을 지날 때는 안 그래도 조금씩 줄고 있다고 하는 구세군함에 넣어 불우한 이웃들을 도울까 고심하고, 스트레스가 몰려올 때면 그가 지지하는 진보정당에 보태 민주주의 발전을 도모할까 갈등했다. 그는 동전을 어디든 손닿는 곳에 둔 채, 깜박 잊고 출근길에 나섰다가도 돌아와 꺼내가곤 했다.

그것을 손안에 넣고 굴리고 있으면 아직은 모호하지만 결국 누구도 아닌 그 자신이 알아내야 할 삶의 마지막 진실들을 만져보는 기분이었다. 그의 미래와 소소한 혁명과, 동산과 부동산으로 이루어진 그의 생활과 살아 있는 한 마지막까지 그를 불안하게 충동할 생의 추구 같은 것과 연관 있게 느껴졌다. 왜냐면 그건 과거가 아니라 미래에서 온 것이기 때문에, 희부윰한 피로와 절망, 불안의 청춘이 미래를 상상하며 지금으로 던진 것이기에. 동전을 만지고 나면 손가락에는 복잡한 금속 냄새가 남았다. 어쩔 때는 여름의 비 내음 같기도 하고 때로는 흙냄새나 막 깨뜨린 계란 따위의 비린내 같기도 한. 하지만 그가 그것을 정확히 알고 싶어 가까이 더 오래 가져다대면 희미하게 열어지다 종국에는 사라지고 없었다.

그래서 갱신되는 마지막

지난겨울 「마지막 이기성」을 완성할 때의 풍경을 또렷하게 기억하고 있다. 늘 가는 카페에 앉아, 나는 이제 글을 쓸 수 없는 사람이 되었다고 생각하고 있었다. 며칠째 진척이 없었다. 첫 페이지들은 매번 지워졌고 이윽고 아무것도 남지 않았다. 나는 내가 보냈던 2018년을 돌아보고 있었다. 책을 내고 이어졌던 일들에 대해, 그 과정에서 느꼈던 기쁨과 즐거움, 하지만 더 자주 나를 붙들었던 분노와 회의와 유치한 억울함 같은 것에 대해. 나는 그런 자신이 실망스러웠다. 이제 어쩔래, 쓸 수 없게 되었잖아, 마음이 그 모양이니까 더는 나가지 않잖아. 나는 그 자리에서 으레 그랬듯 눈물을 쏟았고 아주 펑펑 울었고 발끝이 시리다고 집에 가고 싶다고 생각했다. 하지만 마음먹은 시간까지는 앉아 있었을 것이다. 대개의 경우 그러니까. 어떻게 대체로 그럴 수가 있는가 되짚어보면 내가 스스로를 너무 야멸차게 대하고 있지 않은가 싶다. 이렇게 해서 대체 언제까지 쓸 수 있을까. 일흔, 혹은 여든이 될 때까지 쓰는 사람이고 싶다는 바람을 이룰 수 있을까.

가까스로 마감을 하고 일단은 한 편 써냈다는 사실에 안도했다. 잘 썼는지 아닌지 판단할 수는 없었고 단편을 완성해냈다는 것 자체가 다행스러웠다. 글쓰는 감각이란 그렇게 한 번에 잃어버리지 않는다고, 여전히 한 문장, 한 문장 어떻게든 엮어 글을 만들어내는 일에 집중하고 있다고 나 자신에게 확인시켜줄 수 있었다. 오랫동안 물속에 있다가 간신히 머리를 내밀었을 때 터져나오는 거칠고 큰 숨, 「마지막 이기성」은 아마도 그런 중요함으로 내게 남을 것이다.

작품의 제목은 거의 일 년 동안 간직하고 있던 것이었다. 제목이 꽤 근사하다고 느껴서 어떤 일에 자신이 없을 때면 제목을 떠올리며 어깨를 당당히 펴보려고 했다. 작품을 쓰기 직전의 여름, 인터넷 방송에서 김현 시인과 대화를 한 적이 있다. 그때 현이는 앞으로 쓸 작품이 있는가 물었고 제목의 앞 글자와 뒷글자를 말해줄 수 있느냐고 했다. 내가 제목을 그렇게 한 글자씩 떼서 발음하자 "아, 마성, 마성의 단편!"이라고 답해준 일이 두고두고 기억에 남았다. 글이 막힐 때마다 나는 이 좋은 시인이자 친구가 해준 '마성의 단편'이라는 말을 생각했다. 여름이 지나 찬바람이 불면 분명 내게 견디기 힘든 순간이 오리라고 예감한 사람처럼 정말 무시무시한 힘을 지닌 위로의 말을 남겨주었다고, 나 혼자 많이 고마워했다. 그렇게 해서 이 작품이 정말 읽지 않고는 견딜 수 없는, 매혹적인 작품이 되었는지는 알 수 없지만 어떤 수렁에서 나를 건져냈다고 생각한다. 그리고 이 작품의 유키코와 이기성에게도 십수 년 전의 그 계절들이 그랬으리라고.

요즘 이 단편을 떠올리면 유키코가 날아온다, 라고 하며 풀씨들의 이동 방향을 그렸던 장면이 자주 생각난다. 그런 유키코에게 그 허공중의 이동은 정말 이해 가능한 것이었을까. 그 자연스럽고 당연한 인간과 자연과 세계의 이동과 흐름에 대해 말하기에 주저될 만큼 세상이 형편없이 납작해지고 있다는 우려를 지울 수가 없다. 하지만 오늘이 지나면 내일이, 한 달이, 일 년이, 그렇게 우리의 마지막은 끝없이 갱신되는 것이니까, 그렇게 반복되는 시작과 종결의 회로에 마음을 기탁해볼 수밖에 없을 것 같다. 때론 그렇게 가뭇없이 사라지는 시간의 특성이야말로 우리 삶의 특별한 위로라는 생각도 든다. 그런 태도가 지닌 나태나 이기성에 대한 고려 없이 정말이지 아주 산뜻하게.

| 리뷰 |

심미적 연대의 원예학

신형철(문학평론가)

가깝지만 아주 가깝지는 않은, 그래서 더 멀었으면 느껴지지 않았을 미묘한 차이를 감지하게 되는 거리, 그런 거리를 사이에 둔 김금희의 골똘한 인물들, 그들이 가끔 서로 사과 같은 거 하지 말고 저기 저 나무나 보다가 헤어지자며 딴청을 부리는 것은 지금 그들의 관계를 삐뚜름하게 만드는 중인 그 차이의 중력을 느끼기 때문이고 그렇게 흔들리는 제 모습을 감추기에는 너무 한낮이어서다. 성격이 아니라 환경의 차이, 취향이 아니라 잔고의 차이 같은 것, 그런 차이를 지긋이 바라보기 시작하면, 게다가 아주 환한 문장들 사이로 그런 관계의 비참이 곱씹어지면, 연애소설인 줄 알았던 이야기는 좀 다른 것이 되어간다. 그래서 김금희 연애소설의 특징이 "일반적인 연애의 맥락에서 한참이나 멀리 떨어진 어딘가로 비껴나가기"(한설)에 있다는 논평도 나왔을 것이다. 세상의 마음들이 각자의 차이를 넘어 끝내 (못) 만나는 경로를 쓴 것이니까, 그가 쓴 것은 연애소설이 아니라 차라리 연대소설이다.

「마지막 이기성」도 그런 소설 아닌가. 2006년에 일본에서 유학 중이던 이기성은 서울과 도쿄가 별로 다르지 않다고 느끼며 사는데 그것이 자신에게 주어진 일시적인 행운이라는 것은 모르다가 조선인 차별을 직접 경험한 후에야 비로소 세상에 존재하는 슬픔 중 하나를 공부하게 된다. 그가 같은 대학 미학과 학생 유키코에게 연대를 제안한 것은 그이가 "재일 코리안"임을 알았기 때문인데, 재일 코리안이라는 말만으로도 대충 어떤 사람인지 알겠다고 넘겨짚는 것도 재한 코리안의 편견인 것이다. 이기성 쪽이 '우리' 운운하며 연대를 요청하자 유키코는 뜻밖의 미적지근한 반응을 보이는데, 마지못해 항의서를 같이 써주기로는 하나 자신의 연대를 재일 코리안이라는 정체성과 연결시키지는 말아달라는 조건을 단다. 그러는 한편, 음식에 불만을 느꼈으면서도 잠자코 있었던 이기성을 대신해 오므라이스 계란에 "미적으로 문제가 있습니다"라고 항의하며 연대할 때는 또 과감하니, 이기성은 도무지 유키코가 누군지 모르겠는 것이다.

항의서는 효력이 없었다. 그래서 이기성은 한국계 학생 동아리와 공개 시위를 시작하고 이에 대해 유키코는 분명한 거리를 둔다. "지금 네가 이렇게 문제를 키우는 건 우리를 위험으로 모는 거야. 너는 유학 생활이 끝나면 한국으로 가겠지만 우리는 아니야. 우리는 여기서 살아야 해." 유키코가 이렇게 말할 만하다는 것을 이기성은 몰랐다. 2006년 도쿄의 분위기가 "위축보다도 더 확실히 눌려 있는 압착"의 상태였다는 것을, 그 압착의 증상인 경기 불황과 우익 창궐 속에서 이방인(타자들)의 성원권이 어떻게 위축(아니, 압착)되는지를, 그런데 재일 코리안들은 한국을 그리운 고향쯤으로 생각하고 있지는 않아서, 오직 자력으로 그 상황을 버텨나가야 한다는 것을 말이다. 그러나 이기성이 더욱 몰랐던 것은 그런 유키코 역시도 유키코의 전부는 아니라는 것이다. 집회의 규모가 줄어 문득 홀로 서 있음을 알게 됐을 때 이기성 앞에 유키코는 다시 나타나 근처에 땅을 갈고 배추를 심는다. 양희(「너무 한낮의 연애」, 『너무 한낮의 연애』, 문학동네, 2016)가 그러지 말고 나무나 보자고 말할 때처럼, 유키코는 그러지 말고 밭이나 가꾸자고 말하는 것일까.

이상한 사람을 만나고, 이상하지만 이상해서 끌리는데, 그게 꼭 연애로 이어지는 것은 아닐지라도 그로 인해 내가 달라지고야 마는 이야기. 김금희의 서명과도 같은 플롯이 작동을 시작한다. 이해할 수 없는 원예의 한가로움과 부당함을 항의하자 유키코는 말한다. "문제를 해결중이야." 그러니까 "투쟁의 가드닝"이라는 것이다. 유키코의 연대는 고맙고 감동적이지만 왜 하필 이런 식인가. "그[이기성-인용자]가 분노에 상응하는 "당위와 낭만"을 요구했다면, 유키코는 사람들의 미감 자체를 변화시키려 했다"(김건형). 과연 그렇다. 유키코는 이미 오므라이스 사건이 드러냈듯이 일상의 영역에서 "미적 문제"를 발견하는 시선의 소유자다. "나는 가끔 모르겠어. 사람들이 뭘 아름답다고 느끼고 뭘 혐오스러워하는지. 그런 건 어쩌면 영영 모르게 되는 것일까." 재일 코리안인 그에게 '아름다움과 추함'의 문제는 언제나 '환대와 혐오'의 문제로 변형될 수 있는 것이어서,

그는 거꾸로 환대와 혐오의 이면에 있는 심미적 판단의 본질에 관심을 갖게 되었으리라. 유키코의 원예는 그 나름의 치열한 현실 대응인 것이었고 그것은 사람들을 모이게 하는 데 성공한다.

유키코가 미학을 전공했으니 말이지만, 여기서 칸트를 떠올려보는 것도 좋겠다. 어떤 것을 아름답다고 느끼는 것, 즉 심미적 판단〔'취미 판단'〕은 '나'로 하여금 '우리'의 (불)가능성에 대해 생각하게 만드는 일임을 통찰한 사람이 바로 칸트였기 때문이다. 그에 따르면 우리는 아름다움에 대해 판단할 때 자신의 판단이 타자들의 기준에 영향을 받은 것임을 인식하고 있을 뿐 아니라 바로 그렇기 때문에 제 판단을 타인과 공유하는 것이 가능하리라고도 기대한다. 소위 '공통감(각)' 이야기다. 그것은 있지 않으면 안 되는 것이라는 뜻에서 하나의 '전제'(구성적 원리로서의 공통감)이기만 한 것이 아니라 추구되어야만 하는 것이라는 뜻에서 '이념'(규제적 원리로서의 공통감)이기도 해야 하다는 것이 『판단력비판』 40절에 적혀 있다. 그래서 심미적 판단은 "모든 타자의 위치에서 사고하기"를 촉발한다. "전체 인간 이성에 자신의 판단을 의지하고 (……) 다른 모든 사람의 표상 방식을 사유 속에서 고려하는" 것 말이다. 그 일을 행하면 "확장된 사유 방식을 가진" 사람이 된다는 낙관도 칸트의 것이다(임마누엘 칸트, 『판단력비판』, 백종현 옮김, 아카넷, 2009, 318~320쪽).

칸트는 미적 판단을 지적·도덕적 판단과 엄격히 분리돼 있는 것으로 생각했지만 위에서 보듯 미적 판단이 도덕적 결과를 발생시킬 수 있다는 것까지 부정하지는 않았다. 아름다움에 대해 생각한다는 것은 언제나 타자의 기준을 동시에 성찰하는 일이고 이를 통해 '이기주의의 극복'이 이루어질 수 있다는 말을 그가 했기 때문이다. 유키코는 저 칸트적인 발상에 작지만 끈질긴 희망을 걸었고, 싸움의 당사자만이 아니라 모두에게 제 호소가 들리도록 말하고자 했다. 유키코의 실천은 "정체성 정치가 단순화된 피아 구분과 이익 투쟁으로 낙착되지 않도록" 만들고자 한 것이므로 "그들이 가꾸었던 텃밭이 광장의 메타포로 읽혀도 무방"하다는 논평(김녕)은 유키코의 저 특별한 연대 제안에 담긴 희망의 취지를 잘 번안한 것으로 보인다. 그러므로 우리는 이렇게 맞세워볼 수도 있다. '이기성 대(對) 공통감'이라고 말이다. 하필 주인공의 이름이 '이기성'임을 지적하고 여기서 이기성(利己性)이란 제 몸[己]의 현실적 위치를 넘어서기가 그만큼 어렵다는 뜻을 담고 있다고 해석한 의견(이지은)에 나는 고개를 끄덕였기 때문이다.

그 일 이후 이기성은 유키코와 사랑에 빠졌다가 이내 그를 떠났다. 이기성이 유키코를 떠났다. 이기성은 그 이유를 명확히 설명하지 못한다. 국적이니 출신이니 하는 게 '결정적인 이유는 아니었다'고 장담할 수 있지만 그것이 '아무것도 아니었다'고 말할 수는 없다는 미묘한 술회를 흉내내 말하자면, 이기성이 유키코를 떠나는 설정이 한국에 의해 '버려진' 재일 코리안의 알레고리라고 결정적으로 말할 수는 없지만 그것과 전혀 무관하다고 말할 수도 없을 것이다. 이 짧은 연애의 기록은 그런 의미에서 일시적으로 성공한 연대이자 궁극적으로 실패한 연대의 기록이다. 미묘한 차이의 중력이 그들을 끌어당겼지만 결국 그들을 기우뚱하게 만들어 각자의 자리로 되돌려보냈기 때문이다. 그러나 모든 실패는 타임캡슐과도 같은 흔적을 남긴다. 그 2006년의 흔적 앞에서 오늘의 이기성은 생각한다. "그것을 손안에 굴리고 있으면 아직은 모호하지만 결국 누구도 아닌 그 자신이 알아내야 할 삶의 마지막 진실을 만져보는 기분이었다." 그러니까 "마지막 진실"을 배우면서 이제 그는 달라질 것이니 우리가 아는 그는 '마지막 이기성'이다.

* 부기 | 이 글에서 인용한 네 비평가의 문장은 모두 「예민한 소설들, 그 미세한 기울기: 계간평-2019년 봄의 소설」(『문학동네』, 2019년 여름호)에서 「마지막 이기성」을 다룬 대목으로부터 가져온 것이다. 이들의 훌륭한 독해가 중요한 단서를 모두 찾아놓았기 때문에 나는 아주 조금만 더 쓰면 되었다.

2019
김승옥문학상

김승옥문학상 취지
심사 경위 및 심사평

김승옥문학상 운영위원회
김화영 문봉휴 류모선 이기호

심사위원
김화영 김경욱 신수정 신형철 은희경 정이현 정홍수

1960년대 한국 현대소설의 빛나는 한 정점을 보여준 작가 김승옥의 등단 오십 주년을 기념하여 그의 문학과 산문 정신을 기려 2013년 KBS순천방송국에서 제정한 문학상으로, 2019년부터는 순천시의 지원으로 문학동네가 새로이 주관하게 되었다.

김승옥은 1941년 일본 오사카에서 태어나 전라남도 순천에서 유년시절과 청소년기를 보냈다. 순천중고등학교를 졸업한 그는 1960년 서울대학교 문리과대학 불문과에 입학했다. 1962년 한국일보 신춘문예에 「생명연습」이 당선되어 문단에 첫발을 내디딘 순간부터 그는 즉각 한 세대의 젊은 감성과 미학을 대표하는 존재로 예외적인 빛을 발하기 시작했다. 같은 해에 동인지 『산문시대』를 펴내는 동시에 「환상수첩」 「건」을 발표, 1964년 「무진기행」, 그리고 마침내 1966년 첫 창작집 『서울, 1964년 겨울』을 발표함으로써 '감수성의 혁명'이라는 찬사를 한몸에 받으면서, 1960년 학생혁명을 주도한 '4·19 세대', 그리고 일제 교육의 일환인 강제적 일본어 세례를 받지 않고 우리말로 정규교육을 받은 첫 '한글세대'의 상징이 되었다. 1965년 제10회 동인문학상 최연소 수상, 1977년 제1회 이상문학상 수상은 그 웅변적인 예이다.

앞선 세대의 무기력한 전후문학과 결별하고 "태초와 같은 어둠 속에서" 안개 속의 낭떠러지로 전 인격을 내던지며 그는 새로운 감수성의 촉수를 더듬어 "자기 세계", 즉 진정한 자아를 찾기 위하여 "죽음의 팻말을 새기며" 길을 떠났다(『산문시대』 창간사에서).

그의 대표작들은 대부분 1960년대 초반에 발표되었고 단편소설이 중요한 몫을 차지 하지만, 암울하면서도 폭발적인 젊음의 세계를 그만의 감각적이고 개성적인 문체로 형상화함으로써 단숨에 우리 현대소설의 가장 정치하고 드높은 봉우리에 이르렀다. 그 압축적인 창조성으로 미루어 지극히 예외적으로, 작가의 생존중에, 이 상을 제정한 의의 또한 예외적이라 하겠다.

김승옥문학상 운영위원회

김화영 문용휴 류보선 이기호

| 심사 경위 및 심사평 |

김승옥문학상을 문학동네가 주관하면서 변경된 것은 다음 두 가지다. 심사 대상이 단행본이 아니라 단편소설로 바뀌었고, 등단 십 년 이상 작가들의 작품을 대상으로 7편을 가려 뽑고 그 가운데 1편을 대상으로 선정한다는 것. 언제나 젊은 재능들의 새로운 감각에 더 주목하는 경향은 문학뿐만 아니라 예술계 전반의 생리라고 할 만큼 자연스러운 것이지만, 중견작가들이 그들의 세계 안에서 새로움을 창조해 기성의 경계를 넓혀나가는 과정은 표나지 않는 고투이고 그것은 그것대로 응분의 평가를 받아야 할 것이다.

2018년 7월부터 2019년 6월까지 1년 동안 발표된 단편소설 중 조건에 부합하는 작품을 문학평론가 신수정, 신형철, 정홍수, 그리고 소설가 김경욱, 은희경, 정이현 씨가 나눠 맡아 예심을 진행하였고, 각자 3~5편을 추천해 총 23편이 본심 대상이 되었다. 심사위원장인 김화영 선생이 합류한 본심에서 최종 7편을 선정하는 일은 지난했다. 자기 세계를 가진 작가들의 수작들에서 흠을 찾기는 어려웠고, 작품들을 동일 평면에 놓고 비교하는 일은 여느 심사에서보다 더 무의미하게 느껴졌다. 그렇게 최종 선정된 일곱 작가들의 면면은 놀랍지 않았다. 동시대 문학의 기둥이라고 할 익숙한 이름들이었다.

권여선의 「하늘 높이 아름답게」는 막 72세의 나이로 사망한 마리아의 일생을 신앙 공동체 다른 구성원들의 눈으로 조각보를 만들듯 복원하는 이야기다. 간호사로 독일에 파견되었다가 남편과 아이를 잇달아 빼앗기고 강제송환된 이후 그녀가 여생을 하필 태극기를 팔러 다닌 이유란 무엇인가. 이 소설은 그 어떤 일각(一角) 같은 생애에도 언제나 거대한 빙산 같은 이유가 있음을 묵직하게 알려준다. 언젠가부터 권여선의 문장은 아무 표정도 짓고 있지 않으면서 인생의 모든 감정을 다 전달해내는 사람의 얼굴을 하고 있다 .

편혜영의 「어쩌면 스무 번」에서 주인공 부부는 산골 외딴곳에 집을 얻어 이사를 온 참이다. 그런데 보안 업체 직원들의 권유가 어느새 협박을 닮아가기 시작하고 또 피해자처럼 보이는 이들 부부의 숨겨진 비밀이 드러나면서부터 이야기는 뫼비우스의 띠처럼 꼬이기 시작한다. 안전에 대한 강박과 협박이 실은 가장 안전에 위협적이라면? 괴물과 싸우는 이들이 이미 괴물이라면? 단 한 문장도 낭비되지 않는 완벽한 만듦새, 겹겹의 아이러니로 섬뜩함(the uncanny)을 창조해내는 기예. 편혜영의 소설임을 누구도 모를 수 없었다.

조해진의 「환한 나무 꼭대기」의 주인공인 강희는 간병인으로 고

용돼 친구 혜원의 마지막을 지킨 대가로 아파트를 증여받는다. 연락이 끊어진 혜원의 아들이 돌아오면 그 아파트를 넘겨준다는 조건과 함께. 이십대 초반에 출가와 환속을 경험한 이래로 강희의 삶은 내내 허무를 극복할 수 없었고 단 한 번의 진정한 안식도 누린 적이 없었다. 이제 그녀에게도 구원이 주어질 것인가. 어둠 속에서 빛을 더듬어나가는 듯한 섬세한 문장으로 쓰인 소설이다. 고독의 정조를 창조해내는 작가의 역량이 서사의 굴곡을 고비마다 모두 납득케 했다.

황정은의 「파묘」에서 72세의 여성 이순일은 자신을 거두어 기른 조부의 묘를 그곳이 친정인 듯 사십 년 동안 돌보았는데, 자신이 죽으면 그곳이 버려질 터이니 이제 파묘(破墓)하기로 한다. 남편은 단 한 번의 동행 때 절조차 하지 않은 터고, 자식들은 그 성묘를 쓸데없다 여겨왔으며, 파묘를 맡은 일꾼들은 조심성이 없다. 한 여성의 가장 소중한 마음을 존중하지 않는 세계에서 '위대한 어머니'라는 작중인물의 칭송은 얼마나 위선적인가. 황정은의 묵묵한 문장들은 정당한 분노와 슬픔으로 벼려져 있어서 인물의 상처를 읽는 이에게 그대로 옮겨놓는다.

최은미의 「운내」는 유사 의학 치료를 행하는 수련원에서 두 달을 함께 보낸 두 소녀의 이야기다. 침으로 피를 뽑아내는 '사혈(瀉血)' 치료가 행해지는 그곳에서 두 소녀는 세상이 비난하거나 두려워하는 그들 각자의 피를 어쩌지 못하다가 비극적 결말에 이른다. 기구한 내력, 음험한 공간, 연약한 영혼, 충동의 맹목 등과 같은 요소가 서서히 끓는 이야기를 마치 빙의된 가락 같은 문장으로 완성해냈다. 오정희의 집요한 결기와 탐사 다큐멘터리 감각의 결합이라고 하면 말이 될까. 최은미는 동시대 누구와도 다른 세계를 가졌다.

김금희의 「마지막 이기성」에서 한국인 청년 이기성은 일본 유학 중 조선인 차별을 경험하고 재일(在日) 코리안인 유키코와 연대하려 한다. 그러나 유키코는 재일 코리안이 조국으로부터 버려진 존재라는 생각을 버릴 수 없고 또 자신은 일본에서 계속 살아가야 한다는 엄연한 조건을 잊을 수 없어 이기성과 입장이 다르다. 이제 둘은 어떻게 만나고 또 헤어지게 될까. '같음'은 제 안의 '다름'을 인지할 때만 더 깊고 넓은 '닮음'에 이를 수 있음을 이 소설은 안다. 김금희는 '연애'와 '연대'가 교차되는 지점에 가장 속깊게 서 있는 작가다.

윤성희의 소설은 단정하고 아름다운 상형문자 같아서 긴 시간의 감정이 그 안에 응축돼 있는데, 그 문자를 마음을 다해 천천히 더듬을 준비가 돼 있는 사람에게만 모든 것이 전달된다. 「어느 밤」은 한밤중에 사고를 당해 낯선 곳에 홀로 쓰러져 있다가 구조되기까지 한 노년 여성이 써나가는 자서전이다. 이 짧은 이야기 안에 여성 서사의 숱한 의제들이 곳곳에서 빛을 내고 있으니, 홀린 듯 읽으며 경험하는 이 놀라움은 윤성희를 읽는 이에게만 주어지는 선물이다. 모든 작가들이 자신만큼 잘해냈지만 윤성희는 윤성희보다 더 잘해냈다. 대상이 그에게 주어진 이유다.

김화영 김경욱 신수정 신형철 은희경 정이현 정홍수

신형철(대표 집필)

김승옥문학상 수상작품집
2019 김승옥문학상 수상작품집

초판인쇄 2019년 9월 20일
초판발행 2019년 9월 27일

지은이 윤성희 권여선 편혜영 조해진 황정은 최은미 김금희
펴낸이 염현숙 | 책임편집 김봉곤 | 편집 강윤정 김영수
디자인 김이정 유현아 | 마케팅 정민호 박보람 나해진 최원석 우상욱
홍보 김희숙 김상만 오혜림 지문희 우상희
제작 강신은 김동욱 임현식 | 제작처 영신사

펴낸곳 (주)문학동네
출판등록 1993년 10월 22일 제406-2003-000045호
주소 10881 경기도 파주시 회동길 210
전자우편 editor@munhak.com | 대표전화 031) 955-8888 | 팩스 031) 955-8855
문의전화 031) 955-3576(마케팅) 031) 955-1920(편집)
문학동네카페 http://cafe.naver.com/mhdn | 트위터 @munhakdongne
북클럽문학동네 http://bookclubmunhak.com

ISBN 978-89-546-5795-2 03810

* 이 도서의 국립중앙도서관 출판예정도서목록(CIP)은 서지정보유통지원시스템 홈페이지(http://seoji.nl.go.kr)와 국가자료공동목록시스템(http://www.nl.go.kr/kolisnet)에서 이용하실 수 있습니다.(CIP 제어번호: 2019036327)

www.munhak.com